**Matthias Ernst** wurde 1980 in Ulm/Donau geboren. Bereits in seiner Jugend begeisterte er sich für Literatur und verfasste Romane und Kurzgeschichten. In seinen Kriminalromanen verbindet er seine beiden größten Leidenschaften miteinander, das Schreiben und die Psychotherapie.

Matthias Ernst

# DIE HEAD HUNTERIN

Erstausgabe November 2023



**Die Headhunterin**

ISBN 978-3-98778-775-1
E-Book-ISBN 978-3-98778-409-5
Hörbuch-ISBN 978-3-98778-425-5

Covergestaltung: Buchgewand
Umschlaggestaltung: ARTC.ore Design
Unter Verwendung von Abbildungen von
stock.adobe.com: © stockgraphicdesigns, © jakkapan
depositphotos.com: © magann
shutterstock.com: © Ultrashock, © NYgraphic
Lektorat: Astrid Pfister
Satz: dp DIGITAL PUBLISHERS GmbH
Druck und Bindung: Books on Demand GmbH, Norderstedt

# Kapitel 1

Der Detective Chief Inspector drückte die Aufnahmetaste des Rekorders auf dem Tisch.

„Mein Name ist DCI Hecker. Heute ist der 30.11.2024. Mit mir anwesend im Raum ist Constable Omar Sharif-Holbrook. Befragt wird Rebecca Williams, geboren am 11.05.1992, verdächtigt der Mitgliedschaft in einer kriminellen Vereinigung, der Verschwörung zu schweren Straftaten und der Behinderung polizeilicher Ermittlungen. Hiermit kläre ich Sie darüber auf, dass Sie sich nicht selbst belasten müssen und dass Sie das Recht auf einen Anwalt haben."

Omar sah gespannt zu Rebecca. Würde sie sich auf das Verhör einlassen, oder würde sie schweigen und es ihrem Rechtsbeistand überlassen, eine Erklärung für die gewaltigen Schwierigkeiten zu finden, in denen sie sich gerade befand?

Rebecca erwiderte seinen Blick. Ihr nicht zugeschwollenes Auge fixierte ihn kurz, dann wandte sie sich dem DCI zu.

„Wenn ich das richtig verstehe, habe ich das Recht, einen Anruf zu tätigen?"

Ihre Stimme klang stockend und schwer, und ein wenig verwaschen, so als ob sie alkoholisiert wäre. Ob sie sich mit Drogen zugedröhnt hatte, ehe sie zu Tony Bricks in den Ring gestiegen war? Offenbar hatte sie ja an der Quelle gesessen.

„Kennen Sie die Nummer auswendig?", fragte Omar und schob ihr das Telefon hinüber, das auf dem Tisch stand. Ein altmodischer Apparat, dessen Hörer mittels eines Kabels mit einer Station verbunden war. Sie nickte nur und hob ab. Ihr Zeigefinger zitterte leicht, als sie die Tasten drückte. Es dauerte nur wenige Sekunden, bis er sie sagen hörte: „Ja, ich bin's Rebecca. Es ist so weit. Ja, Scotland Yard. Okay." Sie legte wieder auf.

„Sie scheinen damit gerechnet zu haben, dass wir Ihnen auf die Schliche kommen würden", sagte Hecker.

Rebecca lehnte sich zurück und strich eine rotblonde Haarsträhne aus ihrer Stirn, die dort an verkrustetem Blut festgeklebt war. Ihre Mundwinkel verzogen sich zu einem Lächeln, das jedoch gleich darauf zu einer Grimasse des Schmerzes mutierte.

„Wenn mein Rechtsbeistand erst einmal eingetroffen ist, werden Sie sehr enttäuscht sein."

Aus den Augenwinkeln sah Omar, dass der DCI schmunzelte.

„Alle Achtung", sagte dieser. „Sie haben Mut ... und Sie haben mich neugierig gemacht. Ich wüsste zu gerne, wie Sie sich aus dieser Misere herausreden wollen. Wir haben einen Berg an eindeutigen Beweisen. Mal ganz abgesehen davon, dass wir beide bezeugen können, wie Sie zugegeben haben, dass Sie für Tony Bricks arbeiten."

Rebecca winkte ab. „Glauben Sie mir, auf den ersten Blick erscheint manches anders, als es sich in Wirklichkeit darstellt."

„Gestatten Sie mir eine Frage?", mischte sich Omar ein. Sie wandte sich wieder ihm zu. Er versuchte, nicht auf die zugeschwollene Hälfte ihres Gesichts zu starren.

„Erinnern Sie sich noch daran, als wir uns zum ersten Mal begegnet sind?"

Sie nickte und nun erschien so etwas wie ein Schmunzeln auf ihren rissigen Lippen.

„Natürlich, Sie haben einen bleibenden Eindruck bei mir hinterlassen."

„Bereuen Sie Ihre damalige Entscheidung?", fragte Omar.

Sie sah ihn lange an, dann schüttelte sie den Kopf.

„Nein. Sehen Sie mich doch an. Ich lag richtig. Mehr als richtig."

# Sechs Monate zuvor

# Kapitel 2

„Guten Morgen!", sagte DCI Laurel in einer Lautstärke, die Rebecca Williams zusammenzucken ließ. Sie unterdrückte ein Gähnen, kniff die Augen zu und öffnete sie sofort wieder weit, in der Hoffnung, ein wenig wacher zu werden.

„Ich darf Sie zum dritten und letzten Tag des Trainee-Auswahlprogramms für den gehobenen Dienst bei der Metropolitan Police begrüßen", fuhr Laurel fort. „Heute steht noch eine weitere Aufgabe an, ehe wir uns beraten und Ihnen mitteilen, wer aus Ihrer Mitte unseren Kriterien entspricht."

Er nickte Rebecca zu. Sie ließ ihren Blick über die fünf Bewerber und drei Bewerberinnen schweifen. Nur zwei von ihnen würden einen der begehrten Plätze als Trainees ergattern. Sie hatten ausführliche Interviews, Intelligenz- und Persönlichkeitstests sowie knifflige Gruppenaufgaben hinter sich gebracht, die ihre Fähigkeiten erfassen sollten, flexibel auf unerwartet auftretende Probleme zu reagieren.

„Die letzte Herausforderung, die Sie bewältigen müssen, ist ein Rollenspiel", sagte sie jetzt.

Rebecca rechnete es den Anwesenden hoch an, dass sie nicht laut aufstöhnten oder die Augen verdrehten. Rollenspiele gehörten zu den unbeliebtesten Aufgaben in Assessment-Centern, aber korrekt durchgeführt konnten sie sehr gut geeignete von ungeeigneten Bewerben trennen.

„Bilden Sie einen Halbkreis", sagte Rebecca. Das Kreischen und Knirschen, als acht Stühle über den Betonboden gezogen wurden, fuhr ihr durch Mark und Bein. Sie winkte CI Capaldi zu. Der Beamte stellte sich neben sie. Er trug eine Markenjeans, die mehr aus Löchern als aus Stoff zu bestehen schien, und ein blütenweißes Hemd, dessen Ärmel hochgekrempelt waren und einen Blick auf die muskulösen Unterarme des Inspektors erlaubten.

„Ich darf Ihnen Steve Elwood vorstellen", sagte Rebecca. „Steve dealt mit Drogen. Nicht mit Gras oder mit Ecstasy, bei ihm bekommen Sie das richtig gute Zeug. Er ist auf hochwertiges Kokain und LSD spezialisiert. Aber seien Sie gewarnt, Steve ist wählerisch, was seine Kundschaft angeht. Ihre Aufgabe besteht darin, ihn zu einem Geschäft zu bewegen. Wie Sie das anstellen, bleibt Ihnen überlassen. Constable Marston, Sie beginnen."

Sie nickte dem Bewerber zu, der am linken Rand des Halbkreises saß. Constable Marston war hochgewachsen und schlank. Ein gepflegter Schnurrbart schmückte sein kantiges Gesicht. Seine braunen Augen musterten CI Capaldi aka Steve Elwood aufmerksam. Mit demselben Blick hatte er auch Rebecca gescannt, als sie einen Intelligenztest mit ihm durchgeführt hatte. Mit einem IQ von 124 hatte das Ergebnis klar im überdurchschnittlichen Bereich gelegen. Ebenfalls extrem waren allerdings die Werte in den Persönlichkeitstests ausgefallen, insbesondere der niedrige Score auf der Skala *Verträglichkeit*, der darauf hindeutete, dass Marston ein eher unbequemer Zeitgenosse war. Rebecca war gespannt, wie er sich in einer Situation schlagen würde, die ein hohes Maß an Empathie und Menschenkenntnis erforderte.

Der Bewerber trat auf Steve Elwood zu.

„Guten Abend", sagte er, stellte sich neben den Dealer und holte ein Päckchen Zigaretten aus seiner Brusttasche hervor. Er bot seinem Gegenüber eine an, die dieser jedoch dankend ablehnte. Marston zündete sich eine Kippe an, nahm einen tiefen Zug und blies den Rauch langsam aus den Nasenlöchern.

*Ob er es genoss, die Regel zu brechen, dass in öffentlichen Gebäuden nicht geraucht werden durfte?*

Rebecca notierte sich diese Frage auf ihrem Beobachtungsformular.

„Ich habe schon viel von Ihnen gehört", sagte Marston zu Elwood. Dieser zog eine Augenbraue nach oben, übertrieb dabei aber, sodass es unfreiwillig komisch wirkte. Rebecca kniff die Lippen zusammen. Das war das Problem mit Laiendarstellern. Sie neigten zum Overacting. Leider war der Metropolitan Police das Auswahlverfahren nicht so viel wert gewesen, dass sie professionelle Schauspieler hatten engagieren können.

„Ich hoffe, nur Gutes", sagte Elwood.

Marston schmunzelte. „Es heißt, dass ich bei Ihnen an der richtigen Adresse bin, wenn ich auf der Suche nach dem wirklich guten Stoff bin."

Rebecca hob das Klemmbrett und erneut huschte ihr Stift über den Protokollbogen. Der Bewerber wählte die direkte Route. Nun, da würde er rasch auf Hindernisse stoßen.

„Was meinen Sie damit?", fragte Elwood.

„Kommen Sie schon. Mir brauchen Sie nichts vorzuspielen. Sie haben das, was ich möchte, und ich habe Bares. Eine Menge davon. Da lässt sich doch sicher etwas arrangieren."

Elwood trat einen Schritt beiseite und ließ seinen Blick von Marstons Schuhen bis hoch zu seinem Gesicht wandern.

„Mal abgesehen davon, dass Sie nicht wie jemand aussehen, der über erhebliche Geldmittel verfügt ... können Sie mir verraten, was ich haben sollte, das Sie möchten? Ich habe nämlich keinen blassen Schimmer, wovon Sie reden."

Das Schmunzeln verschwand von Marstons Lippen. Nun wurde es spannend. Da war das Hindernis. *Würde er seine Strategie anpassen?*

„Okay, dann reden wir mal Klartext", sagte er daraufhin. „Ich habe tausend Pfund, die ich in reines Kokain investieren möchte."

Nun war es Elwood, der schmunzelte. „Tausend Pfund? Hatten Sie nicht behauptet, dass Sie über eine Menge Bares verfügen würden? Für einen Tausender mache ich mir nicht die Hände schmutzig."

Auf Marstons Wangen bildeten sich dunkelrote Flecken. Sein Brustkorb hob und senkte sich schneller als zuvor. Eine emotionale Reaktion. Würde er diese in den Griff bekommen? Der Bewerber atmete schwer, und seine rechte Hand zitterte ein wenig. Er öffnete gerade den Mund, als ein Glöckchen ertönte.

„Die Zeit ist um", sagte DCI Laurel.

„Aber ich war noch nicht fertig", protestierte Marston.

„Wir haben genug gesehen", erwiderte Laurel. „Der Nächste bitte."

Marston ließ die halb gerauchte Zigarette auf den Boden fallen und drückte sie aus. Dann nahm er Platz, verschränkte die Arme vor der Brust und funkelte den DCI wütend an. Sein Nachbar erhob sich. Er war gut einen Kopf kleiner und sein rundes Gesicht strahlte eine frische Jugendlichkeit aus. Dafür war sein glänzend schwarzer Schnurrbart größer und eindrucksvoller als der seines Vorgängers.

„Constable Sharif-Holbrook“, sagte Rebecca. „Auch Ihre Aufgabe ist es, Steve Elwood dazu zu bewegen, Ihnen Drogen zu verkaufen.“

Sie sah, dass der Adamsapfel des Bewerbers nervös auf und ab hüpfte. Er zwirbelte sich die Schnurrbartspitzen und trat auf den Laiendarsteller zu. Während der wenigen Meter, die er dabei zurücklegte, verwandelte sich seine Körperhaltung extrem. Er schob die Hände in die Hosentaschen und wippte mit den Schultern im Takt des Liedes hin und her, das er leise vor sich hin pfiff. Rebecca kannte die Melodie, der Titel des Stücks wollte ihr aber partout nicht einfallen.

Wie Marston zuvor stellte sich auch Sharif-Holbrook neben den Dealer. Er sprach ihn jedoch nicht sofort an, sondern pfiff fröhlich weiter. *Was war das für ein Song?* Es ärgerte Rebecca, dass sie nicht darauf kam.

„Was pfeifen Sie denn da?“, fragte Elwood, dem es ähnlich zu ergehen schien.

„Ach, nur was von den Beatles.“

„*Lucy in the Sky with diamonds*“, sagte Elwood.

„Ah, ein Kenner“, erwiderte Sharif-Holbrook.

Der Dealer nickte. „Das war noch Musik“, erwiderte er.

„Das können Sie laut sagen. So etwas wird es nie wieder geben.“

„Oasis waren nah dran“, gab Elwood zu bedenken.

Sharif-Holbrook verzog das Gesicht.

„Ist das Ihr Ernst? Die Gallaghers haben oft genug behauptet, Lennon und McCartney das Wasser reichen zu können, aber nah dran waren sie nie. Der Alkohol stand ihnen immer im Weg.“

Elwood zuckte mit den Achseln. „Das Problem hatten die Beatles nicht.“

„Die haben sich anderweitig berauscht. Wussten Sie, dass *Lucy in the Sky with Diamonds* einen LSD-Trip beschreibt?“

„Tatsächlich?“, fragte Elwood.

„Ja. Also, das wird zumindest gemunkelt. Leider kann man John Lennon ja nicht mehr fragen, ob das stimmt. Das muss schon ein Wahnsinnserlebnis sein, so ein LSD-Rausch, wenn so ein großartiger Song dabei herauskommt.“

Rebecca fertigte eifrig Notizen an. Der Bewerber war clever vorgegangen. Er hatte auf eine zwanglose Weise Kontakt aufgenommen und den Dealer in eine Unterhaltung verwickelt, deren zunächst unverfängliche Inhalte dessen Interesse geweckt hatten. Nun lenkte er auf den eigentlichen Zweck des Gesprächs um.

„Haben Sie schon einmal LSD genommen?“, fragte Elwood.

Sharif-Holbrook winkte ab. „Nein, ich bin ein viel zu großer Angsthase. Ich habe gehört, dass nicht jeder Trip in einem meisterhaften Kunstwerk enden soll. Manche Leute bleiben hängen und kommen gar nicht mehr in der Realität an. Denken Sie nur an Syd Barret, den früheren Sänger von Pink Floyd.“

Elwood schüttelte den Kopf. „Der hatte größere Probleme als einen endlosen Horrortrip. Es kommt nur darauf an, den richtigen Stoff einzuwerfen, dann ist das Ganze so sicher wie ein Glas spanischer Rotwein. Ich habe gelesen, dass Psychiater LSD inzwischen sogar schon zur Therapie von Depressionen einsetzen, und das kann ich absolut nachvollziehen.“

Rebecca unterdrückte ein Lächeln. Anerkennend notierte sie, dass es dem Bewerber gelungen war, die Rollen zu vertauschen. Nun war es nicht mehr er, der den Dealer darum anbetteln musste, ihm Drogen zu verkaufen. Stattdessen warb Elwood für seine Ware. Das Glöckchen läutete wieder.

„Und fertig“, sagte DCI Laurel. „Die Nächste bitte.“

Kein Einziger der verbliebenen sechs Kandidaten schaffte es, den Laiendarsteller so weit zu bringen, dass er einem konkreten Geschäft zugestimmt hätte. Aber darum ging es auch gar nicht.

Als die letzte Bewerberin ihr Rollenspiel beendet hatte, sagte DCI Laurel: „Sie können nun wieder im Wartebereich Platz nehmen. Wir besprechen uns und werden Sie dann einzeln zu uns rufen, um Ihnen mitzuteilen, ob Sie es in das Trainee-Programm geschafft haben."

Erneut kratzten Stühle über den Boden, aber Rebecca war inzwischen so wach, dass es ihr nicht mehr durch Mark und Bein drang. Sie nahm ihr Klemmbrett und folgte DCI Laurel in das Besprechungszimmer.

# Kapitel 3

Der Rauch kitzelte Omar in den Nebenhöhlen. Er räusperte sich und kniff sich in die Nasenspitze, um nicht niesen zu müssen.

„Das ist eine Farce", knurrte Marston und zog so fest an seiner gerade erst entzündeten Zigarette, dass diese beinahe bis zur Hälfte verglühte. „Als ob die uns irgendwann einmal losschicken würden, um bei einem Edel-Dealer zwei Kilo Koks zu kaufen."

„Ich schätze, das werden wir herausfinden, wenn wir das Trainee-Programm durchlaufen."

Marston winkte ab. „Die werden uns nicht nehmen."

Omar runzelte die Stirn. „Warum denn nicht?"

„Wegen der Frauenquote ist einer der Plätze schon geblockt. Bleibt also noch einer übrig. Ich bin denen zu geradeheraus. Ist so ein Zug von mir. Kann ich nichts dagegen tun. Leider ist das nicht förderlich, wenn man bei Scotland Yard Karriere machen will. Da kann man noch so begabt sein. Ehrlich seine Meinung zu sagen, ist anscheinend ein No-Go. Genauso wie deine Hautfarbe. Sorry, ich weiß, dass man das nicht sagen sollte, aber es ist leider so. Schau dir doch mal die Führungsriege der Met an. Die sind alle blütenweiß."

„Das wird sich ändern", sagte Omar, „und einen Leitungsposten will ich ja gar nicht. Mir reicht der gehobene Dienst."

„Constable Marston?"

Die Psychologin stand in der Tür.

„Ich komme schon", erwiderte Marston. Er drückte seine Zigarette im Aschenbecher aus und folgte ihr. Omar blieb sitzen, obwohl inzwischen ein leichter Nieselregen eingesetzt hatte. Der letzte Rest des Zigarettenqualms verflüchtigte sich. Er atmete tief ein und aus.

Ob sein Mitbewerber recht hatte? Hatten sie wirklich keine Aussichten auf die Traineestelle? Marstons Chancen waren wohl tatsächlich gering. Omar hatte zwar wenig Ahnung von Personalauswahlverfahren, aber dass der Constable sich mit seiner ruppigen Art nicht so präsentiert hatte, wie man es von den Bewerbern erwartete, war trotzdem offensichtlich. Aber wie hatte er selbst abgeschnitten? Reichte es aus, um DCI Laurel und die Psychologin dazu zu bewegen, einen Jungen aus dem East End, dessen aus dem Punjab stammende Familie seit nunmehr drei Generationen in England lebte, in den gehobenen Polizeidienst vorrücken zu lassen?

Der Nieselregen wurde stärker. Omar kehrte in den Vorraum zurück, wo die anderen Bewerber auf die Entscheidung warteten. Eine blonde Frau kaute an ihren Fingernägeln. Soweit er es beurteilen konnte, hatte sie sich sehr gut geschlagen, vor allem bei der Aufgabe, in der sie gemeinsam einen möglichst hohen Turm hatten bauen sollen. Die Tür, hinter der die Psychologin und DCI Laurel die Urteile verkündeten, schwang auf und Marston trat heraus. Omar sah auf den ersten Blick, dass dieser eine Absage kassiert hatte. Seine Kiefer mahlte und seine rechte Hand zitterte heftig.

„Vollidioten", zischte er, als er die Tür mit einem gewaltigen Knall zuschlug und ohne ein weiteres Wort an ihnen vorbei rauschte. Die Tür öffnete sich wieder und die Psychologin sah heraus. Eine rotblonde Strähne hing ihr über die Stirn. Ihr schweifender Blick fand nun Omar.

„Constable Sharif-Holbrook?"

Er schloss für einen Moment die Augen und atmete tief ein, dann ging er auf die Tür zu. Er kannte das Büro schon vom ersten Tag des Auswahlverfahrens her. Hier hatte Mrs. Williams ihn getestet. Er hatte mehrere Fragebögen ausfüllen und logische Aufgaben bewältigen müssen, die zusehends schwieriger geworden waren. DCI Laurel bot ihm einen Platz an und er setzte sich. Sein Blick blieb an den buschigen Augenbrauen des hochrangigen Polizisten hängen. Sie waren wohl mal schwarz gewesen. Nicht so schwarz wie Omars Schnurrbart, aber doch satt schwarz. Nun waren sie grau und an manchen Stellen sogar weiß.

„Wie schätzen Sie Ihre Leistung ein?", fragte Laurel und riss Omar aus seinen Gedanken.

Er entschloss sich für eine offene und ehrliche Antwort. „Ich kann es schwer einschätzen. Die Fragebögen habe ich ausgefüllt, ohne viel darüber nachzudenken. Bei diesen Denksportaufgaben habe ich wohl einiges richtig, und die Gruppenübungen fand ich spannend. Aber ich habe absolut keine Ahnung, was Sie daraus machen."

Er sah, dass die Psychologin schmunzelte. „Dann fangen wir mal mit den Fragebögen an", sagte sie. „Ihr Antwortmuster deutet darauf hin, dass Sie eine emotional stabile, offene, verträgliche, gewissenhafte Person sind, die nicht zu extravertiert aber auch nicht zu introvertiert ist."

„Ich dachte immer, es heißt extrovertiert", sagte O-mar.

Das Schmunzeln verbreiterte sich zu einem Lächeln. „Ja, das hat sich leider eingebürgert. Ursprünglich geht die Unterscheidung zwischen Extra- und Introversion auf C. G. Jung zurück. Dieser war in klassischen Sprachen wie Altgriechisch und Latein ebenso gut bewandert wie in Philosophie, Kunst und Literatur. Versuchen Sie einmal, die beiden Wörter auszusprechen. Bei

*Extraversion* öffnet sich der Mund weit, bei *Introversion* hingegen wird der Luftstrom zurückgehalten. Diese Lautmalerei unterstreicht sehr schön, worum es bei den jeweiligen Konzepten geht."

„Die nach außen gewandte Rampensau und das zurückhaltende, verinnerlichte Mauerblümchen?"

„Ganz genau. Deshalb finde ich es bedauernswert, dass dieses poetische Detail verloren geht, wenn man aus Bequemlichkeit das *a* durch ein *o* ersetzt."

„Ich werde es mir merken", sagte Omar und lächelte die Psychologin an.

„Können wir vielleicht wieder zum Thema zurückfinden?", fragte DCI Laurel brummend.

Sie räusperte sich und fuhr fort: „Bei dem kognitiven Leistungstest haben Sie einen IQ-Wert von 132 erzielt mit besonderen Stärken in den Bereichen logisches Denken, Arbeitsgedächtnis und räumliches Vorstellungsvermögen."

„132?", sagte Omar. „Wow."

Die Psychologin lächelte. „Wichtiger als der Wert ist, was Sie praktisch mit Ihrer Intelligenz anstellen", erklärte sie. „Das bringt uns zu den Gruppenaufgaben. Ihre Selbstvorstellung war originell und auf den Punkt. Bei der Aufgabe, in der es darum ging, einen Turm zu bauen, haben Sie die anderen unterstützt, ohne sich je in den Vordergrund zu drängen. Und Ihre Kontaktaufnahme mit dem Drogendealer war ein Paradebeispiel dafür, wie man in kürzester Zeit Sympathie bei seinem Gegenüber weckt."

Omars Herz schlug schneller. Er hatte nicht mit so viel Lob gerechnet. „Das ... das klingt gut", sagte er.

„Warum haben Sie sich für die Traineestelle beworben?", fragte DCI Laurel.

Omar schluckte. Was sollte das denn jetzt? Diese Frage hatte er doch schon mindestens drei Mal beantwortet.

„Ich war gerne Streifenpolizist“, sagte er. „London ist eine großartige Stadt. Ich habe es geliebt, in Wandsworth unterwegs zu sein, mit den Leuten zu sprechen, Probleme zu lösen und der Gerechtigkeit unter die Arme zu greifen. Doch in letzter Zeit hatte ich immer häufiger das Gefühl, dass ich noch mehr leisten könnte, wenn ich an der richtigen Position sitzen würde.“

„Hat das etwas mit dem Fall des Putney Slashers zu tun?“, fragte Laurel.

Omar spürte, wie sein Mund austrocknete. „Daran war ich nur am Rande beteiligt“, sagte er.

„Und doch hat Ihre ehemalige Vorgesetzte, DCI Jenner, Sie in ihrem Abschlussbericht mehr als nur lobend erwähnt. Ist es das? Haben Sie Feuer gefangen? Wollen Sie Serienkiller zur Strecke bringen?“

Omar atmete tief durch. „Wenn Sie so direkt fragen ... ja!“

Laurel lehnte sich zurück. „Ihnen ist schon klar, dass das Durchlaufen unseres Traineeprogramms nicht bedeutet, dass Sie automatisch bei einem Sonderdezernat landen, das öffentlichkeitswirksam Mordfälle aufklärt? Sie werden alle Abteilungen kennenlernen und am Ende werden wir Ihnen eine Stelle anbieten. Das kann bei der Mordkommission sein, oder beim Drogendezernat oder bei der IT. Wir könnten Sie auf die Straße schicken, oder an einen Schreibtisch in einem fensterlosen Büro im Keller von Scotland Yard, sodass Sie im Winter wochenlang keine Sonne mehr sehen werden. Ist Ihnen das bewusst?“

Omar erwiderte den Blick des DCI. „Ja, das ist mir bewusst.“

„Und Sie wollen trotzdem in das Traineeprogramm einstiegen?“

„Warum hätte ich mich sonst bewerben sollen?“

Laurels Stirn legte sich in Falten. „Ich will offen mit Ihnen sein“, sagte er. „Mrs. Williams, unsere externe Beraterin hier, scheint einen Narren an Ihnen gefressen zu haben. Sie will mich dazu bewegen, Ihnen eine der beiden freien Stellen zu geben. Ihre Testergebnisse sind hervorragend und auch die praktischen Aufgaben haben Sie problemlos gemeistert. Das stimmt, da gebe ich ihr vollkommen recht. Aber was, wenn ich Sie einstelle, und Sie kündigen nach zwei Jahren, weil Sie sich bei dem Schreibtischjob, den wir Ihnen anbieten, zu Tode langweilen?“

Omar lehnte sich zurück. Er zwirbelte die Spitzen seines Schnurrbartes. „Nun, das ist Ihr Risiko, Sir“, sagte er.

Laurel kniff die Augen zusammen. „Wie bitte?“

„Ich will Mrs. Williams ihre Kompetenz nicht absprechen, aber sie kann nicht in die Zukunft sehen. Was in zwei Jahren sein wird, weiß keiner von uns. In letzter Zeit sind auf dieser Welt Dinge passiert, die sich niemand auch nur im Ansatz hätte vorstellen können. Natürlich könnte ich eine Fehlbesetzung für die Stelle sein, die Sie mir anbieten wollen. Aber ich kann Ihnen versichern, an meinem Willen, Leistung zu erbringen und Aufgaben zu bewältigen, gleichgültig, worum es sich dabei handelt, wird es nicht liegen.“

Laurel verzog das Gesicht. Er wirkte noch immer nicht überzeugt.

„Wenn ich etwas anmerken darf“, sagte Mrs. Williams und schob sich eine widerspenstige Strähne aus der Stirn. „Lassen wir einmal alle Fragebögen, alle Tests und das ganze Assessment-Center beiseite und betrachten nur das, was uns Constable Sharif-Holbrook in den letzten Minuten gezeigt hat. Wenn Sie ihn einstellen, werden Sie einen intelligenten, hoch motivierten und leidenschaftlichen Mitarbeiter gewinnen, gleichgültig, ob Sie ihn mit der Jagd nach einem Serienkiller oder mit der Neuorganisation der Mülltrennung von Scotland Yard beauftragen."

Omar spürte, wie sich ein Grinsen auf seinen Lippen ausbreiten wollte, schaffte aber, es zu unterdrücken. DCI Laurel seufzte.

„Okay, genug der Schauspielerei. Constable, Sie haben auch die letzte Prüfung bestanden. Ich hätte Ihnen den Job sofort gegeben, aber Mrs. Williams wollte noch herausfinden, wie Sie damit umgehen, wenn Sie auf die Folter gespannt werden."

Omar sah die Psychologin verblüfft an. Dann dämmerte ihm die Bedeutung der Worte, die Laurel gerade an ihn gerichtet hatte. „Heißt das, ich habe den Job?"

Rebecca Williams lachte.

„Für jemanden mit einem IQ von 132 sind Sie erstaunlich schwer von Begriff."

# Kapitel 4

Rebecca streifte sich die Schuhe von den Füßen und hängte die Handtasche an die Garderobe. Sie schlüpfte in ihre Clogs im Camouflage-Stil und ging ins Wohnzimmer. Marc saß auf dem schwarzen Ledersofa und sah sich ein Fußballspiel an.

„Hi, Schatz", sagte er. „Wie war dein Tag?"

„Gut. Wir haben heute das Assessment-Center bei der Met zu Ende gebracht."

„Habt ihr dieses Mal die Richtigen ausgewählt?"

Er zwinkerte ihr zu. Sie schmunzelte. „Na, du scheinst ja viel Zutrauen in meine Fähigkeiten zu haben."

„Ich weiß, dass du die Beste bist. Deshalb liebe ich dich."

„Ich dich auch, mein Herz. Wer spielt denn?"

„Arsenal gegen West Ham. Ein ziemlich einseitiges Spiel. Soll ich in den Pub gehen und es mir dort ansehen, damit du ein bisschen Ruhe hast?"

„Ich fürchte, mit der Ruhe wird es nichts heute Abend. Genauso wie mit der zweiten Halbzeit deines Spiels", erwiderte sie. Er sah sie irritiert an.

„Wir sind bei Vicky eingeladen. Schon vergessen?"

Marc stöhnte. „Oh nein, das hatte ich voll verdrängt. Muss das sein?"

„Ja, muss es. Es wird ganz bestimmt nett werden. Komm schon, das letzte Mal haben wir doch viel gelacht."

Marc verdrehte die Augen. „*Ihr* habt gelacht. Ich habe das Geschwätz ihres Influencer-Freundes über mich ergehen lassen müssen. Als ob mich interessieren würde, welches Sonnenstudio in der City den besten Bräunungsgrad zu bieten hat."

Sie legte ihm eine Hand auf den Arm. „Das war keine Anspielung auf deine Hautfarbe. Du weißt doch, dass Georgios immer nur über sich selbst spricht. Das ist eine Berufskrankheit erfolgreicher Influencer. Auf YouTube haben seine Videos regelmäßig mehr als eine Million Views."

Marc schüttelte den Kopf. „Das werde ich nie verstehen ... und dann noch der bescheuerte Name seines Accounts: *Der Tanfluencer*. Aber egal, ich sollte mich wohl frisch machen, bevor wir bei unseren Nachbarn aufschlagen."

„Lass dir Zeit."

Rebecca ging ins Bad, zog sich aus und stellte sich unter die Brause. Sie duschte ausschließlich kalt, weil es sie wach machte und weil sie es hasste, wenn der Badspiegel anlief, ganz im Gegensatz zu Marc, der es liebte, viel Dampf zu produzieren.

Eine Stunde später traten sie ins Treppenhaus. Die riesige Glasfront zur Leman Street bot einen freien Blick auf die untergehende Sonne, die hinter den Hochhäusern der City in einem blendenden Streifen aus Orange und Purpur versank. Keine Wolke stand am Himmel. Rebecca blieb einen Augenblick stehen, um das Schauspiel zu genießen.

„Wir hätten am Themseufer spazieren gehen können", brummte Marc.

„Das können wir später immer noch. Der Abend ist lau."

„Ich fürchte, dass ich dazu nicht mehr in der Lage sein werde, wenn ich mir das Geschwätz von Georgios schöngetrunken habe."

Rebecca knuffte ihn in die Seite. Sie gingen zur gegenüberliegenden Wohnung und Marc drückte den mit *Victoria Bricks & Georgios Megalopoulos* beschrifteten Klingelknopf. Schnelle Schritte waren zu hören, dann öffnete sich die Tür.

„Hi, schön, dass ihr da seid", rief Vicky, breitete die Arme aus und stürzte sich auf Rebecca. Diese musste sich ein wenig bücken, um die Umarmung der kleineren Frau zu erwidern. Sie roch ein süßliches Parfüm. Wahrscheinlich Vivienne Westwood, das war die Lieblingsdesignerin ihrer Nachbarin. Sie löste sich von ihr. Vicky wiederholte das Begrüßungsritual bei Marc, der es mit zusammengekniffenen Lippen über sich ergehen ließ.

„Kommt rein", sagte sie.

Im Wohnzimmer wartete Georgios auf sie. Braun gebrannt, ein muskulöser Schrank von einem Mann, der sogar Marc noch um einen halben Kopf überragte. Mit Zähnen so weiß, dass man glauben konnte, sie wären mit Photoshop bearbeitet worden. Vicky sah daneben eher unscheinbar aus mit ihren mausbraunen, schulterlangen Haaren, dem sommersprossigen, bleichen Gesicht und den blassblauen Augen.

„Was wollt ihr trinken?", fragte die Gastgeberin. „Martinis?"

„Gern", sagte Marc.

„Ich nehme einen Orangensaft, wenn das okay ist", sagte Rebecca.

„Einen Orangensaft? Mit Wodka?", fragte Georgios.

„Nein, bitte nur einen Orangensaft."

„Was ist denn mit dir los?", fragte Vicky. „Bist du den Anonymen Alkoholikern beigetreten?"

Rebecca lächelte. „Nein, aber ... okay, ich ... wir versuchen, schwanger zu werden und ich verzichte deswegen auf Alkohol."

Auf Vickys Gesicht erschien ein breites Grinsen.

„Die meisten Schwangerschaften, von denen ich weiß, sind durch zu viel Alkohol zustande gekommen."

Sie lachten. Vicky schenkte Rebecca einen Orangensaft ein, während Georgios Marc einen Martini mixte.

„Wir haben draußen gedeckt. Ich hoffe, das ist okay für euch. Der Abend ist so himmlisch, da wollten wir nicht hier drinnen versauern."

Sie gingen auf den geräumigen Balkon, der Platz für einen enormen Barbecue-Grill, einen Tisch mit zwölf Stühlen und zwei Sonnenliegen bot. Die tief orangefarbenen Strahlen der Abendsonne spiegelten sich in den Glasfassaden der Hochhäuser rings umher wider.

„Das hat schon was, findet ihr nicht?", fragte Vicky. „Ich lebe wirklich gern in London. Auch wenn die Abende, an denen es nicht regnet und kalt ist, eher selten sind."

„Dafür verbringen wir ja den halben Sommer in deinem Haus in Mykonos", sagte Georgios. „Da können wir genügend UV tanken."

„Ziehst du echte Sonne der Solarium-Bräune vor?", fragte Marc. Rebecca biss die Zähne zusammen, um zu verhindern, dass sie angesichts Marcs vollkommen ernsthafter Miene laut loslachte.

„Freiluftbräunung setzt ein solides Fundament", meinte Georgios. „Im Studio kann man dann die Feinjustierung vornehmen. Der Schlüssel liegt in einer gleichmäßigen Bestrahlung aller Hautpartien."

„Also ein bisschen wie bei einem Brathähnchen, oder?", fragte Marc. Georgios sah ihn irritiert an, wobei er seine Stirn in Falten legte. Er glättete sie jedoch gleich wieder, offenbar darum bemüht, keine bleibenden Vertiefungen zu hinterlassen.

Vicky klatschte in die Hände.

„Das ist ein gutes Stichwort", sagte sie. „Habt ihr Hunger?"

Der Catering-Service hatte ganze Arbeit geleistet. Nach einem üppigen Teller Pasta mit Meeresfrüchten und einem fabelhaften Tiramisu war Rebecca voll bis oben.

„Pflaumen-Raki?", fragte Georgios nun. Er hielt ein Tablett mit vier Schnapsgläsern in der Hand.

Marc nickte eifrig, doch Rebecca lehnte ab.

„Ein Espresso wäre super", sagte sie.

„Wie laufen die Geschäfte, Marc?", fragte Vicky.

Marc, der gerade nach dem Shot hatte greifen wollen, den Giorgios ihm reichte, hielt inne und erwiderte: „Nicht so besonders, ehrlich gesagt. Der Brexit hat uns ganz schön zugesetzt."

„Ihr müsst euch neue Handelspartner suchen", sagte Vicky. „Das war von Anfang an der Fehler ... diese Konzentration auf die EU."

„Na ja", erwiderte Marc und nahm einen Schluck von seinem Raki. „Wir importieren nun einmal spanischen Schinken und belgische Pralinen. Unsere Kundschaft wäre bestimmt nicht erfreut, wenn wir stattdessen südkoreanische Süßigkeiten anbieten würden."

Vicky winkte ab. „Das wird schon wieder werden. Irgendwann werden diese Bürokraten in Brüssel erkennen, dass sie nicht ohne uns können." Sie prostete Marc zu und beide leerten ihre Gläser. Dann wandte sich Vicky an Rebecca: „Hast du kurz Zeit für mich?"

„Natürlich", erwiderte diese. Sie standen auf. Marc warf seiner Freundin einen Blick zu, der wohl aussagen sollte: *Hilf mir!*, als Georgios in einen seiner Monologe über die korrekte Pflege sonnengebräunter Haut ausbrach. Die beiden Frauen gingen ins Wohnzimmer und setzten sich auf das wie neu aussehende, makellos weiße Ledersofa.

„Wie lief dein Assessment-Center?", fragte Vicky. Trotz der Martinis, einer halben Flasche Weißwein und des Rakis wirkte sie stocknüchtern.

„Gut", erwiderte Rebecca. „Wir haben zwei kreuzbrave Bewerber für das Traineeprogramm ausgewählt."

Vicky grinste. „Ganz im Sinne deines Auftraggebers."

„Von welchem meiner Auftraggeber sprichst du jetzt?", fragte Rebecca.

Vicky lachte. „Die Kreuzbraven sind also aus dem Weg geräumt. Was hast du für uns?"

Rebecca befeuchtete sich mit der Zungenspitze die Lippen. „Ich glaube, ich habe jemanden gefunden, der sich perfekt für eure Zwecke eignet."

Sie griff nach ihrer Tasche, holte eine Akte heraus und reichte sie Vicky. Diese begann, das Schriftstück durchzublättern.

„Tom Marston", murmelte sie. „Kannst du mir eine grobe Zusammenfassung geben? Aus deinen Tabellen und Schaubildern werde ich einfach nicht schlau."

„Klar. Marston hat von uns ein klares *Nein* bekommen. Er ist der Typ, der sich für den Allerschlausten hält und stolz darauf ist, unangepasst zu sein. Er drückt jedem seine Meinung rein, ob dieser es nun will oder nicht. Wenn etwas schiefläuft, sind immer die anderen schuld. Er ist ein rücksichtsloser, vollkommen auf seinen eigenen Vorteil bedachter Narzisst. Damit weist er genau das Persönlichkeitsprofil auf, das euren Anforderungen entspricht. Er könnte als Manager in einem großen Konzern bestehen, als Präsident einer Weltmacht, oder in einer Organisation wie der deines Vaters."

Vicky sah sie direkt an. „Das klingt nach einem ziemlich unangenehmen Zeitgenossen", sagte sie.

Rebecca zuckte mit den Achseln. „Privat würde ich mit Marston ganz bestimmt nichts zu tun haben wollen. Er ist der Typ, wegen dem man in einen anderen Pub geht, weil er einen so nervt."

„Aber wenn er so selbstbezogen ist, ist er dann auch loyal? Du weißt, dass das meinem Vater am wichtigsten ist."

„Ja, das weiß ich natürlich. Marston ist wie ein Hundewelpe. Er braucht viel Zuwendung und regelmäßige Leckerli. So könnt ihr ihn zum anhänglichsten Wesen dressieren, das sich dein Vater nur wünschen kann."

„Mit Leckerli meinst du Geld, das ist mir schon klar. Aber was verstehst du unter Zuwendung?"

„Wenn ihr ihm regelmäßig sagt, wie toll er ist, wie wichtig die Informationen sind, die ihr von ihm bekommt, und dass er der beste Informant ist, den ihr jemals hattet, wird er euch aus der Hand fressen."

Vicky legte den Kopf schief. „Kann das nicht auch nach hinten losgehen? Ich meine, wenn wir ihn zu sehr pampern, bildet er sich vielleicht irgendwann ein, Forderungen stellen zu können."

Rebecca nickte. „Ja, das kann natürlich passieren. Das ist dann der Zeitpunkt, an dem ihr ihn wieder loswerden müsst. Aber das fällt glücklicherweise nicht in meinen Zuständigkeitsbereich."

Vicky brach in schallendes Gelächter aus. „Super, Becca, ich liebe deinen Sinn für Humor. Lass uns zu den Jungs rausgehen und unser kleines Geschäft feiern. Marc weiß doch nichts davon, oder?"

Rebecca schüttelte den Kopf.

„Gut", sagte Vicky. „Sieh zu, dass das so bleibt. Es ist besser für ihn."

# Kapitel 5

Omar trat in die Küche und ging auf Gwyneth zu, die am Herd stand und Porridge anrührte. Er umarmte seine Frau von hinten und sie schmiegte ihren Kopf an seinen.

„Na, aufgeregt?“, fragte sie, ohne im Rühren innezuhalten. Sie gab einen weiteren Schuss Hafermilch in den Brei, der einen himmlischen Duft nach Zimt verströmte.

„Ein bisschen“, gab Omar zu und drückte ihr einen Kuss auf die Wange, ehe er sie wieder losließ und zwei Tassen aus dem Küchenschrank holte, um Tee zu kochen.

Sie sah ihn an und lächelte. „Das wird schon. Das Schlimmste hast du doch schon hinter dir. Dieses Auswahlverfahren war bestimmt kein Zuckerschlecken.“

Omar zuckte mit den Achseln. Er gab zwei Beutel in die Tassen und schaltete den Wasserkocher ein.

„Das Assessment-Center hat mir sogar ein bisschen Spaß gemacht“, sagte er. „Ich finde es spannend, was diese Psychologin alles über uns Bewerber herausbekommen hat. So einen Job könnte ich mir auch vorstellen.“

„Oh je“, sagte Gwyneth und verzog das Gesicht zu einer Grimasse. „Du weißt, wie schwer es mir als Nachfahrin eines noblen walisischen Schmugglergeschlechts fällt, mit einem Cop verheiratet zu sein. Und jetzt willst du auch noch zum Seelenklempner umsatteln?“

Er lachte. „Nein, ich will niemanden behandeln. Aber wenn mich die gehobene Laufbahn in die Personalabteilung führen würde, hätte ich auch nichts dagegen."

„Jetzt bring erst mal dein halbes Jahr Praktikum hinter dich, und dann sehen wir weiter."

Sie nahm den Topf vom Herd und schöpfte Porridge in zwei Schüsseln. Omar entsorgte die Teebeutel und trug die Tassen zum Tisch, dann setzten sie sich.

„Ich dachte nur ...", sagte Omar, während er auf seinen Löffel blies, um den dampfenden Brei etwas abzukühlen. „... eine Stelle in der Personalabteilung ist garantiert familienfreundlicher als eine in einer Soko."

Gwyneth sah ihn an. „Wir haben doch darüber gesprochen, dass wir beide uns keine Beschränkungen auferlegen. Ich weiß, wie wichtig dir ein Job in der Mordkommission wäre. Ich will auch irgendwann einmal meine eigene Anwaltskanzlei gründen. Wie wir das mit einem halben Dutzend Kindern und einem Hund unter einen Hut bringen, werden wir noch sehen. Aber dafür müsste ich erst einmal schwanger werden."

„Daran können wir ja arbeiten", sagte Omar und zwinkerte ihr zu.

Sie grinste. „Heute Abend gern, aber jetzt sieh zu, dass du rechtzeitig zu deinem Praktikum kommst!"

Eine Stunde später betrat Omar das Hauptgebäude der Metropolitan Police am Themseufer. Seit seinem ersten Tag als Streifenpolizist auf dem Revier in Wandsworth hatte er davon geträumt, hier zu arbeiten. DCI Laurel erwartete ihn bereits am Empfang.

„Guten Morgen, Constable", sagte er und nickte Omar zu. „Ich werde Sie zu Ihrem Einsatzort begleiten und Sie mit Ihren Kollegen bekannt machen."

Omar spürte, wie sich sein Pulsschlag beschleunigte. Er hatte keine Ahnung, in welcher Abteilung er die ersten vier Wochen seiner sechsmonatigen Trainee-Zeit verbringen würde. Sie gingen zu den Aufzügen und als

Laurel auf den Knopf mit der Nummer 3 drückte, realisierte Omar, dass es nicht die Mordkommission sein würde, denn diese war im fünften Stock untergebracht. Das wusste er von Olivia Jenner, seiner ehemaligen Chefin, die dort einmal gearbeitet hatte.

Sie stiegen in der dritten Etage aus, und Laurel führte ihn einen langen Korridor entlang. Schließlich stoppte er von einer Tür. Auf dem Schild daneben stand *Drogendezernat*. Das war es also. Nun, es gab Schlimmeres. Laurel trat ein und Omar folgte ihm. Sie fanden sich in einem Großraumbüro wieder. Ein gutes Dutzend Augenpaare richteten sich auf sie und Omar spürte, wie seine Handflächen feucht wurden. Ein hoch gewachsener, ziemlich bulliger Mann mit einem roten Gesicht und flachsblonden Haaren kam auf sie zu.

„DCI O'Brien", sagte Laurel, als er dem Hünen die Hand drückte. „Das ist Constable Omar Sharif-Holbrook, der Trainee."

O'Brien streckte ihm seine Pranke hin. Der Händedruck glich einem unfreiwilligen Kontakt mit einem Schraubstock und Omar hoffte inständig, dass er sich dabei nichts gebrochen hatte. Laurel verabschiedete sich und O'Brien begann damit, Omar seine neuen Kollegen auf Zeit vorzustellen. Die vielen Namen und Gesichter überforderten sein von der Aufregung ohnehin wenig aufnahmebereites Gehirn. Er war froh, als sich die gesamte Mannschaft in Richtung des Besprechungsraumes bewegte.

„Kopf hoch, das wird schon", hörte er eine Stimme hinter sich. Er wandte sich der Sprecherin zu, einer Frau, die kaum älter sein konnte als er. Ihr braunes Haar war zu einem Pferdeschwanz gebunden, der hin und her wippte, als sie mit ihrem federnden Gang neben ihm herlief.

„Inspector Wallis, nicht wahr?", fragte er.

„Fast richtig. Willis. Wie Bruce, nur ohne Hoden."

Omar riss die Augen auf und sie lachte. „Wir haben einen etwas derberen Humor hier."

Sie setzten sich in die letzte Stuhlreihe des Besprechungsraumes. DCI O'Brien startete einen an einem Tisch neben einer Leinwand bereitstehenden Laptop, ehe er mit einer Fernbedienung hantierte, offenbar, um einen Beamer anzuschalten. Das schien jedoch nicht zu funktionieren und der Leiter des Drogendezernats stieß ein paar äußerst unanständige Flüche aus.

„Drücken Sie mal Strg und F5", rief Inspector Willis.

O'Briens riesige Finger versuchten sich an der Tastenkombination und kurz darauf erschien ein leuchtendes weißes Viereck auf der Leinwand.

„Danke", knurrte der Polizist.

Er öffnete einen Ordner auf dem Desktop und klickte auf eine Bilddatei. Das Foto eines Mannes poppte auf. Er musste etwa Mitte fünfzig sein. Sein pockennarbiges Gesicht wurde von einem fleischigen Mund und einer krummen Nase dominiert. Wahrscheinlich hatte es mehrerer Schlägereien bedurft, um sie in diese Form zu modellieren. Am beeindruckendsten fand Omar jedoch die Augen des Mannes. Diese waren hellblau und absolut klar. Mit einer eisigen Härte blickten sie in die Kamera.

„Das ist Tony Bricks", sagte O'Brien. „Der Chef der Bricks Bande, wie sein Vater und sein Großvater vor ihm."

Er klickte auf ein weiteres Bild. Ein Kartenausschnitt des Londoner East Ends erschien. Ein Teil davon war rot schraffiert. Zu seinem Entsetzen stellte Omar fest, dass auch die Straße, in der er und Gwyneth lebten, zu dem markierten Bereich gehörte.

„Das ist das Territorium, das Bricks beherrscht", führte O'Brien aus. „Dort geschieht nichts ohne sein Wissen. Kein Drogendeal, kein Waffengeschäft, nicht einmal ein Taschendiebstahl. Bricks ist effizient und grausam. Wir vermuten, dass er hinter mindestens vierzehn Morden steckt. Bislang konnte ihm jedoch nichts nachgewiesen werden."

O'Brien klickte auf eine weitere Datei. Wieder war der Kartenausschnitt zu sehen, doch dieses Mal waren zwei Bereiche eingefärbt. Bricks rotes Territorium, das näher zur City lag und ein blaues Gebiet, das sich in Richtung der olympischen Spielstätten befand. An den Rändern überlappten sich die beiden Flächen.

„Wer kann mir sagen, was das ist?", fragte O'Brien.

„Das Revier der Skanderberg-Bande", rief Inspector Willis.

„Exakt", sagte O'Brien.

„Skanderberg-Bande?", fragte Omar.

„Benannt nach einem albanischen Widerstandskämpfer gegen die Osmanen. Das sind hippe Jungs, die dem alten Bricks gehörig die Hölle heißmachen", raunte die Kollegin ihm zu.

„Wie Sie sehen, stoßen die beiden Territorien direkt aneinander und überlappen sich bereits", sagte O'Brien. „Es ist nur eine Frage der Zeit, bis es zu offenen Revierkämpfen kommt. Ich bin mir mit dem Superintendenten einig, dass wir dem vorbeugen müssen."

„Und wie sollen wir das genau anstellen?", fragte Inspector Willis.

„Wir werden beide Seiten so sehr beschäftigen, dass sie keine Zeit mehr haben werden, sich gegenseitig zu bekämpfen."

Willis grunzte. „Tolle Strategie", murmelte sie.

O'Brien fuhr fort: „Als Erstes schlagen wir bei Bricks Organisation zu. Die haben wir schon seit einiger Zeit mit einer verlässlichen Quelle infiltriert. Morgen Früh wird eine größere Menge Kokain in einer Lagerhalle im East End erwartet. Offenbar ist der Deal so bedeutend, dass eine ganze Reihe von Bricks besten Leuten zur Sicherung abgestellt werden. Auch der Chef seiner Drogen-Abteilung soll dann vor Ort sein. Das ist unsere Chance, Bricks einen entscheidenden Schlag zu versetzen. Wenn er keine Leute mehr hat, kann er auch keinen Krieg gegen die Skanderberg-Bande führen."

Inspector Willis meldete sich. O'Brien bemerkte sie erst nicht. Vielleicht wollte er sie aber auch nicht sehen.

„Sir!"

Er wandte sich ihr zu. „Ja, was gibt es?"

„Wenn wir Bricks so sehr schwächen, hat dann nicht die Skanderberg-Bande freies Spiel, sein Territorium zu übernehmen?"

O'Brien warf ihr einen genervten Blick zu. „Nein, denn wir werden natürlich auch gegen die Skanderberg-Leute vorgehen. Leider haben wir bei denen noch keinen brauchbaren Informanten. Deshalb werden wir uns erst einmal mit Bricks beschäftigen."

Er öffnete eine Powerpoint-Präsentation, in der ausführlich der Schauplatz der Kokainlieferung und der Einsatzplan dargestellt wurden.

Willis knuffte Omar in die Seite.

„Das könnte heiß hergehen", sagte sie. „Ich hoffe, Sie haben Ihr Schießtraining schon absolviert."

# Kapitel 6

Rebecca saß an ihrem Schreibtisch und sah zum Fenster hinaus. Das Panorama, das sich ihr bot, war überwältigend. Vom 18. Stockwerk des unter dem Spitznamen *Gurke* bekannten Hochhauses in Central London hatte sie einen atemberaubenden Blick über die City zur Tower Bridge und weiter bis zum Millennium Dome. In der Ferne meinte sie sogar, das Meer in der Sonne glitzern zu sehen. Seufzend riss sie sich von diesem Anblick los und trat durch die Glastür in das Vorzimmer.

„Ein Mr. Dorcey hat angerufen", sagte Stacey, ihre Sekretärin. Sie hatte ihre braunen Haare zu einem strengen Pferdeschwanz gebunden und in der Verbindung mit der schwarz umrandeten Brille erinnerte sie Rebecca an die frühe Britney Spears.

„Was wollte er?"

„Er ist über das Internet auf Sie aufmerksam geworden", sagte Stacey. „Offenbar klappt das inzwischen mit den Suchmaschinen-Algorithmen."

„Das wurde ja auch Zeit, wir haben schließlich eine Menge Geld investiert, um sichtbarer zu werden. Aber kommen wir zurück zu Mr. Dorcey."

„Er vertritt einen Agrarverband irgendwo in Wilthshire. Die suchen jemanden, der ihren Fuhrpark managt."

Rebecca runzelte die Stirn. „Und deswegen fragt er bei einer international tätigen Recruiting Agentur an?"

Stacey kicherte. „Offenbar haben die keinen geeigneten Kandidaten auf den klassischen Wegen gefunden und sind nun auf der Suche nach einer Personalvermittlung, die Fachkräfte aus dem Ausland anzubieten hat."

„Haben Sie ihm gesagt, dass wir auf Banken und börsennotierte Unternehmen spezialisiert sind?"

„Ja, aber das wollte er nicht gelten lassen. Wir haben ein bisschen diskutiert und dann hat er aufgelegt. Ich hoffe, das war in Ordnung."

Rebecca nickte. „Ja, Kleinvieh macht zwar auch Mist, aber ich kann es mir leider nicht leisten, tagelang in Gummistiefeln über irgendwelche Äcker in Wilthshire zu stapfen, auch wenn es da sicher ziemlich malerisch ist."

„Ich würde Feierabend machen, wenn das okay ist", sagte Stacey.

„Natürlich. Ich werde heute auch nicht mehr alt hier", erwiderte Rebecca. Sie ging in ihr Büro, schaltete den PC aus und griff nach ihrer Tasche. Dann warf sie einen letzten Blick auf das silberne Band der Themse.

Auf den Straßen war die Rushhour voll im Gange. Rebecca beschloss, die überfüllten Züge der Tube zu meiden und die knappe Viertelstunde zu ihrer Wohnung zu Fuß zurückzulegen. Das herrliche Frühsommerwetter hielt an und so sah sie sich von leicht bekleideten Menschen umgeben. Sie selbst trug ein schwarzes Kostüm. Ihre High Heels hatte sie gegen bequeme Sneakers getauscht. Als sie aus dem Haupteingang der *Gurke* trat, fiel ihr Blick auf einen Mann in einem anthrazitfarbenen Anzug. Er stand an eine Straßenlaterne gelehnt da und las eine Zeitung. Sie war sich sicher, dass er heute Morgen schon dort gewartet hatte, als sie zur Arbeit gekommen war. Er war ihr aufgefallen, weil das feine Jackett nicht zu den Muskelpaketen passte, die seinen Oberkörper bedeckten wie das Packeis den

Nordpol. Rebecca zwang sich, den Mann nicht unnötig lange anzustarren, und ging die Straße entlang. Ihr Herz schlug ein wenig schneller. Sie kämpfte gegen den Drang an, sich umzudrehen, um nachzusehen, ob der Anzugträger sich an ihre Fersen heftete. Fieberhaft überlegte sie, wie sie es anstellen konnte, ohne dass er bemerkte, dass sie auf ihn aufmerksam geworden war. *Wie in einem dieser Spionagethriller von John Le Carré*, dachte sie.

Da kam ihr eine Idee. Sie trat mit dem linken Sneaker auf den Schnürsenkel des rechten und stellte zufrieden fest, dass sich die Schleife löste. Seufzend kniete sie sich hin und band sich den Schuh zu. Ihre Position hatte sie so gewählt, dass sie den Gehweg hinter sich im Blick hatte. Da war er! Etwa zwanzig Meter von ihr entfernt. Als er sie entdeckte, hielt er an und schaute auf seine Uhr ... nur, dass an dem Handgelenk, auf das er starrte, weder ein Armband noch ein Zifferblatt war.

Der Kerl verfolgte sie. Das war nun eindeutig. Sie stand auf und setzte sich wieder in Bewegung, zwang sich aber dazu, nicht schneller zu gehen als zuvor. Ihr Puls lag deutlich über hundert und sie spürte, wie Schweißtropfen auf ihre Stirn traten.

An einer Ampel musste sie stehen bleiben. Aus den Augenwinkeln sah sie, dass der Verfolger weiterhin hinter ihr her war. Beruhigt stellte sie jedoch fest, dass sich der Abstand nicht verringert hatte. War der Mann nur dazu da, sie aus der Ferne zu beschatten? Aber weswegen? Und wer war sein Auftraggeber?

Als es grün wurde, überquerte sie in einem Pulk anderer Personen die Straße. Sie achtete darauf, von Menschen umgeben zu sein, als sie sich nach rechts wandte. Eine Glasfront auf der gegenüberliegenden Straßenseite bot ihr die Gelegenheit, unauffällig nach dem Mann zu schauen. Er war nur wenige Meter hinter ihr. Im Gehen kramte Rebecca die Schlüsselkarte aus ihrer

Tasche hervor. Ihre Finger bekamen sie zu fassen, doch als sie sie herauszog, entglitt sie ihr und fiel zu Boden. Fluchend kniete sie sich hin und hob sie auf. Dabei drehte sie sich um. Der Anzugträger war verschwunden.

Diese Tatsache erschreckte sie beinahe noch stärker, als sein erneuter Anblick es vermocht hätte. *Warum folgte er ihr nicht mehr? Wie hatte er so rasch verschwinden können? Wusste er vielleicht, wo sie wohnte, und hatte er eine Abkürzung genommen, um ihr dort aufzulauern?* Dieser Gedanke jagte ihr Adrenalin durch die Adern. Was gäbe sie um eine dieser kleinen Pistolen, wie sie die Bond-Gespielinnen der Sechziger und Siebziger Jahre immer bei sich getragen hatten.

Sie bog um die letzte Ecke und sah zu ihrer Erleichterung, dass am Eingang ihres Wohnkomplexes nur der Gärtner stand, der die Buchsbäumchen vor dem Portal stutzte. Sie grüßte ihn, hielt die Schlüsselkarte an den Scanner und drückte beim Summen die Tür nach innen. Als diese hinter ihr ins Schloss fiel, atmete sie erst einmal tief durch. Sie befand sich in Sicherheit.

Marc war in der Küche zugange. Es duftete himmlisch.

„Hast du gekocht?", fragte sie.

„Nein, ich habe uns ein Curry geholt und wärme es gerade noch einmal auf."

Sie zog die Schuhe aus und ging ins Schlafzimmer, um sich bequeme Klamotten anzuziehen. Währenddessen hatte Marc den Tisch gedeckt. Als sie beim Essen saßen, sagte sie: „Ich glaube, mir ist heute ein Mann gefolgt."

„Was meinst du mit gefolgt?", fragte Marc.

„Als ich zur Arbeit gekommen bin, hat er vor dem Eingang der *Gurke* gewartet. Ein muskulöser Schrank in einem teuren Anzug. Und gerade eben auf dem Heimweg war er immer noch oder schon wieder da. Er hat sich an meine Fersen gehängt.“

„Hat er dich angesprochen oder bedroht?“ Marc wirkte besorgt.

„Nein, das nicht. Kurz bevor ich hier angekommen bin, war er auch wieder weg. Ich habe keine Ahnung, was er wollte.“

„Ein Stalker vielleicht?“, meinte Marc.

„Ich wüsste nicht, warum mich jemand stalken sollte.“

„Na ja, du bist nicht nur eine erfolgreiche, auf vier Kontinenten tätige Headhunterin, sondern auch eine sehr attraktive Frau.“

Sie winkte ab. „Das *erfolgreich* kannst du streichen. Mit neuen Aufträgen sieht es aktuell nämlich mau aus.“

„Was ist los? Du hast doch exzellente Referenzen vorzuweisen.“

„Es ist die Gesamtsituation. Der Krieg, die Rezession, die Inflation. Die Unternehmen sind vorsichtiger geworden, und sie stellen weniger Personal ein. Das bekomme ich natürlich zu spüren. Ich kann froh sein, dass ich regelmäßige Aufträge von der Metropolitan Police und von anderen Behörden erhalte. Das bezahlt aber gerade mal die Miete meines Büros und Staceys Gehalt.“

Marc winkte ab. „Darüber brauchst du dir keine Gedanken zu machen. Ich verdiene gut genug, dass ich unsere Wohnung allein stemmen kann.“

Rebecca schnaubte. „Wie oft haben wir das schon besprochen?“, fragte sie. „Du weißt genau, dass es mir gegen den Strich geht, wenn du mehr bezahlst als ich. Ich will das nicht. Wir leben in einer gleichberechtigten Partnerschaft, und deshalb leiste ich den gleichen Anteil wie du.“

Marc hob die Hände zu einer beschwichtigenden Geste. „Hey, hey, alles in Ordnung. Ich sage ja auch nicht, dass das für alle Zeit so bleiben muss. Aber es wird bestimmt immer mal Phasen geben, wo einer von uns weniger nach Hause bringen wird. Das ist normal und genauso normal ist es, dass der andere dann etwas ausgleicht."

„Es ist mir trotzdem unangenehm. Ich will nicht von dir abhängig sein."

„Empfindest du das etwa so?"

„Finanziell schon."

Sie schwiegen und aßen ihr Curry. Nach einer Weile sagte Rebecca: „Ich wollte dich nicht vor den Kopf stoßen, aber ich ..."

„Ich weiß, du willst unabhängig sein", schnitt er ihr das Wort ab. „Das ist dir wichtig und das respektierte ich. Das ändert aber nichts daran, dass deine Geschäfte gerade schlecht laufen."

Sie räumten die Teller ab und Marc setzte sich vor den Fernseher.

„Ich bin noch kurz in meinem Arbeitszimmer", sagte Rebecca. Keine Reaktion. Ob er den Beleidigten spielte? Während der PC hochfuhr, holte sie aus dem kleinen Safe, der in der Wand verankert war, einen unscheinbaren USB-Stick und schob ihn in den Slot. Sie sicherte ihre Verbindung und wählte sich über ein VPN in ihre Bitcoin-Wallet ein.

Sofort registrierte sie den Zahlungseingang. Laut Tageskurs waren das fünfzehntausend Pfund. Eine stolze Summe. Aber wenn es Vickys Vater gelang, Marston als Informanten anzuwerben, würde sich diese Investition mehr als auszahlen. Sie schloss die Augen und atmete tief durch. Das Geld würde ihnen fünf Monate lang die Miete zahlen. Danach musste sie weitersehen.

# Kapitel 7

„Kommen Sie rein, ich beiße nicht."

Omar spähte in den Laderaum des Vans, der vollgestopft war mit Computern und Bildschirmen. Die Geräte summten wie ein Bienenstock und überall blinkten Leuchtdioden.

Zwischen zwei Displays gequetscht saß Inspector Willis. Sie winkte Omar zu, der sich in Ermangelung eines Stuhls neben sie auf den Boden setzte.

„Schließen Sie die Tür, wir wollen doch nicht, dass einer der Dealer neugierig wird und einen Blick in unsere schicke Behausung wirft."

Mit Mühe zog Omar die Tür zu. Mit einem Mal wurde es dunkel um sie herum. Die Luft im Innern des Vans war stickig und warm.

„Wir haben die Zugänge der Halle, in der der Deal stattfinden soll, schon vor Tagen mit CCTV-Kameras abgedeckt."

Sie deutete auf vier der insgesamt sechs Bildschirme, die ein großes, halb offenstehendes Stahltor und drei eher unscheinbare Türen zeigten.

„Von innen haben wir keine Bilder?"

„Nein, leider nicht, das wäre zu riskant gewesen. Zwei der Männer vom SCO19 haben aber Helmkameras, so können wir die Operation live mitverfolgen. Das wird ein bisschen so aussehen wie damals im Weißen Haus, als Obama die Tötung von Bin Laden miterlebt hat."

„Ich hoffe mal, heute kommt niemand zu Tode."

Sie zuckte mit den Achseln. „Bei diesen Leuten weiß man nie."

Omar schluckte schwer. „Wie gefährlich ist die Arbeit beim Drogendezernat?", fragte er.

Willis lachte. „Nicht gefährlicher als woanders, schätze ich mal. Ich bin seit fünf Jahren dabei und habe in dieser Zeit zwei Schwerverletzte und einen Toten mitbekommen. Der ist allerdings bei einer Verfolgungsjagd mit dem Wagen gegen einen Betonpfeiler geprallt. Seitdem müssen wir alle jährliche Fahrtrainings absolvieren."

Sie verdrehte die Augen.

„Wie genau soll die Aktion heute ablaufen?", fragte Omar.

„Das SCO19 steht bereit. Wenn die Lieferung durch das Metalltor fährt, gebe ich Bescheid. Dann blockieren die Kollegen die drei Seitentüren und der Stoßtrupp dringt durch den Haupteingang in die Halle ein. Wir setzen auf den Überraschungseffekt. Vielleicht werden ein paar von Bricks Leuten versuchen, zu entkommen, aber da die Ausgänge alle gesperrt sind, werden sie besser damit fahren, wenn sie sich einfach ergeben."

„Das klingt nach einem sicheren Plan."

Sie zuckte mit den Achseln. „Selbst der sicherste Plan kann in die Hose gehen. Wir werden sehen. Ah, ich glaube, da tut sich was."

Sie deutete auf den Bildschirm, auf dem das Metalltor zu sehen war. Es öffnete sich tatsächlich. Leider konnte man nicht erkennen, was in der Halle vor sich ging, denn der Kontrast zwischen der hellen Straße und dem dunklen Hintergrund im Gebäude war zu groß. Ein Gesicht erschien und sah sich nach allen Richtungen um.

„Könnte der unsere Kamera entdecken?", fragte Omar.

„Das ist unwahrscheinlich. Die Vordere ist gut einhundert Yards entfernt. Wir arbeiten mit einem leistungsstarken Zoomobjektiv. Die Kameras an den Seiten sind allerdings näher dran, das ging nicht anders."

„Da!" Omar zeigte auf den dritten Bildschirm. Eine der Seitentüren hatte sich geöffnet. Ein breitschultriger Kerl trat heraus. Er schaute direkt in die Kamera.

„So ein Mist!", fluchte Willis.

Der Mann zog sich zurück, erschien jedoch gleich darauf wieder mit einer langen Stange, an deren Ende sich Borsten befanden.

„Mit dem Teil wischt man Spinnweben von Hausfassaden", grummelte Willis. „Ich fürchte aber, der Kerl hat damit etwas anderes vor."

Sie täuschte sich nicht. Der Besen kam immer näher und verdeckte schließlich den gesamten Ausschnitt. Dann ruckelte das Bild. Als sie wieder etwas sehen konnten, zeigte das Display die Gasse, an deren Ende der Van auszumachen war, in dem sie saßen.

„Fuck, er hat die Kamera weggedreht."

Willis griff nach dem Funkgerät und sagte: „Fall Gelb an Fall Blau. Der südliche Hintereingang ist nicht mehr von CCTV abgedeckt, ich wiederhole, keine Bilder mehr vom südlichen Hintereingang."

Es rauschte und klickte, dann sprach eine metallisch klingende Stimme: „Okay, das ist die Gasse, die zu Ihrem Standort führt. Behalten Sie das im Auge."

Willis fluchte. „Das musst du erledigen", sagte sie.

Omars Hände wurden feucht. Er öffnete die Hintertür des Vans einen Spalt breit und sah hinaus. In gut dreißig Metern Entfernung konnte er den Seiteneingang erkennen. Niemand war zu sehen.

„In Ordnung", sagte er. „Ich habe die Tür im Blick."

Willis griff nach ihrem Funkgerät. „Alle Türen wieder überwacht", gab sie durch.

Sie warteten eine Weile. Omar spürte seinen Herzschlag schnell und stark gegen seinen Hals hämmern. Unwillkürlich zwirbelte er seine rechte Schnurrbartspitze, während er wie gebannt auf die Tür starrte. Nichts regte sich.

„Jetzt geht's los", sagte Willis. Omar sah zu dem Bildschirm hinüber, der das Tor zeigte. Ein Van, ihrem eigenen nicht unähnlich, fuhr hinein. Zwei Männer traten aus dem Schatten der Halle, sahen sich um und schlossen dann die Flügel wieder.

„Greifen die Kollegen gleich zu?"

„Sie gehen jetzt in Position", sagte Willis. „Dann warten wir eine Minute und schlagen zu."

Sie gab dem SCO19 Bescheid, dass die Lieferung angekommen war. Omar sah, dass drei Beamte in schusssicheren Westen vor der Seitentür Aufstellung nahmen und ihre Waffen im Anschlag hielten. Er zählte die Sekunden herunter und bemerkte, dass sein Herz gefühlt doppelt so schnell schlug.

„Und los!", sagte Willis. Omar schaute auf den Bildschirm, der das Eingangstor der Halle zeigte. Ein Dutzend bewaffneter Polizisten hatte sich dort formiert. Auf das Zeichen der Kollegin hin rissen zwei von ihnen die Türflügel auf. Die anderen stürmten in das Gebäude. Omar wechselte zu dem obersten Display, das eine Bodycam eines der Beamten wiedergab. Der Van parkte mitten im Raum. Die Hecktüren waren geöffnet. Auf dem Boden stand ein Köfferchen, an der Ladefläche des Fahrzeugs waren drei Männer damit beschäftigt, kleine Pakete auszuladen. Sie hielten inne und starrten die Eindringlinge an.

Zu seinem Schrecken sah Omar, dass am anderen Ende der Halle vier oder fünf Bewaffnete ihre Gewehre hoben und ohne Vorwarnung das Feuer eröffneten. Das Bild wurde zuerst unstet und dann war nur noch der Boden zu sehen, als der Beamte keuchend Deckung suchte, während das Rattern halb automatischer Waffen aus den Lautsprechern dröhnte.

„So ein verdammter Mist!“, fluchte Willis. „Das ist ja mal gründlich schief gegangen.“

„Ich dachte, die sollten sich einfach ergeben“, sagte Omar.

„Ja, doch dazu scheinen sie wohl nicht bereit zu sein, oder wonach sieht das aus?“, knurrte Willis.

Omar blickte durch den Spalt zur Seitentür hinüber. Die Beamten dort hielten die Stellung. Er schaute zu dem zweiten Bildschirm, der Livebilder aus dem Innern der Halle übertrug. Der Polizist, an dessen Helm die Kamera befestigt war, befand sich offenbar gerade in Deckung. Er spähte immer wieder hinter einer Kiste hervor, was es Omar erlaubte, kurz die gesamte Szene zu überblicken. Ein kleiner, drahtiger Mann robbte auf den Koffer zu. Dann wurde das Bild schwarz. Als es ein paar Sekunden später wieder erschien, hatte der Mann seine Hand um den Griff des Koffers geschlossen. Wieder verschwand das Bild. Omar fieberte dem nächsten Ausschnitt entgegen. Ein Feuerstoß und lautes Rufen waren zu hören, danach ein Schmerzensschrei. Schließlich folgte ein kurzer Bildausschnitt. Der Mann mit dem Koffer rannte auf die hintere Tür zu, gefolgt von drei Kerlen mit Gewehren.

„Vorsicht!“, rief Omar. „Die versuchen auszubrechen.“

Willis schaltete sofort. Sie gab die Nachricht an die SCO19-Kräfte weiter, doch es war schon zu spät. Omar sah, wie die Tür plötzlich aufsprang. Im Feuerschutz seiner Kumpane rannte der Kerl zwischen den Beamten hindurch, die sich hastig eine Deckung suchen mussten. Willis, die die Szene auf dem Bildschirm verfolgte, stieß ein lautes, von Herzen kommendes „Fuck!“ aus.

„Der rennt genau auf uns zu!“, rief Omar aufgeregt. „Den schnappe ich mir!“

„Halt!“, rief Willis. „Passen Sie auf, er könnte bewaffnet sein.“

„Der hat keine Hand mehr frei“, erwiderte Omar. Er hatte die Tür des Vans aufgestoßen und war auf die Straße hinausgesprungen. Der Kerl rannte auf ihn zu, den Koffer mit beiden Armen vor dem Körper bergend wie ein Rugby-Ei. Omar hatte diesen urenglischen Sport immer gehasst, weil er von den großen und breitschultrigen Jungen in seiner Klasse stets umgerannt worden war. Doch heute würde er keinen Inch seines Feldes freigeben. Er stieß einen markerschütternden Schrei aus und rannte mit gesenktem Kopf auf den Flüchtigen zu. Dieser wurde langsamer und hielt plötzlich mitten im Lauf inne. Das ihm dadurch fehlende Momentum nutzte Omar, der jetzt mit voller Wucht in den Dealer prallte. Sie gingen beide zu Boden. Omar spürte, dass der Koffer zwischen ihnen hindurchrutschte. Sie rollten über den dreckigen Asphalt der kleinen Gasse. Seine Hände wurden aufgeschürft und es dauerte ein paar Millisekunden, bis diese Wahrnehmung von einem brennenden Schmerz gefolgt wurde. Doch diesen musste er ignorieren. Er rappelte sich auf und sah sich dem Kerl gegenüber, der nun beide Fäuste erhoben hatte. Folgte dem Rugby-Match nun auch noch eine Runde im Boxring?

„Metropolitan Police“, rief Omar. „Ich verhafte Sie wegen Widerstands gegen die Staatsgewalt und ein paar anderer Delikte, die meine Kollegin sicher besser abspulen kann als ich“, sagte er, in der Hoffnung, dass der Mann aufgeben würde.

Er sah die Rechte kommen und wich ihr aus, die Linke erwischte ihn jedoch in der Flanke und trieb ihm die Luft aus der Lunge. Er klappte keuchend zusammen.

Aus dem Augenwinkel sah er, wie der Kerl erneut seine Faust hob, um ihm den Rest zu geben.

„Halt!“, hörte er eine forsche Frauenstimme. „Wenn Sie sich auch nur einen Inch bewegen, jage ich Ihnen eine Kugel in die Kniescheibe. Dann haben sich zukünftige Fluchtversuche erledigt.“

Omar richtete sich auf. Er sah, dass Willis ausgestiegen war. Sie hatte ihre Waffe auf den Mann gerichtet, der keuchend dastand und ihnen wütende Blicke zuwarf.

„Möchten Sie den Verhafteten über seine Rechte aufklären?“, fragte sie.

Omar grinste. „Sehr gerne. Davor würde ich mir aber die Handschellen ausleihen, die Sie an Ihrem Gürtel tragen, denn ich möchte mir nicht noch einmal so einen linken Haken einfangen.“

# Sechs Monate später

# Kapitel 8

„Leider haben wir aktuell kein weiteres Personalauswahlverfahren geplant“, sagte DCI Laurel. „Das bedauere ich sehr, denn die Zusammenarbeit mit Ihnen ist stets eine Bereicherung, und ich lerne immer wieder etwas hinzu.“

Rebecca seufzte. „Schade, ich hätte gerne mit Ihnen kooperiert.“ Sie wechselte die Hand und hielt den Telefonhörer an ihr anderes Ohr. „Wie machen sich denn die beiden Trainees, die wir ausgewählt haben?“, fragte sie.

„Sehr ordentlich. Constable Shennings hat ein tiefes Verständnis für ökonomische Zusammenhänge, das unserer Abteilung für Wirtschaftskriminalität bestimmt zugutekommen wird. Und Constable Sharif-Holbrook hat gleich an seinem zweiten Tag beim Drogendezernat einen dicken Fisch gefangen. Er ist spontan und flexibel, aber das müssen wir noch ein wenig in die richtigen Bahnen lenken.“

„Werden Sie ihn der Mordkommission zuteilen? Damit würden Sie ihm garantiert eine Freude machen.“

„Ich weiß es ehrlich gesagt noch nicht. Es gibt auch andere Abteilungen, in denen ich ihn mir vorstellen könnte. Er hat sich bisher überall gut angestellt.“

„Okay, dann stehle ich Ihnen nicht länger Ihre wertvolle Zeit“, sagte Rebecca.

„Sie wissen, dass ich gern mit Ihnen spreche. Ich hätte Ihnen viel lieber gute Neuigkeiten verkündet, auch aus Eigeninteresse an einer erneuten Zusammenarbeit, aber die Zeiten sind karg. Wir müssen den Gürtel enger schnallen, wenn wir das bestehende Personal behalten und ihnen genügend bezahlen wollen, damit sie sich das nicht vorhandene Obst und Gemüse im Supermarkt kaufen können."

„Ich wünsche Ihnen was", sagte Rebecca und legte auf.

Sie sah zum Fenster hinaus. Ein trüber Hochnebel lag wie eine Glocke über der City. Alles war grau und Regentropfen rannen die Scheibe hinab. Für diesen Ausblick fünftausend Pfund im Monat an Büromiete zu zahlen, war eindeutig zu viel.

Sie griff noch einmal nach dem Hörer.

„Stacey?", sagte sie.

„Ja, am Apparat."

„Ich treffe mich mit einer Freundin zum Lunch und bin so gegen vierzehn Uhr wieder zurück."

„Okay, ich hoffe, dass ich mich inzwischen der Flut der Anrufe erwehren kann, die hereinkommen."

Rebecca lachte. Ihre Sekretärin neigte zu einer Art des Galgenhumors, die ihr sehr zusagte. Sie konnte sich vorstellen, wie öde es sein musste, vor einem Telefon zu sitzen, das vielleicht einmal, an guten Tagen auch zweimal läutete. Wie konnte sie es Stacey da übelnehmen, dass diese sich die Zeit mit Solitäre und Minesweeper vertrieb? Sie klickte die Programme zwar weg, wenn Rebecca in ihr Büro kam, aber ab und zu war sie nicht schnell genug.

Rebecca griff nach ihrer Tasche, stand auf, zog sich ihre Jacke über und ging hinaus. Vor dem Aufzug warteten drei Angestellte der Unternehmensberatung, die die gesamte restliche Etage belegte. Sie musterten sie mit einem halb abschätzigen, halb amüsierten Blick. Na super, die redeten garantiert hinter ihrem Rücken über dieses seltsame Ein-Frau-Unternehmen, das zwar viele Referenzen aber aktuell kaum Kunden vorweisen konnte. Rebecca grüßte trotzdem freundlich, versuchte jedoch, beim Hinunterfahren den nur schwer erträglichen Manager-Smalltalk auszublenden.

Als sie aus dem Haupteingang der *Gurke* trat, atmete sie tief durch. Der Regen der letzten Tage hatte die Atmosphäre gereinigt und so genoss sie die für Londoner Verhältnisse geradezu herrlich frische Herbstluft. Sie wandte sich in Richtung City und nach zehn Minuten gelangte sie zu dem kleinen chinesischen Restaurant, hinter dessen zur Straße hin gerichteter Scheibe bereits die unverkennbare Gestalt von Vicky saß. Sie winkte ihr zu und Rebecca erwiderte den Gruß. Als sie sich ihrer Freundin gegenüber auf die schmale Bank quetschte, sagte diese: „Schön, dass es geklappt hat."

„Ja, finde ich auch."

Rebecca nahm die Karte und warf einen kurzen Blick auf die Masse an Speisen, ehe sie sich der Einfachheit halber für gebratenen Reis mit Gemüse entschied.

„Hat das andere auch endlich geklappt?", fragte Vicky und zwinkerte ihr zu.

„Was hat geklappt?", fragte Rebecca irritiert.

„Na, das schwanger werden."

„Ach so." Rebecca kniff die Lippen zusammen. „Nein, bisher noch nicht."

„Dann kannst du ja ein Fleischgericht essen und musst keine Angst vor Toxoplamsose haben, oder wie das heißt."

„Ich glaube kaum, dass die hier Katzen auf dem Speiseplan stehen haben", sagte Rebecca.

„Katzen?"

„Ja, Toxoplasmose wird durch Katzen übertragen. Aber mir ist trotzdem gerade nicht nach Fleisch zumute."

„Welche Laus ist dir denn über die Leber gelaufen? Ein paar Monate sind doch gar nichts. Du bist jung und gesund, ihr könnt eine Handvoll Kinder bekommen, dafür ist noch viel Zeit."

„Ich bin zweiunddreißig und mit jedem Jahr steigt das Risiko für Krankheiten des Kindes. Aber das ist es gar nicht."

Vicky sah sie mit ihren kleinen, blauen Augen aufmerksam an. „Was dann? Kriselt es bei Marc und dir? Habt ihr euch gestritten?"

Rebecca schüttelte den Kopf.

„Dann geht es um deine Familie? Du hast doch Familie, oder? Von denen hast du mir noch nie etwas erzählt."

Rebecca winkte ab. „Meinen Eltern geht es gut und meiner großen Schwester auch. Nein, es ist nichts Privates. Geschäftlich läuft es nicht wirklich gut."

Vicky seufzte. „Erzähl mir mal was Neues. Jeder, mit dem ich rede, klagt darüber. Der Krieg, der Brexit, die Inflation, der Tod der Queen, Harry und Meghan."

„Ich glaube kaum, dass der Tod der Queen oder die Eskapaden ihres Enkels dazu geführt haben, dass die Unternehmen weniger Fachkräfte einstellen."

Vicky grinste. „Wahrscheinlich nicht."

Der Kellner kam und nahm ihre Bestellung auf.

„Wie läuft es denn bei dir?", wollte Rebecca wissen.

„Ich kann nicht klagen. Georgios ist ein Schatz, auch wenn er schon mit den Füßen scharrt. Er ist erst vor drei Wochen aus Mykonos zurückgekehrt. Da wird es nämlich auch langsam zu kalt zum Sonnenbaden. Er plant, ein eigenes Sonnenstudio zu eröffnen, irgendwo draußen in Bow."

Der Kellner brachte ihre Getränke. Rebecca nahm einen großen Schluck von ihrem Wasser.

„Ich soll dir von Daddy ausrichten, dass er sehr zufrieden mit deiner Empfehlung ist", sagte Vicky.

Rebecca verschluckte sich und musste husten.

„Langsam, langsam“, sagte Vicky und grinste. „Ich weiß schon, dass die meisten Leute es mit der Angst zu tun bekommen, wenn ich Daddy erwähne, aber ersticken musst du mir ja nicht gleich.“

Rebecca räusperte sich und trank einen kleinen Schluck hinterher.

„Sorry“, sagte sie. „Ich dachte nur nicht, dass du in aller Öffentlichkeit darüber sprechen würdest.“

Sie zuckte mit den Achseln. „Wahrscheinlich ist es hier sogar sicherer als zu Hause. Die Cops können schließlich nicht jeden Winkel von London verwanzen. Für meine Wohnung würde ich allerdings nicht die Hand ins Feuer legen wollen.“

Rebecca riss die Augen auf. „Du meinst, die hören dich ab?“

„Möglicherweise. Ich würde es tun, wenn ich die Met wäre. Aber mach dir keine Sorgen, was wir bei mir besprochen haben, ist vollkommen unverfänglich gewesen.“

Rebecca atmete tief durch. „Na, dann hoffe ich mal, dass du recht hast. Die Polizei will ich jetzt nicht auch noch am Hals haben.“

Vicky winkte ab. „Die kommen uns nicht auf die Schliche. Dazu sind die viel zu schwerfällig.“

„Na, wenn du meinst. Wie ... wie macht sich denn ... meine ... meine Empfehlung so?“

„Dein Informant?“

Rebecca riss die Augen weit auf und Vicky grinste. „Entspann dich. Der macht seine Sache wohl ganz wunderbar. Vor ein paar Monaten ist ein Geschäft meines Daddys ziemlich schiefgelaufen. Es gab eine Schießerei mit den Bullen mit mehreren Verletzten. Da hat er ziemlich viel Geld verloren, und zu allem Überfluss wurde einer seiner wichtigsten Mitarbeiter festgenommen.“

„Davon habe ich in der Zeitung gelesen“, sagte Rebecca.

„Du liest noch Zeitung?“, fragte Vicky grinsend.

„Die Online-Ausgaben der *Times* und des *Guardian*.“

„Wie ausgewogen. Ich kaufe mir nur ab und zu mal den *Morning Star*, wenn mir die Lust nach Tratsch und Klatsch steht. Aber egal. Seit Daddy den Cop angeheuert hat, den du uns empfohlen hast, sind alle weiteren Aktionen reibungslos über die Bühne gegangen. Mein Vater ist schwer begeistert und lässt fragen, ob du noch mehr Informanten dieses Kalibers auf Lager hast.“

Rebecca schüttelte den Kopf. „Leider nicht. Ich hatte heute erst ein Telefonat mit dem Leiter der Personalabteilung bei ...“ sie biss sich auf die Zunge. „... bei dem Unternehmen, über das wir sprechen.“

Vicky grinste breit. Rebecca fuhr fort: „Die haben aktuell keine weiteren Personalmaßnahmen geplant, weil sie sparen müssen. Ich kriege langsam Ausschlag, wenn ich das Wort höre.“

„Schade“, sagte Vicky. „Du weißt, dass mein Daddy sehr spendabel sein kann.“

Rebecca seufzte. „Ja, er hat mir die letzten Monate die Miete gezahlt.“

Vicky legte den Kopf schief und sah Rebecca aufmerksam an. „Wie fändest du es, wenn er deine Miete noch für ein paar weitere Monate übernehmen würde?“

„Wie meinst du das?“, fragte Rebecca. Ihr Mund fühlte sich mit einem Mal staubtrocken an und ihre Zunge schien am Gaumen festzukleben.

„Die Organisation meines Vaters ist ziemlich gewachsen. Rein vom Umsatz her, könnte er problemlos an der Börse notiert werden, wenn es erlaubt wäre. Leider leidet er aber unter denselben Schwierigkeiten wie legale Unternehmen. Ihm fehlen Fachkräfte in allen Führungsebenen. Hier könntest du ins Spiel kommen.“

„Ich soll ihn bei seiner Personalauswahl beraten?" Rebecca starrte ihre Freundin fassungslos an. Vicky nickte.

„Ja. Du sollst ihm vor allem helfen, die faulen Eier auszusortieren. Seit dem gescheiterten Coup damals ist mein Daddy davon überzeugt, dass es einen Maulwurf in seinen Reihen geben muss, irgendjemanden, der Informationen an die Cops durchsickern lässt. Das ist nicht nur ärgerlich, sondern auch gefährlich für den Fortbestand seines Unternehmens. Deshalb habe ich ihm vorgeschlagen, dich als Personalberaterin zu engagieren. Was meinst du?"

Rebecca spürte, wie ihre Kehle sich verengte.

„Ich ... ich weiß nicht. Das ist schon eine ganz andere Nummer, als euch einen korrupten Cop zu empfehlen."

Vicky lachte.

„Ja, aber es würde auch entsprechend besser entlohnt werden, und zwar vollkommen steuerfrei. Überleg es dir, schlaf noch einmal drüber. Gib mir dann Bescheid, in Ordnung?"

# Kapitel 9

Omar widerstand nur mit Mühe dem Drang, an seinen Fingernägeln zu kauen. Immer wieder sah er zu der cremefarbenen Tür hinüber, hinter der sein Schicksal auf ihn wartete. Konnte die Zeit nicht schneller vergehen? Er stand auf und tigerte nervös im Gang auf und ab, doch auch das vertrieb die Unruhe aus seinem Körper nicht. Er spürte sein Herz schneller schlagen. Seine Handflächen waren schwitzig. Was das wohl für einen Eindruck bei DCI Laurel hinterlassen würde, wenn dieser sich nach ihrem Händedruck nichts sehnlicher wünschte als einen kräftigen Schuss Desinfektionsmittel?

Omar sah sich nach einer Toilette um, wo er sich den Schweiß abwaschen konnte. Gerade hatte er das WC-Symbol erspäht, als sich die Tür öffnete. DCI Laurel stand im Rahmen und streckte ihm die Hand entgegen. Omar ergriff sie und wenn sich der Leiter der Personalabteilung ekelte, ließ er es sich immerhin nicht anmerken. Der DCI bot ihm einen Stuhl an und setzte sich ihm gegenüber hinter seinen Schreibtisch.

„Wie die Zeit vergeht", begann er und Omar konnte ihm nur zustimmen. „Es kommt mir wie gestern vor, als wir uns nach dem Assessment-Center gegenübersaßen und ich Ihnen die frohe Botschaft verkünden konnte, dass Sie in das Traineeprogramm aufgenommen werden ... und nun haben Sie es schon durchlaufen."

Omar nickte. „Ja, das waren viele neue Eindrücke in kurzer Zeit."

„Sie haben sechs Abteilungen kennengelernt. Das Drogendezernat, die Sektionen für Wirtschaftskriminalität, Internetkriminalität, Organisiertes Verbrechen, die Interne Ermittlung und die Mordkommission. Was hat Ihnen am wenigsten zugesagt?"

Omar zwirbelte seine rechte Schnurrbartspitze. Er hatte zwar mit dieser Frage gerechnet, sich im Voraus eine Antwort zu überlegen, war ihm aber trotzdem nicht leichtgefallen, er wollte schließlich niemandem zu nahetreten.

„Also ehrlich gesagt, bin ich mit der Abteilung für Internetkriminalität nicht so richtig warm geworden."

„Was hat Sie daran gestört?"

„Ich würde nicht behaupten, dass mich etwas gestört hat, aber ... nun ja ... den ganzen Tag auf einen Bildschirm zu starren, und dann noch die IT-Kenntnisse, die man dafür benötigt ... das ist nicht so meins."

Laurel nickte. „Das sehen wir genauso. Sie sind nicht der Typ für einen reinen Schreibtischjob. Sie müssen raus ins Feld und die Dinge mit Ihren Händen anpacken."

Omar atmete tief durch. „Ja, das beschreibt es ganz gut."

„Wo hat es Ihnen denn am besten gefallen?"

Omar brauchte nicht lange zu überlegen. „Bei der Mordkommission. Ich konnte bei einem Cold Case mitarbeiten. Das war unglaublich spannend."

„Wie fanden Sie das Drogendezernat?"

Omar schluckte schwer. Sollte das heißen, dass er nicht der Mordkommission, sondern dem Drogendezernat zugeteilt werden würde?

„Gut. Vielleicht ein bisschen viel Action für den Anfang, und an den rauen Umgangston musste ich mich erst gewöhnen."

Laurel grinste. „Sie haben es mit Inspector Willis zu tun bekommen, nehme ich an."

„Ja, Sir."

„Sie ist eine unserer Besten. Aber ja, sie hat eine sehr raue Schale. Ich habe mit Willis gesprochen. Sie war voll des Lobes über Sie und das will etwas heißen."

Omar spürte, wie seine Wangen warm wurden. „Danke, Sir."

Laurel winkte ab. „Sie müssen nicht mir danken. Willis hat insbesondere Ihre rasche Auffassungsgabe, Ihre Spontaneität und Ihren Mut gelobt. Dass Sie bereits an Ihrem zweiten Tag dort ein Debakel verhindert haben, indem Sie den Kerl zur Strecke gebracht haben, der mit dem Geld der Bricks-Bande fliehen wollte, hat Ihnen hohes Ansehen unter den Kollegen verschafft. Er war Tony Bricks Mann für das operative Drogengeschäft. Da ist Ihnen ein wirklich hochrangiger Fisch ins Netz gegangen. Bricks wird Mühe haben, so jemanden zu ersetzen."

Omar spürte, wie sein Mund trocken wurde. Widerstreitende Gefühle kämpften in ihm um die Vorherrschaft. Zum einen freute er sich sehr darüber, dass er einen derart positiven Eindruck hinterlassen hatte. Zum anderen war er aber auch enttäuscht, weil alles nun darauf hindeutete, dass er nicht in seine Wunsch-Abteilung versetzt werden würde.

„Leider muss ich Ihnen mitteilen, dass im Drogendezernat aktuell kein Platz frei ist", sagte Laurel.

Omars Augen weiteten sich. War das doch noch die Chance auf einen Job in der Mordkommission?

„Ebenso wie in der Abteilung für Organisierte Kriminalität und in der Mordkommission."

Omar spürte, wie die Enttäuschung ihm als heißer Stein in den Magen rutschte. Seine Hände kribbelten und er knetete sie unter dem Tisch, um das unangenehme Gefühl in den Griff zu bekommen. Er überlegte, welche Sektionen noch übrig blieben. Wirtschaftskriminalität? Hoffentlich würde ihm das erspart bleiben.

„In die Abteilung für Wirtschaftskriminalität werden wir Ihre Traineekollegin schicken, denn diese führt seit ihrem zwölften Lebensjahr ein Aktiendepot und scheint begeistert davon zu sein, Bilanzen interpretieren zu dürfen."

Omar wusste, worauf es nun hinauslaufen würde, noch ehe Laurel weitersprach.

„Das heißt, dass wir Ihnen eine Stelle in der Internen Ermittlung anbieten können", sagte der DCI und strahlte Omar an.

„Wie ... war denn die Rückmeldung von DCI Hecker?", fragte Omar. „Wenn Sie mir meine offenen Worte erlauben: Ich hatte nämlich nicht den Eindruck, dass er allzu begeistert von mir war, als ich in seinem Dezernat hospitiert habe."

Laurel schüttelte den Kopf. „Sie haben Hecker doch kennengelernt. Er ist von nichts und niemandem begeistert. Der Mann ist so emotional wie eine Kühl-Gefrierkombination. Genau das qualifiziert ihn aber für diese Stelle. Er ist absolut unbestechlich, und diese Qualität sieht er auch in Ihnen. Es mag Ihnen vielleicht nicht als ehrenvolle Aufgabe erscheinen, gegen Kollegen zu ermitteln, aber es gehört zu den wichtigsten Funktionen, die bei Scotland Yard zu erfüllen sind. Wir sehen eine Zunahme an gescheiterten Operationen über alle Dezernate hinweg. Es ist daher sehr wahrscheinlich, dass interne Lecks für einen Großteil davon verantwortlich sind. Diese Löcher müssen wir dringend stopfen und dafür sind Sie der richtige Mann."

Omar kniff die Lippen zusammen. „Muss ich ... muss ich gleich zusagen?", fragte er.

Laurel schüttelte den Kopf. „Geben Sie mir morgen Früh Bescheid. Schlafen Sie ruhig erst einmal eine Nacht darüber."

Er stand auf und streckte Omar seine Hand entgegen, die dieser geistesabwesend ergriff, ohne sich Gedanken darüber zu machen, ob und wie stark er schwitzte.

Der Weg nach Hause verlief wie in Trance. Omars Kopf war voller Gedankenfetzen, doch es fiel ihm schwer, sie einzufangen oder gar zu ordnen. Er öffnete die Tür zur Wohnung und trat ins Wohnzimmer. Gwyneth saß vor dem Fernseher und sah sich eine Doku an.

„Worum geht es da?“, fragte er.

„Um Francis Walsingham und sein Spionagenetzwerk zur Tudorzeit.“

Sie schaltete aus und erhob sich, um ihm einen Kuss zu geben.

„Schieß los, wo bist du gelandet?“ Ihre blauen Augen glänzten.

„Sie haben mir eine Stelle in der Internen Ermittlung angeboten.“

Gwyneth runzelte die Stirn. „Also doch nicht die Mordkommission? Das tut mir leid.“

Sie umarmte ihn und drückte ihn fest. Omar schloss die Augen und genoss Gwyneths Nähe. Sie lösten sich wieder voneinander.

„Und nun? Wirst du das Angebot annehmen?“

Er verzog das Gesicht. „Die Interne Ermittlung hat keinen guten Ruf. Die Kollegen dort gelten als Nestbeschmutzer. Viele Vorfälle, wegen derer sie ermitteln, werden eher als Kavaliersdelikte angesehen. Die Arbeit dort gilt daher als Verschwendung von Zeit und Ressourcen.“

„Siehst du das denn auch so?“, fragte Gwyneth.

Omar schüttelte den Kopf. „Nein, ich finde, dass die Aufgabe der Internen Ermittlung unheimlich wichtig ist. Der Polizeidienst zieht allerhand Gestalten an, die dort nichts zu suchen haben. Der Putney-Slasher war schließlich auch ein Polizeibeamter. Es ist entscheidend, solche Leute frühzeitig auszusortieren.“

„Aber du sorgst dich darum, dass du dir damit Feinde bei der Met schaffst, die dein weiteres Fortkommen behindern könnten?“

Er nickte.

Sie kaute an ihrer Unterlippe. „Ich fürchte, ich kann dir da nicht weiterhelfen. Aber wäre das nicht eine wunderbare Gelegenheit, uns mal wieder bei deiner ehemaligen Chefin zum Essen einzuladen?“

Omar lachte.

„Schatz, du hast immer die besten Ideen.“

Sie zwinkerte ihm zu.

„Nicht verzagen, Gwyneth fragen.“

Er holte sein Handy aus der Jackentasche, suchte in seinen Kontakten nach der Nummer seiner ehemaligen Chefin und schrieb ihr eine Nachricht.

*Guten Tag, DCI Jenner, entschuldigen Sie bitte, dass ich mich bei Ihnen melde, aber ich bräuchte Ihren Rat. Hätten Sie vielleicht ein paar Minuten Zeit für mich?*

Er legte das Handy beiseite und hoffte, dass ihres in Griffweite lag. Olivia Jenner war einer der chaotischsten Menschen, die er kannte, doch zu seiner Überraschung pingte sein Handy kurz darauf. Die Antwort lautete:

*Klar, gern. Mögen Sie Steak and Kidney Pie? Und bringen Sie Ihre bezaubernde Frau mit.*

# Kapitel 10

Rebecca war tief in Gedanken versunken, als sie an diesem Abend die *Gurke* verließ und den Heimweg antrat. Als sie an der Ampel wartete, um die Aldgate High Street zu überqueren, drehte sie sich um und erstarrte. Da war er wieder! Der Mann, der die letzten Monate über ihr täglicher Begleiter gewesen war. Er trug wie stets den anthrazitfarbenen Anzug. Dieses Mal hatte er jedoch ein Accessoire dabei. Er hielt einen Verdampfer in der Hand, an dem er zog, um kurz danach eine enorme Wolke ausstoßen.

Ihr Puls beschleunigte sich. Seit einem halben Jahr folgte er ihr nun schon jeden Abend von der *Gurke* bis zu ihrer Wohnung. Er hatte sie niemals angesprochen, sich ihr nie mehr als zwanzig Schritte genähert. Wer war er? Und was wollte der Kerl von ihr? Sie hatte sich inzwischen zwar an seine Gegenwart gewöhnt und manchmal gelang es ihr sogar, ihn auszublenden, aber es gab auch Tage wie heute, an denen sie darauf brannte, zu wissen, warum er sich an ihre Fersen heftete.

Da kam ihr plötzlich eine Idee. Sie holte ihr Smartphone aus der Tasche und entsperrte den Bildschirm. Dann hielt sie es an ihr Ohr und tat so, als ob sie mit jemandem telefonierte. Das Gespräch schien recht einseitig verlaufen, denn sie stieß in regelmäßigen Abständen ein „Ja“, oder ein „Ach so“, hervor.

Die Ampel schaltete auf Grün. Sie überquerte die Straße. Als sie den Gehsteig auf der anderen Seite erreicht hatte, sagte sie laut: „Hallo? Bist du noch dran?" Sie wartete ein paar Sekunden und wiederholte ihre Frage, ehe sie das Gerät vom Ohr nahm und es in alle Richtungen hielt, so als ob sie nach einer Netzverbindung suchen würde. Der alte Mr. Bean Sketch mit der Zimmerantenne fiel ihr ein und sie hoffte, dass sie ähnlich überzeugend spielte wie Rowan Atkinson.

Der Verfolger war die üblichen zwanzig Meter hinter ihr. Als er in den Fokus der Kamera kam, drückte sie auf den Schnellauslösemodus. Das Smartphone schoss in rascher Folge ein gutes Dutzend Bilder. Dann hielt sie sich das Handy wieder ans Ohr und sagte: „Ah, da bist du ja wieder, du warst kurz weg."

Sie simulierte das Gespräch, bis sie den Eingang ihrer Wohnanlage erreicht hatte, beendete es mit einem „Bis bald", kramte nach ihrer Schlüsselkarte und trat in die Lobby. Die Glastür schloss sich mit einem klickenden Geräusch hinter ihr. Sie warf einen Blick zurück. Ihr Verfolger war verschwunden.

Rebecca fuhr mit dem Aufzug nach oben. Als sie die Wohnung betrat, stellte sie fest, dass Marc noch nicht da war. Sie legte ihre Tasche ab und setzte sich auf das Sofa. Im ausgeschalteten Bildschirm des riesigen Fernsehers konnte sie ihr Spiegelbild betrachten. Ihre Haare waren ein wenig zerzaust, aber ansonsten sah sie so ordentlich hergerichtet aus, wie am Morgen, als sie vor dem Verlassen des Hauses zum letzten Mal in den Spiegel geschaut hatte.

Sie holte ihr Smartphone aus der Tasche und öffnete die Foto-App. Die ersten drei Bilder waren unscharf. Danach hatte die Kamera jedoch fokussiert und weitere fünf Fotos zeigten einen breitschultrigen Kerl in einem anthrazitfarbenen Anzug. Er sah grimmig drein, aber vielleicht las sie das auch nur in seine Miene hinein. Schließlich war er ohne sein Wissen fotografiert worden. Möglicherweise sah er immer so aus. Mit ihrem geschulten Recruiter-Blick las sie aus seinem äußeren Erscheinungsbild, dass er sich in Anzügen unwohl fühlte, obwohl er sie täglich trug. Er ging leicht nach vorne gebeugt, so als ob das kaum vorhandene Gewicht des Jacketts seinen massiven Oberkörper nach unten ziehen würde. Eine lächerliche Vorstellung, aber bei Menschen, denen Business-Klamotten fremd waren, oft zu beobachten. Die nicht vertraute Kleidung wirkte einschüchternd und das führte zu einer beinahe demütigen Haltung.

Der Brustkorb des Kerls war so massiv, dass der oberste der drei Knöpfe seines Jacketts spannte. Die Männer, mit denen sie es üblicherweise zu tun hatte, hatten eher Probleme damit, die unteren Knöpfe zu schließen, weil das Bauchfett mit dem Alter zunahm. Ihr Verfolger hatte sich hingegen ein enormes Muskelpaket an Schultern, Nacken und Brust antrainiert. Der Schnitt des Kleidungsstücks betonte die V-Form seines Körpers noch zusätzlich. Das kantige Gesicht, das auf einem kleinen Hals saß, der aus dem zu engen Kragen des Hemdes beinahe sofort in den Kopf überging, wirkte mit dem nahezu quadratischen Schädel ebenso als seltsamer Kontrast zu dem Anzug, so als ob sich Conan der Barbar in Schale geworfen hätte.

Rebecca öffnete die KI-App, die sie nutzte, um Bewerberfotos im Internet zu suchen. Wenn die Leute wüssten, wie oft Neueinstellungen daran scheiterten, dass der Arbeitgeber in spe peinliche Bilder im Netz fand, wären sie garantiert vorsichtiger mit ihren Postings.

Sie lud ein Foto ihres Verfolgers hoch und ließ die App ihre Arbeit tun. Zu ihrem Erstaunen blieben die Treffer jedoch aus. Der Mann war online offenbar ein unbeschriebenes Blatt. Das war noch wesentlich beunruhigender, als wenn sie einen Hinweis auf seine Identität gefunden hätte.

Das elektrische Schloss der Wohnungstür surrte. Marc trat ein.

„Schon zu Hause?“, hörte sie ihn rufen.

„Ja, sorry, ich bin gerade erst gekommen und konnte mich noch nicht ums Essen kümmern.“

„Kein Problem“, sagte Marc. Er trat ins Wohnzimmer. In den Händen hielt er zwei Tüten. „Ich habe uns Bowls vom Suppenladen um die Ecke mitgebracht.“

Rebecca strahlte ihn an. „Du bist ein Schatz!“

Kurz darauf saßen sie am Tisch und aßen die dampfenden Suppen.

„Ah, herrlich, das ist genau das, was ich gebraucht habe“, sagte Rebecca seufzend.

Marc grinste. „Warst du nicht heute Nachmittag schon mit Vicky essen? So wie ich sie kenne, musstest du da bestimmt auch nicht darben.“

Rebecca biss sich bei der Erinnerung an das Treffen mit ihrer Freundin auf die Unterlippe. Sie zögerte kurz, doch dann beschloss sie, Marc von Vickys Offerte zu erzählen.

„Wir waren beim Chinesen. Das Essen war gut. Aber Vicky hat mir ein Angebot gemacht, das mir sehr unangenehm war.“

„Was denn für ein Angebot?“, fragte Marc. Er hielt den mit Suppe gefüllten Löffel halb zwischen der Bowl und seinem Mund bewegungslos in der Luft.

„Sie wollte, dass ich für ihren Vater arbeite.“

Marc runzelte die Stirn. „Das ist doch dieser Gangsterboss, oder?“

Sie nickte.

„Wie kommt sie denn auf diese Idee? Der ist doch ein waschechter Verbrecher.“

„Ich ... ich habe ihr schon ein paar Mal kleine Gefälligkeiten erwiesen“, sagte Rebecca leise und als sie sah, dass Marcs Augenbrauen in die Höhe schossen, schob sie rasch hinterher: „Nichts Schlimmes. Nur ein paar Polizeiinterna, die sie auch woanders hätte aufschnappen können.“

Die Lüge kam ihr so flüssig über die Lippen, dass sie selbst erstaunt darüber war.

Marc sah sie mit großen Augen an. „Du hast Informationen an Vicky durchsickern lassen? Wieso?“

Rebecca log: „Nur ein Freundschaftsdienst. Ich habe doch sonst niemanden hier. Es war auch wirklich nichts Schlimmes. Ihr Vater kann mit dem wenigen, was ich ihr gesagt habe, wahrscheinlich ohnehin kaum etwas anfangen.“

Marc schnaubte. „Offenbar sieht er das anders. Warum sollte er dir sonst einen Job anbieten?“

Sie sah zu Boden.

„Ich kann nicht verstehen, wie du dich in so eine Gefahr begeben konntest. Du setzt alles aufs Spiel ... eine Karriere ... deine Freiheit ... unsere Beziehung.“

Rebecca sah auf. „Es tut mir leid“, sagte sie.

Marc blickte sie ernst an. „Du erwägst doch nicht etwa, das Angebot anzunehmen, oder?“

Sie schüttelte sofort den Kopf. „Nein, ich werde das natürlich ablehnen. Versprochen.“

Marc seufzte. „Dann hoffen wir mal, dass der Herr Gangsterboss mit einer Abfuhr umgehen kann.“

Sie aßen zu Ende und Rebecca räumte die Teller in die Spülmaschine, während Marc vor dem Fernseher saß und durch die Kanäle zappte.

„Ich arbeite noch ein bisschen“, sagte sie. Sie wertete sein Grunzen als Signal, dass er sie gehört hatte und ging in ihr Büro.

Als der PC hochgefahren war, öffnete sie ihr E-Mail-Programm. Ganz oben befanden sich zwei Spam Mails, dann eine Nachricht von einem unbekannten Absender, die sie zuerst auch für Junk gehalten hatte, bis sie den Betreff gelesen hatte:

*Wichtig, nicht löschen.*

Sie hatte in ihrem Leben schon allerhand Spam bekommen, aber das war neu. Sie klickte auf die Mail und als sie den Inhalt sah, stockte ihr der Atem. Es waren Fotos von Marc. Sie zeigten ihn auf dem Weg zur Arbeit, im Suppenladen, wie er die Bowls kaufte, und beim Betreten ihres Wohnhauses. Offenbar waren sie heimlich aufgenommen worden. Sie scrollte nach unten. Unter dem letzten Foto fand sie eine Nachricht:

*Wir haben Sie und Ihren Freund genau im Blick. Wenn Sie wollen, dass es bei einem Abstand von zwanzig Metern bleibt, rufen Sie diese Nummer an.*

Darunter stand eine Handynummer. Rebecca zögerte. Was sollte sie jetzt tun? Sollte sie Marc informieren? Die Polizei hinzuziehen? Sie holte ihr Handy aus der Tasche und wählte die Nummer, hielt dann aber kurz inne, ehe sie auf das grüne Hörersymbol drückte. Die Drohung in der Botschaft war eindeutig. Sie musste zuerst in Erfahrung bringen, was von ihr verlangt wurde, danach konnte sie immer noch mit Marc oder der Polizei reden. Sie tippte auf das Display. Es klingelte drei Mal, dann klickte es in der Leitung.

„Hallo?", fragte Rebecca.

„Ah, Mrs. Williams, nicht wahr?"

Die Stimme klang erstaunlich freundlich für jemanden, der ihr Drohbilder schickte.

„Ja. Mit wem spreche ich?", fragte sie.

„Mit Tony Bricks. Sie sind mit meiner Tochter befreundet."

Rebecca durchfuhr es heiß und kalt. Sie hatte nicht erwartet, dass der Gangsterboss persönlich mit ihr sprechen würde.

„Sie ... Sie haben mir Fotos geschickt", sagte sie, in Ermangelung eines alternativen Gesprächsbeginns.

„Ich dachte, das wäre eine gute Möglichkeit, Sie dazu zu bewegen, das Angebot noch einmal zu überdenken, das Victoria Ihnen heute Mittag unterbreitet hat."

„Sie meinen, dass ich für Sie arbeiten soll?"

„Ganz genau. Ich schätze das, was ich bisher von Ihrer Arbeit gesehen habe. Sie könnten mir weiterhelfen. Aber ich unterbreite Angebote immer nur einmal. Ich erwarte Ihre Zusage bis morgen."

Rebecca wollte etwas erwidern, doch Bricks hatte schon aufgelegt.

# Kapitel 11

Um Punkt achtzehn Uhr standen Omar und Gwyneth vor einem Reihenhaus in Putney. Ein Mazda parkte auf dem Stellplatz davor. Er war mit einer dicken Schicht aus Pollen und Insekten überzogen. Omar grinste. Seine ehemalige Chefin hatte für einen Besuch in der Waschanlage weder die nötige Zeit noch Muße.

Die Tür öffnete sich und Olivia Jenner stand vor ihnen. Sie trug eine Schürze, auf der der Torso eines nackten Mannes aufgedruckt war, dessen Intimbereich von einem Feigenblatt verdeckt wurde.

„Hi", sagte Olivia. „Schön, euch zu sehen."

Omar streckte ihr die Pralinenpackung entgegen, die er vorhin noch schnell bei Tesco gekauft hatte.

„Das wäre doch nicht nötig gewesen", sagte sie. „Oh, mit Whisky gefüllt. Sie wissen, was ich mag."

Sie gingen in das Wohnzimmer, wo bereits Andy, Olivias Mann und ihre jüngste Tochter Wendy am Esstisch saßen.

„Mein Sohn ist in Leeds, wo er studiert", sagte sie. „Er hat seine Drogenkarriere abgebrochen und sich für ein Lehramtsstudium entschieden. Damit hat er uns einen ganz schönen Schrecken eingejagt, ich hatte schon befürchtet, er wäre wahnsinnig geworden. Na ja, und Lucy ist bei ihrem Freund."

Omar und Gwyneth begrüßten die restlichen Familienmitglieder und setzten sich an den Tisch.

„Sie sind nicht mehr im Streifendienst?", fragte Andy.

Omar schüttelte den Kopf. „Nein, ich habe mich für eine gehobene Laufbahn beworben und ein Traineeprogramm absolviert."

„Was ist ein Traineeprogramm?", fragte Wendy.

„Da macht man Praktika in vielen verschiedenen Abteilungen eines Unternehmens. In meinem Fall eben bei der Polizei", erklärte Omar.

„Kann man das beim Tierarzt auch machen?", fragte Wendy.

Omar runzelte die Stirn. „Beim Tierarzt?"

„Wendy möchte Tierärztin werden", erklärte Olivia, die eine runde Auflaufform hereintrug, von der gewaltige Dampfschwaden aufstiegen. Sie stellte sie auf den Tisch und setzte sich ebenfalls.

„Ich glaube, bei einem Tierarzt kannst du einfach so ein Praktikum machen. Der hat ja nicht viele verschiedene Abteilungen", versuchte Gwyneth die Frage des Mädchens zu beantworten.

Olivia schöpfte ihnen große Portionen des Steak and Kidney Pies auf die Teller, dazu gab es Kartoffelbrei und Erbsen. Sie aßen und seine ehemalige Chefin berichtete Omar währenddessen, was sich seit seinem Weggang aus dem Revier in Wandsworth verändert hatte.

„O'Leary und ihre Freundin haben endlich geheiratet", sagte sie. „Aber nur in kleinem Rahmen. Und Minogue hat sich den Fuß gebrochen."

„Wie hat er das denn angestellt?"

„Sein Dienstwagen hatte einen Platten und als er versucht hat, den Reifen zu wechseln, hat er aus Versehen den Wagenheber zu früh gelöst, sodass ihm das Rad auf den Schuh geprallt ist."

„Autsch", sagte Wendy.

„Minogue ist ein Unglücksrabe", erwiderte Omar.

„Ein Schussel ist er. Ich habe ihm schon so oft gesagt, dass er sich besser konzentrieren muss. Aber das können Sie vergessen."

Als sie mit dem Essen fertig waren, räumten Olivias Mann und ihre Tochter die Teller ab. Gwyneth half ihnen dabei und verwickelte Andy in ein Gespräch über Fußball.

„Wollen wir in mein Arbeitszimmer gehen?", fragte Olivia.

Omar folgte ihr in den kleinen Raum neben dem Wohnzimmer. Als er eintrat, dachte er zuerst, dass er die falsche Tür genommen hatte, denn bei seinem letzten Besuch waren die Wände mit Tatortfotos der Slasher-Morde tapeziert gewesen, und auf dem Boden hatten sich die Akten gestapelt. Nun war alles ordentlich aufgeräumt und das Zimmer strahlte eine behagliche Gemütlichkeit aus.

„Es ist eigentlich gar nicht mehr mein Arbeitszimmer. Andy hat seine Leidenschaft für das Schreiben entdeckt."

„Was schreibt er denn?"

„Erotikromane", sagte Olivia.

Omar spürte, wie seine Wangen warm wurden.

„Sind sie ... sind sie gut?"

Olivia zuckte mit den Achseln. „Ich habe noch keinen davon gelesen. Aber ich fürchte, dass unsere Kinder einmal einen weltweit erfolgreichen Podcast starten werden, wenn sie darauf kommen, was ihr Vater hier in seiner Freizeit verbricht."

Omar lachte.

„Sie sind aber garantiert nicht zu mir gekommen, um über die literarischen Ergüsse meines Ehemannes zu sprechen, oder?", fuhr sie fort.

Omar wurde mit einem Mal ernst. „Nein, ich wollte um Ihren Rat bitten."

„Schießen Sie los!"

Er atmete tief durch. „Ich habe ja jetzt das Traineeprogramm durchlaufen."

„Herzlichen Glückwunsch übrigens dazu", sagte Olivia. „Ich konnte Ihnen noch gar nicht persönlich gratulieren."

„Danke. Gestern hatte ich das Abschlussgespräch und ich habe eine Stelle angeboten bekommen." Er machte eine kurze Pause, so als ob er davor zurückschreckte, die nächsten Worte auszusprechen. „In der Internen Ermittlung."

„Ah, daher weht der Wind. Nun fragen Sie sich, ob Sie das Angebot annehmen sollen und damit riskieren, ein für alle Mal als das Kollegenschwein gebrandmarkt zu sein, das gegen die armen, unschuldigen Cops mit ihren Geld- und Drogenproblemen ermittelt."

„Ja, das waren in etwa meine Überlegungen", sagte er.

Oliva schnaubte. „Ich hätte Sie mir sehr gut in der Mordkommission vorstellen können, oder in der Abteilung für Organisierte Kriminalität."

„Ja, ich auch, aber da waren offenbar keine Stellen frei."

„Blödsinn. Wenn die gewollt hätten, hätten die eine für Sie geschaffen."

Omar fühlte sich wie vor den Kopf gestoßen. „Aber warum stecken die mich dann in die Interne Ermittlung? Was soll ich da?"

Olivia atmete tief durch. „Gehen Sie doch von der schmeichelhaftesten Erklärung aus", schlug sie vor.

„Wie meinen Sie das?"

„Vielleicht glauben Laurel und die anderen Kollegen in der Personalabteilung, dass Sie Ihr Potenzial am besten in der Internen Ermittlung verwirklichen können."

„Okay", sagte Omar, der nicht wusste, was er mit dieser Erklärung anfangen sollte.

„Ich habe ein bisschen Einblick hinter die Kulissen, weil ich Laurel gut kenne", sagte Olivia. „Sie haben ein intensives Programm durchlaufen. Die Leiter aller sechs Abteilungen, in denen Sie hospitiert haben, mussten ein ausführliches, schriftliches Feedback über Sie einreichen. Aufgrund dieser Rückmeldung wurden Sie der Internen Ermittlung zugeordnet. Jetzt überlegen Sie mal, was für eine Art von Feedback Laurel zu dieser Entscheidung gebracht haben könnte."

Omar zuckte mit den Achseln. Olivia fuhr fort: „Die Stelle in der Internen Ermittlung erfordert ein hohes Maß an Integrität und Loyalität, ebenso wie Mut, Intelligenz und eine Portion Spontaneität. Ich kenne Sie seit Ihrem ersten Tag bei der Met. Sie verfügen über all diese Eigenschaften, und das haben wohl auch die Kollegen in Ihnen erkannt."

„Aber könnte ich mit diesen Fähigkeiten nicht auch woanders eingesetzt werden?"

„Sehen Sie es doch einmal andersherum. Die haben niemanden, den sie sonst dort einsetzen könnten. Sie sind die einzige und gleichzeitig beste Wahl."

Omar runzelte die Stirn. „Meinen Sie wirklich, dass die so gedacht haben?"

„Sie haben es unter Dutzenden von Bewerbern bis ins Traineeprogramm geschafft. Meinen Sie wirklich, die würden Sie danach einfach in der Versenkung verschwinden lassen?"

„Na ja, es ist Scotland Yard ..."

Olivia winkte ab. „Das wäre früher vielleicht einmal durchgegangen, aber heutzutage funktioniert das nicht mehr. Die müssen sich für alle Ausgaben penibel rechtfertigen, und deshalb haben die sich ganz bestimmt etwas dabei gedacht. Und eines noch: Damit Sie der Internen Ermittlung zugeordnet werden konnten, musste DCI Hecker ausdrücklich darum ersuchen. Sie haben ihn kennengelernt. Der Kerl ist eine harte Nuss, doch offenbar haben Sie ihn geknackt."

„Sie raten mir also dazu?"

„Ja, natürlich. Meine mittlere Tochter würde sagen: Sie rocken das schon, Omar."

„Aber bin ich dann nicht verbrannt? Was ist, wenn in ein paar Jahren eine Stelle in der Mordkommission frei wird? Ich habe dann doch für immer den Stempel weg, dass ich in der Internen Ermittlung gegen unsere Leute vorgegangen bin."

Olivia schüttelte den Kopf. „Am Ende zählt nur die Leistung. Achten Sie nicht darauf, worüber die Kollegen auf Ihrer Ebene lästern. Schauen Sie nach oben. Überzeugen Sie die DCIs von Ihren Fähigkeiten. Dann steht Ihnen eine große Karriere offen. Vielleicht ist die Interne Ermittlung eine Durchgangsstation zu höheren Aufgaben, oder aber Sie finden Gefallen an dem Job."

Omar lachte. „Das kann ich mir im Augenblick überhaupt nicht vorstellen. Aber, danke, Sie haben mir sehr weitergeholfen."

Sie redeten noch eine Weile über dies und das, ehe Omar sich wieder verabschiedete, seine Frau aus einer hitzigen Chelsea-Arsenal-Diskussion befreite und den Heimweg antrat.

„Und wenn Sie mal gegen mich ermitteln sollten", sagte Olivia zum Abschied, „geben Sie mir vorher Bescheid, damit ich rechtzeitig Beweise vernichten kann."

# Kapitel 12

Rebecca hatte eine unruhige Nacht hinter sich. Das Telefonat mit Bricks hatte sie unentwegt beschäftigt. Immer wieder hatte sie in Gedanken durchgespielt, was sie ihm antworten konnte. Leider waren ihre Optionen begrenzt. Natürlich konnte sie ablehnen, aber welche Konsequenzen würde das nach sich ziehen? Bricks wusste genau, wie er sie unter Druck setzen konnte. Er hatte nicht umsonst Fotos von Marc geschickt. Wie weit die Handlanger des Gangsterbosses wohl gehen würden? Würden sie Marc einschüchtern? Ihn verletzen? Ihn gar töten?

Nichts von all dem durfte geschehen. Rebecca hatte also keine Wahl. Sie musste Bricks zusagen – und damit das Versprechen brechen, das sie ihrem Freund gegeben hatte.

Um halb fünf hatte sie es schließlich nicht mehr im Bett ausgehalten und war in die Küche gegangen, um sich eine Tasse Tee zu kochen. Auf ihrem Balkon hatte sie eingewickelt in eine dicke Wolldecke auf den Sonnenaufgang gewartet. Die Kühle des Herbstes tat ihr gut. Sie lauschte den Vögeln und dem für Londoner Verhältnisse noch recht spärlichen Verkehrslärm und roch immer wieder an ihrem Tee. Der zarte Hauch von Bergamotte beruhigte sie irgendwie.

Um sieben Uhr duschte sie und danach weckte sie Marc, um ihm zu sagen, dass sie früher ins Büro gehen würde. Sie verließ das Gebäude um kurz vor acht. Als sie um die nächste Ecke bog, stand plötzlich der bullige Kerl im anthrazitfarbenen Anzug vor ihr.

„Kommen Sie mit", sagte er in barschem Tonfall und deutete auf einen am Straßenrand geparkten schwarzen SUV, dessen Hintertür offenstand.

„Aber ich kann nicht", sagte Rebecca, verblüfft angesichts der ersten Worte, die ihr Verfolger an sie gerichtet hatte. „Ich habe Termine."

„Sie haben nur einen Termin, der wirklich wichtig ist", erwiderte der Mann und ergänzte in etwas versöhnlicherem Tonfall: „Es wird nicht lange dauern, und danach bringen wir Sie zu Ihrem Büro."

Er deutete erneut auf das Auto. Rebecca sah sich um. Überall waren Passanten auf dem Weg zur Arbeit. Banker in Anzügen und Anwältinnen in schicken Mänteln, Pappbecher in den Händen, Handys am Ohr. Sollte sie um Hilfe rufen? Das hier war eindeutig ein Entführungsversuch. Aber würde ihr jemand helfen? Mit Schaudern erinnerte sie sich an die Experimente zur Verantwortungsdiffusion, die sie in ihrem Studium kennengelernt hatte. Je mehr Menschen an einem Ort versammelt waren, desto weniger fühlte sich jeder einzelne von ihnen verantwortlich, wenn ein Fremder in eine Notlage geriet. Nein, helfen würde ihr wahrscheinlich niemand. Außerdem würde sie nicht nur sich, sondern vor allem Marc in Schwierigkeiten bringen, wenn sie sich dagegen sperrte. Wieder eine Entscheidung, bei der man ihr keine Wahl gelassen hatte. Sie ging auf den SUV zu.

Die Scheiben waren getönt. Das Leder der Rücksitze roch wie frisch gegerbt und die Armaturen blitzten und blinkten. Der Kerl nahm neben ihr Platz und gab dem Fahrer, ebenfalls ein Schrank von einem Mann, die Anweisung, loszufahren.

„Wie heißen Sie?", fragte Rebecca. Ihr Entführer sah sie mit hochgezogenen Augenbrauen an.

„Warum sollte ich Ihnen meinen Namen verraten?"

„Na ja, Sie kennen wahrscheinlich meinen, und ich weiß gern, mit wem ich es zu tun habe. Wir begegnen uns ja nicht zum ersten Mal."

Der Kerl runzelte die Stirn. Offenbar überlegte er, ob und was er antworten sollte.

„Peter Callahan", sagte er schließlich. „Und ehe Sie jetzt noch nach meinem Wohnort und meinem Beruf fragen: Ich bin so etwas wie der persönliche Assistent von Mr. Bricks. Manche nennen mich auch seinen Bodyguard, aber das ist nur ein Teil meiner Aufgaben. Ich erledige die Dinge, für die er keine Zeit hat. Zum Beispiel seine Gäste abzuholen."

„Bin ich das? Ein Gast?"

Er zuckte mit den Achseln. „Momentan schon. Schauen wir mal, was Sie sind, wenn ich Sie wieder zur Ihrem Büro zurückbringe."

Der SUV fuhr in Richtung East End. Sie passierten lange Reihen von Currybuden und Handygeschäften, ehe sie in eine Gegend kamen, die von Fabrikhallen und Bahngleisen dominiert wurde. Schließlich hielten sie vor einer Lagerhalle. Das Gebäude wirkte ein wenig in die Jahre gekommen. Am großen Metalltor war an einigen Stellen bereits der rote Lack abgeplatzt und gab den Blick auf braune Rostflecken frei. Die Fenster waren blind und in einem Loch in der Fassade glaubte Rebecca, ein Vogelnest erkennen zu können.

Sie stiegen aus. Callahan öffnete eine Tür, die in das Tor eingelassen worden war. Das Quietschen der rostigen Angeln jagte Rebecca einen Schauer über den Rücken. Im Inneren war es düster und es dauerte einige Zeit, bis sich ihre Augen an die Lichtverhältnisse gewöhnt hatten. Sie sah mehrere Reihen von aufgestapelten Paletten mit in Folie verpackten Paketen. Am gegenüberliegenden Ende der etwa dreißig Meter langen

Halle führte eine Metalltreppe hinauf zu einem abgetrennten Raum. Hinter den beleuchteten Fenstern konnte sie eine große, massige Gestalt ausmachen.

Callahan steuerte direkt auf die Treppe zu. Sie folgte ihm nach oben. Er öffnete die Tür, trat beiseite und bedeutete ihr, einzutreten. Was Rebecca als Erstes auffiel, war der Geruch. Im Gegensatz zu dem Gestank nach Öl und Metall, der in der Halle geherrscht hatte, roch es hier holzig. Sie sah, dass in einer Ecke ein Verdampfer kleine Wölkchen ausstieß. Ein Gangsterboss, der an Aromatherapie glaubte?

Der Boden des Büros war mit einem echt aussehenden Perserteppich ausgekleidet. Der Raum selbst wurde von einem wuchtigen Schreibtisch dominiert, dessen dunkle Mahagoniplatte blank poliert war und im Licht der dreiarmigen Deckenlampe glänzte. Auf dem Tisch stand ein Computerbildschirm, daneben waren Papiere und Ordner zu einem wackligen Turm aufgestapelt.

Tony Bricks saß auf der Tischplatte. Seine O-Beine baumelten herab. Mit kleinen, aber kräftigen Fingern hielt er sich an der Platte fest, während er mit dem Oberkörper lässig hin- und her pendelte. Er war ein massiger Mann. Sein Gesicht war kantig, am Übergang vom Hals zum Unterkiefer prangte eine fleischige, etwa fünf Zentimeter lange Narbe, die wahrscheinlich nicht vom Rasieren herrührte. Die kleinen Augen standen eng zusammen, die Nase war flach und breit, der Mund schmal, die Lippen aber voll. Er sah sie aufmerksam an. Als sie unschlüssig auf halbem Weg zwischen der Tür und dem Schreibtisch stehen blieb, schwang er sich zu Boden und trat mit federnden Schritten auf sie zu. Er streckte ihr seine gewaltige Pranke entgegen.

„Mrs. Williams, schön, dass Sie es einrichten konnten“, sagte er mit einer tiefen, kratzigen Stimme, die den Kettenraucher in ihm verriet.

Sie schüttelte ihm die Hand und wappnete sich gegen einen festen Händedruck, doch dieser blieb aus.

„Hatte ich denn eine Wahl?“, fragte sie trocken.

Auf den Lippen des Gangsterbosses erschien ein Schmunzeln.

„Eine Wahl haben Sie immer. Es kommt nur auf die Folgen an, die Ihre Entscheidungen nach sich ziehen. Aber in diesem Fall haben Sie richtig gewählt.“

Er deutete auf einen der Stühle, die vor dem Schreibtisch standen, und setzte sich auf den Chefsessel dahinter. Rebecca nahm Platz, strich ihren Rock glatt, sodass er die Knie bedeckte, und sah Bricks aufmerksam an. Ihr Herz schlug heftig und sie musste ihre Hände falten, um das leichte Zittern zu verbergen, das sich dort bemerkbar gemacht hatte, seit sie das Büro betreten hatte.

„Ich habe mich noch nicht entschieden“, sagte sie.

Eine der buschigen Augenbrauen schoss in die Höhe. Er schüttelte den Kopf.

„Ich glaube, Sie haben mich nicht verstanden. Wir sind nicht hier, um zu verhandeln.“

Rebecca kaute auf ihrer Unterlippe herum.

„Ich ... ich will mich nicht noch tiefer in Schwierigkeiten verstricken“, sagte sie leise.

Er zuckte mit den Achseln. „Das hätten Sie sich überlegen sollen, ehe Sie mir den Informanten vermittelt haben. Sie sind schon mittendrin in den Schwierigkeiten. Aber die gute Nachricht ist: Es gibt einen Weg heraus und der führt über mich. Also ... kommen wir zum Geschäft“, sagte er. „Wie Ihnen meine Tochter schon mitgeteilt hat, bin ich sehr zufrieden mit Ihrer Arbeit. Der Cop, den Sie mir empfohlen haben, hat uns wertvolle Informationen geliefert. Wenn die Razzien, vor denen er uns gewarnt hat, erfolgreich gewesen wären, hätte ich eine Stange Geld verloren und ein Dutzend meiner Leute säßen jetzt im Knast. Der Kerl ist geschickt und ziemlich schlau."

Rebecca nickte. „Er hat einen IQ von 124 mit Stärken in logischem Denken und der Handlungsplanung. Er muss zwar ein bisschen gepampert werden, damit sein Ego nicht allzu viel Schaden anrichtet, aber er wird Ihnen gute Dienste leisten."

„Das mit dem Pampern ist kein Problem. Ich habe ihm letzte Woche eine Flasche dreißig Jahre alten Lagavulin zukommen lassen. Er hat mal erwähnt, dass er Single Malts liebt. Da haben wir etwas gemeinsam."

„Wenn Sie das ab und zu wiederholen, werden Sie noch lange Ihre Freude an ihm haben."

Er nickte. „Ja, das stimmt und das verdanke ich Ihnen. Wie schon gesagt, ich bin sehr zufrieden mit Ihrer Arbeit. Deshalb möchte ich Ihnen einen Job bei mir anbieten."

Sie spürte, wie ihre Kehle sich verengte. Ihr erster Impuls war es, Bricks zu erklären, dass sie nicht auf Jobsuche war, aber das würde der Gangsterboss genauso abwiegeln wie ihre bisherigen Einwände. Sie beschloss daher, sich zu fügen.

„Vicky hat mir gesagt, dass ich einen Polizeispitzel für Sie entlarven soll?"

„Ja, ganz genau. Stellen Sie sich mich einmal als einen großen Hund mit einem prächtigen Fell vor, in dem eine kleine Zecke sitzt. Obwohl sie so winzig ist, kann ein solcher Parasit ziemlich viel Ärger machen. In meinem Fall gibt dieser Verräter seit gut zwei Jahren immer wieder Interna an die Met durch. Dank Ihrer Empfehlung habe ich zwar jetzt einen Cop, der mich warnt, wenn wieder einmal eine Razzia ansteht, lieber wäre es mir aber, wenn das Leck in meiner Organisation ein für alle Mal geschlossen würde. Ich möchte, dass Sie mir diese Zecke restlos entfernen."

Rebecca strich sich mit der Zunge über die Lippen. „Darf ich ehrlich zu Ihnen sein?“, fragte sie.

Er kniff die Augen zusammen. „Natürlich sollen Sie ehrlich sein. Es würde Ihnen schlecht bekommen, wenn Sie Geheimnisse vor mir hätten.“

„Ich bin seit sechs Jahren als selbstständige Recruiterin für internationale Unternehmen tätig.“

Er nickte. „Das weiß ich. Sie waren zwei Jahre in Schanghai, ein Jahr in Malaysia und ein Jahr in Mumbai, noch ehe Sie dreißig Jahre alt waren. Ihre Referenzen sind exzellent. Ich habe mit Mr. Cho telefoniert, dem CEO von Tapai Electronics. Ein sehr netter Mann. Er hat mir versichert, dass die Manager, die Sie ihm empfohlen haben, seinen Gewinn vor Steuern um siebenundfünfzig Prozent gesteigert haben. Das ist beeindruckend.“

„Danke. Ich weiß, dass ich meinen Job beherrsche. Aber dieser besteht darin, aus einem Pool Bewerber den auszuwählen, der am besten auf einen definierten Arbeitsplatz passt. Das kann ich, darin bin ich gut. Sie verlangen aber von mir, dass ich jemanden entlarve, der sie hintergeht. Das ist nicht mein Spezialgebiet. Dafür wäre eher jemand geeignet, der sich mit Befragungstechniken oder meinetwegen auch einem Lügendetektor auskennt.“

Bricks schüttelte den Kopf. „Ich sehe das anders. Auch hier haben Sie einen Pool von Bewerbern, und Sie haben eine definierte Stelle: den Polizeispitzel. Suchen Sie denjenigen meiner Leute, der am besten auf die entsprechende Stellenbeschreibung von Scotland Yard passt, dann haben wir den Maulwurf. Sie wissen besser als jeder andere Recruiter, wie die bei der Met ticken. Genau deswegen sind Sie die Richtige für diesen Job.“

Rebecca spürte, wie ihr Mund trocken wurde. Bricks fuhr fort: „Wenn Sie herausfinden, wer mich verrät, lösche ich alle Videos von Ihrem Freund und kontaktiere Sie nie wieder. Versprochen."

# Kapitel 13

Omar betrachtete sich im Spiegel. Der Anzug passte ihm wie angegossen. Sein Vater hatte einen befreundeten Schneider gebeten, ihn maßanzufertigen. Omar rückte die Krawatte zurecht und zupfte an den Ärmeln. Dann griff er nach der Aktentasche, die sein Vater ihm ebenfalls spendiert hatte, und trat hinaus in die Küche.

Gwyneth stand an der Spüle, eine Teetasse in der Hand. Als sie ihn sah, verschluckte sie sich und begann zu husten.

„Sehe ich so schlimm aus?", fragte Omar.

Sie schüttelte den Kopf. „Du solltest häufiger Anzug tragen", sagte sie. „Das steht dir."

Er trat auf sie zu und sie küssten sich.

„Ich wünsche dir einen guten Start in den neuen Job", sagte sie. „Räuchere diese korrupte Bude mal so richtig aus."

Er ging zur Tube und schlürfte dabei an seinem Tee, den Gwyneth ihm in einen Thermobecher geschüttet hatte, immer darauf bedacht, nur ja keinen Fleck auf sein Jackett zu bekommen. Er war froh, als er unbeschadet am Haupteingang von Scotland Yard ankam. Das große, dreieckige Logo vor dem Gebäude drehte sich nicht. Entweder hatten sie aus finanziellen Gründen den Strom abgestellt oder es war schon wieder kaputt. Omar hatte es erst einmal in Aktion gesehen. Ob das ein schlechtes Zeichen für seinen Einstieg war? Er wischte den Gedanken beiseite und trat durch die Pforte.

Die Büros der Internen Ermittlung befanden sich im Erdgeschoss im hinteren Teil des Gebäudes. Während man von den Räumlichkeiten der Mordkommission oder der Abteilung für Wirtschaftskriminalität in den oberen Stockwerken einen herrlichen Blick auf die Themse und weiter über das am gegenüberliegenden Ufer aufragende London Eye und die Skyline der Stadt genießen konnte, blickte man von den Fenstern seines neuen Dezernats auf die rückseitige Mauer des Außenministeriums. Omar vermutete, dass die Raumzuteilung nicht zufällig erfolgt war.

Die Räumlichkeiten der Internen Ermittlung waren übersichtlich. Sie bestanden aus einem Büro mit vier Arbeitsplätzen und dem davon abgetrennten Zimmer von DCI Hecker. Im Großraumbüro saß nur ein Kollege. Walter Greenfield, ein untersetzter Mann mit einer kahlen Platte auf dem Hinterkopf, die Omar an Bruder Tuck aus den Robin Hood Filmen denken ließ, sah von seinem Bildschirm auf. Er lächelte dem Neuankömmling zu und erhob sich stöhnend.

„Ah, die Knie machen nicht mehr mit", sagte er, als er seine fleischige Hand ausstreckte. „Herzlich willkommen. Schön, dass Sie sich für uns entschieden haben."

Omar verkniff es sich, zu erwidern, dass er keine andere Option zur Auswahl bekommen hatte, wenn er einmal von einer Rückkehr an seinen alten Arbeitsplatz im Streifendienst in Wandsworth absah.

„Wo sind die Kollegen?", fragte er.

„Carson ist seit drei Wochen krankgeschrieben. Irgendetwas mit den Bandscheiben. Unangenehme Sache, das hatte ich auch schon. Susan Begley ist auf einem Lehrgang zu Diversity im Polizeidienst. Sie ist die ganze Woche weg."

„Und DCI Hecker?"

„Der ist in seinem Büro. Wie immer. Als ich vorhin gekommen bin, war er schon da und wenn ich heute

Abend heimgehe, wird er immer noch an seinen Akten sitzen. Wenn ich nicht wüsste, dass er Frau und Kinder hat, würde ich vermuten, dass er sogar hier schläft."

Er wankte wieder zu seinem Sessel zurück und nahm ächzend Platz.

„Ich nehme an, dass ich den Arbeitsplatz zugewiesen bekomme, den ich schon während des Praktikums benutzt habe?", fragte Omar.

Greenfield nickte. Omar legte seine Aktentasche auf den Schreibtisch, auf dem nur ein Computer-Bildschirm, ein Locher und ein Hefter standen. Dann ging er zur Bürotür des Dezernatsleiters und klopfte. Ein zackiges „Herein!" ertönte. Er öffnete die Tür und trat ein.

DCI Adam Hecker saß an seinem Schreibtisch und las in einer Akte. Im Gegensatz zu dem teilweise recht chaotisch und unaufgeräumt wirkenden Großraumbüro war dieses ein Musterbeispiel für Ordnung. Alle Unterlagen waren in Schränken verstaut, sodass sich auf der von keinem Stäubchen getrübten Tischplatte neben dem Bildschirm und der Tastatur nur der Vorgang befand, den der Chef gerade studierte.

Hecker sah auf. Sein bleistiftbreiter Schnurrbart lag vollkommen flach über der leicht vorstehenden Oberlippe. Die etwas zu großen, braunen Augen rechts und links neben der im Verhältnis etwas zu kleinen Nase musterten ihn kurz, ehe er sich wieder der Akte widmete und diese nach ein paar Sekunden schloss.

„Da sind Sie ja", sagte Hecker und erhob sich. „Guten Morgen und Willkommen im Team der Internen Ermittlung."

Omar wartete darauf, dass sein neuer Chef ihm die Hand zum Schütteln entgegenstreckte, doch Hecker machte keine Anstalten dazu.

„Sie kennen die Abläufe ja bereits von Ihrem Praktikum bei uns", sagte er. „Für den Anfang möchte ich Sie bitten, diese Akte hier durchzuarbeiten. Wenn Sie damit fertig sind, kommen Sie zu mir und sagen mir, was Sie von dem Fall halten und vor allem, was unsere Abteilung damit zu tun haben könnte."

Er schob ihm den Ordner hin, in dem er gerade gelesen hatte. Omar wartete kurz, ob er vielleicht etwas ergänzen oder ihm einen guten Start wünschen würde, aber Hecker nahm wieder Platz und widmete sich seinem Bildschirm. Deshalb griff Omar nach der Akte und ging hinaus. Das warme Gefühl im Magen, das er beim Betreten von Scotland Yard verspürt hatte, war erloschen. Er musste an Olivia Jenner denken. Sie war eine vollkommen andere Persönlichkeit als Hecker. Empathisch, aufmerksam und witzig. Eine großartige Chefin. Er vermisste sie. War das ein gutes Zeichen für den ersten Arbeitstag? Omar wischte den Gedanken beiseite und ging zu seinem Arbeitsplatz. Er öffnete die Akte und sah ein Din-A4-Foto einer Person, die ihm bekannt vorkam.

Das Gesicht des Mannes war kantig, am Übergang vom Hals zum Unterkiefer prangte eine fleischige, etwa fünf Zentimeter lange Narbe. Die Augen waren klein und standen eng zusammen, die Nase war abgeflacht und breit, der Mund schmal, die Lippen voll.

Er sah selbstbewusst und ein wenig spöttisch in die Kamera. Es handelte sich nicht um ein erkennungsdienstliches Foto, sondern offenbar um einen privaten Schnappschuss. Omar blätterte weiter und nickte, als er den Namen Tony Bricks las. Wahrscheinlich war ihm ein großer Teil der Informationen, die in dieser Akte gesammelt worden waren, schon bekannt. Schließlich hatte er beim Drogendezernat bereits an einer Razzia gegen den Gangsterboss aus dem East-End mitgewirkt und seinen wichtigsten Dealer gestellt.

Zuerst folgten ein paar Seiten über Bricks private Verhältnisse. Er war zweiundfünfzig Jahre alt, verwitwet, aber mit einer Schauspielerin liiert. 2018 war sein Sohn bei einer Schießerei ums Leben gekommen. Das einzige Kind, das ihm noch blieb, war seine Tochter Victoria, eine Geschäftsfrau, die in einer exklusiven Wohnanlage am Rande der City lebte. Es lagen keine Hinweise darauf vor, dass sie in die Machenschaften ihres Vaters verwickelt gewesen wäre.

Omar ging die Akte weiter durch. Nun wurden die Geschäftszweige vorgestellt. Bricks handelte mit Drogen, Waffen und Menschen. Seine Organisation war für die illegale Einwanderung Hunderter Migranten verantwortlich, denen er zusammen mit ihren Ausweispapieren die letzten Ersparnisse abgenommen hatte. Er war zwei Mal im Gefängnis gewesen, einmal vier Jahre wegen schwerer Körperverletzung, einmal sechs wegen Steuerhinterziehung. Typisch, dass das Finanzdelikt konsequenter bestraft worden war als die Körperverletzung.

Als Nächstes folgte eine Auflistung von bisherigen Aktionen der Met gegen die Organisation des Gangsterbosses. Bei der Durchsicht stellte Omar fest, dass die Anzahl der Verhaftungen von Gangmitgliedern seit etwa zwei Jahren deutlich zugenommen hatte. Vier Razzien hatten zur Beschlagnahmung von insgesamt zweihundert Kilogramm Kokain und einer halben Tonne Marihuana geführt und siebzehn Verurteilungen nach sich gezogen. Seit der Operation, an der Omar selbst teilgenommen hatte, waren jedoch drei weitere Aktionen gegen Bricks Unternehmen erfolglos verlaufen.

Omar las sich die Einsatzberichte durch. In jedem der Fälle hatte es Hinweise von einer als K bezeichneten Quelle gegeben, die auch schon bei den für die Met erfolgreichen Razzien tätig gewesen war. Doch als die Einsatzkräfte bei den letzten drei Operationen zu den genannten Orten gekommen waren, hatten sie dort weder Drogen noch Gangmitglieder vorgefunden.

„Entweder hat der Informant kalte Füße bekommen und gezielt ein paar Misserfolge eingestreut, um den Verdacht von sich abzulenken ...", murmelte Omar. „... oder wir haben einen Maulwurf in den eigenen Reihen, der Bricks vor weiteren Operationen warnt."

Er lehnte sich zurück und dachte darüber nach. Die zweite Erklärung war wahrscheinlicher. Warum sollte er sonst die Akte auf den Schreibtisch bekommen? Diese war in der Drogenfahndung oder bei den Kollegen der Organisierten Kriminalität besser aufgehoben. Er ging ein weiteres Mal alles durch, dann erhob er sich. Sein Herz pochte heftig, als er an die Tür von Heckers Büro klopfte.

# Kapitel 14

„Also, wie lautet Ihre Entscheidung?“, fragte Bricks.

Er fixierte Rebecca mit seinen wachsamen Augen. Sie atmete tief durch und sagte: „Ich nehme Ihr Angebot an.“ Sie hatte noch *ich habe ja eh keine andere Wahl* hinzufügen wollen, entschied sich aber dagegen.

Auf Bricks Gesicht erschien ein breites Grinsen, das dazu führte, dass die Narbe sich aufwölbte. Rebecca unterdrückte ein Gefühl des Ekels nur mit Mühe.

„Prima“, sagte er. „Dann wollen wir keine Zeit verlieren. Ich habe meinen Führungszirkel bereits herbestellt. Die Herren werden in einer guten Viertelstunde hier eintreffen. Es sind leider nur Männer, Frauen wollen diesen Job nicht machen. Ich habe ja schon genug damit zu kämpfen, dass mein Töchterchen mir ab und zu einen Gefallen erweist.“

Rebecca schluckte. „Sie ... Sie haben Ihre Leute sofort herbestellt?“

„Ja, was dachten Sie denn? Ich habe schließlich keine Zeit zu verlieren. Noch ist der Informant, den Sie mir beschafft haben, das Gegengift zu dem Spitzel, den die Met in mein System eingeschleust hat, aber der Maulwurf wird nicht damit aufhören, Interna an die Cops weiterzugeben. Außerdem könnte er unseren Mann bei Scotland Yard enttarnen. Außer mir weiß zwar keiner meiner Führungsleute von Marston, aber ich befürchte, dass sich diese Information nicht mehr lange geheim halten lässt. Meine Geschäfte sind nach wie vor bedroht, und das kann ich mir nicht leisten. Sie müssen diese Zecke für mich entfernen, und zwar so schnell wie möglich. Deshalb will ich, dass Sie meine Leute gleich kennenlernen."

„Aber ... das geht so nicht", sagte Rebecca leise.

Bricks kniff die Augen zusammen. „Was geht so nicht?"

Rebecca atmete tief durch.

„Der Polizeispitzel in Ihren Reihen wird herausfinden, wer ich bin, und diese Information wird er an die Met weitergeben. Dann bin ich nicht nur meine Aufträge für Scotland Yard los, sondern lande schneller im Gefängnis, als Sie *Maulwurf* sagen können."

Bricks runzelte die Stirn. „Da ist was dran", sagte er. Er kratzte sich am Haaransatz. „Aber wie lösen wir das Problem? Wollen Sie meine Leute heimlich beobachten? Reicht Ihnen das aus?"

„Nein, ich muss mit ihnen sprechen können. Aber ich habe eine Idee. Leihen Sie mir Ihren Bodyguard aus?"

Kurz darauf saß Rebecca in dem schwarzen SUV und Callahan lenkte den Wagen durch eine Seitenstraße.

„Da ist es", sagte sie. „Fahren Sie bitte links ran."

„Echt jetzt? Da wollen Sie rein?", fragte er mit hochgezogenen Augenbrauen.

„Ja. Drücken Sie mir die Daumen, dass ich etwas Hübsches finde."

Sie stieg aus und eilte in den Laden, über dessen etwas schäbiger Eingangstür *Kostümverleih* stand. Ein Mann, der genauso alt aussah wie die Fassade seines Geschäfts, musterte sie mit müden Augen.

„Ich brauche ein Kostüm, das meinen ganzen Körper bedeckt. So wie bei *The Masked Singer*."

Der Ladenbesitzer deutete auf eine Reihe von Tierkostümen, die an Drahtgestellen festgemacht waren. Rebecca betrachtete die Auswahl genauer. Das Zebra war für zwei Personen gedacht. Der Elefant gefiel ihr ganz gut, allerdings war der Rüssel recht ausladend. Daneben befanden sich weitere Kostüme. Eine Ratte und ein Huhn.

„Muss es denn unbedingt ein Tier sein?“, fragte der Mann, der ihren Gesichtsausdruck wohl richtig interpretierte und annahm, dass die Auswahl sie wenig begeisterte.

„Nein, ich brauche nur ein Kostüm, das mein Gesicht verdeckt und idealerweise auch keinen Rückschluss darauf zulässt, ob ich eine Frau oder ein Mann bin.“

„Wie wäre es mit einem Ritterkostüm?“

Er deutete auf eine Schaufensterpuppe, die eine glänzende Rüstung trug. Auf das schwarze Cape war ein rotes Kreuz gedruckt. Der topfförmige Helm würde ihr Gesicht sehr effektiv verbergen.

„Ist das der schwarze Ritter aus *Die Ritter der Kokosnuss*?“, fragte Rebecca.

Der Mann nickte. „Hier kommt niemand vorbei“, sagte er.

„Es ist nur eine Fleischwunde“, erwiderte sie.

Sie brachen gleichzeitig in Gelächter aus.

„Das nehme ich. Kann ich mich hier irgendwo umziehen?“

Wenn der Verkäufer sich darüber wunderte, dass an einem Dienstag im Spätherbst morgens um kurz vor neun eine Businessfrau in seinen abgeranzten Laden kam, ein Ritterkostüm lieh und sich sofort damit verkleidete, ließ er es sich nicht anmerken. Rebecca betrachtete sich im Spiegel. Hinter dem geschlossenen Visier des Helms waren nicht einmal ihre Augen zu erkennen.

Sie bezahlte und trat hinaus. Callahan stand neben dem SUV. Er hielt eine Zigarette zwischen Zeige- und Mittelfinger und wollte sie gerade zum Mund führen. Ihr Anblick ließ ihn jedoch innehalten.

„Haben Sie vollkommen den Verstand verloren?", fragte er fassungslos.

„Tarnung", sagte sie. „Damit mich niemand erkennt. Das setzt natürlich voraus, dass Sie auch schweigen und meine Identität nicht verraten."

Er lachte freudlos. „Wenn der Chef sagt, dass ich die Klappe halten soll, nehme ich Ihre Identität mit ins Grab."

Sie setzten sich in den Wagen und fuhren zurück zur Lagerhalle. Als Rebecca durch das rostige Eisentor trat, raste ihr Puls. Sie fühlte Schweißtropfen auf ihrer Stirn; der hohe Polyesteranteil des Kostüms verhinderte einen effizienten Luftaustausch und das Innere des Topfhelms glich einem Treibhaus. Das konnte nur eine vorübergehende Lösung sein, sie musste sich eine praktischere Verkleidung suchen. Der Gedanke verblasste, als sie die versammelten Gangster erblickte.

Es waren vier Männer in allen Größen und Altersklassen. Den Jüngsten schätzte sie auf Mitte zwanzig. Dieser kaute eifrig an einem Kaugummi herum, den er von der linken in die rechte Backe und wieder zurückschob, wie ein Eichhörnchen, das an einer Nuss knabberte. Er hatte grüne Augen, die sie interessiert musterten. Der Älteste in der Runde musste auf die Siebzig zugehen. Er stützte sich auf einen Stock. Sein feistes Gesicht mit den hängenden Hautlappen erinnerte sie an einen Bernhardiner. Er wirkte bei ihrem Anblick irritiert, blieb aber stumm. Ganz im Gegensatz zu einem gut aussehenden, schlanken, aber sehr muskulösen Mann, der in Bricks Alter sein musste. Er trug einen eng anliegenden, glänzenden silbergrauen Anzug, der zu der Farbe seiner Haare passte.

„Was soll das denn werden?", fragte er und musterte Rebecca von oben bis unten. „Sind wir auf einen Kindergeburtstag eingeladen?"

„Halt die Klappe, Martin“, herrschte ihn Bricks an. „Du wirst gleich erfahren, was hier los ist. Ich muss erst noch ein paar Worte mit ... unserem Neuankömmling wechseln.“

Rebecca atmete tief durch. Sie folgte ihm in sein Büro. Er schloss die Tür.

„Die Verkleidung ist ja gut und schön“, sagte er. „Aber wie wollen Sie verhindern, dass die an Ihrer Stimme erkennen, dass Sie eine Frau sind?“

„Ich werde heute nicht sprechen, und für die nächsten Male überlege ich mir noch etwas. Über kurz oder lang werden Ihre Leute ohnehin herausfinden, dass ich eine Frau bin. Deshalb werde ich mir auch ein bequemeres Kostüm zulegen. Aber auf die Schnelle war das das Einfachste. Wie wollen Sie mich vorstellen? Sie können denen ja nicht sagen, dass Sie mich engagiert haben, um einen Spitzel zu enttarnen.“

Er schüttelte den Kopf. „Nein, ich habe mir da schon etwas anderes überlegt. Lassen Sie sich überraschen, ich finde es ziemlich brillant.“

„Okay, wenn Sie meinen“, erwiderte Rebecca.

Sie traten aus dem Büro und stiegen die Treppe hinunter. Die Blicke der Männer waren auf Rebecca gerichtet. Sie spürte, wie ihr Mund trocken wurde. Wie gut, dass sie stumm bleiben würde.

Bricks hob eine Hand. „Ihr fragt euch bestimmt, warum ich euch herbestellt habe, und wer der schwarze Ritter hier ist.“

Der Ältere nickte. Der kaugummikauende Junge sah Bricks teilnahmslos an. Der Mann im silbernen Anzug hingegen grinste.

„Ist das nicht der aus dem Monty Python Film? Soll das eine Art Belohnung für den Mitarbeiter des Monats sein? Einer von uns bekommt ein Schwert und darf ihm die Gliedmaßen abhacken?“

Die Männer lachten heiser, doch Rebecca wurde heiß und kalt in ihrem Kostüm.

„Untersteh dich“, sagte Bricks und das Gelächter verstummte sofort. „Der schwarze Ritter ist mein Gast. Er wird einen wichtigen Auftrag für mich übernehmen.“

Bricks ließ seinen Blick über die Anwesenden gleiten. „Nächsten Monat werde ich mich einer kleinen Operation unterziehen müssen. Nichts Aufregendes, nur eine Prostatageschichte. Trotzdem werde ich ein paar Tage außer Gefecht sein. In dieser Zeit brauche ich natürlich einen Stellvertreter. Jemanden, dem ich bedingungslos vertrauen kann.“

Rebecca sah sich die versammelten Gangster an. Sie meinte zu spüren, wie jeder der Anwesenden sich danach sehnte, zu Bricks zweiter Hand ernannt zu werden, und sei es auch nur für wenige Tage.

„Und der Typ hinter dem Helm wird dich vertreten?“, fragte der vorhin als Martin angesprochene Kerl mit den silbergrauen Haaren.

„Wenn du mich nicht ausreden lässt, wirst du garantiert nicht mein Stellvertreter werden“, knurrte Bricks und der Mann verstummte.

„Unser schwarzer Ritter hier ist ein Headhunter. Ein international erfolgreicher Recruiter. Ihr seht, ich scheue keine Kosten und Mühen. Er wird euch die nächsten Tage auf den Zahn fühlen. Er hat meine Erlaubnis, euch jede, absolut jede Frage zu stellen, und ihr werdet ihm antworten. Wenn ich die Entscheidung treffe, wer von euch mich vertreten soll, werde ich mir seine Empfehlung zu Herzen nehmen. Habt ihr verstanden?“

„Ja“, ertönte es aus vier Kehlen.

„Sehr gut. Dann ans Werk.“

# Kapitel 15

„Sie suchen einen Spitzel, der die Razzien-Pläne der Drogenfahndung an Tony Bricks verrät", sagte Omar und legte Hecker die Akte auf den Tisch. Der Chef der Internen Ermittlung blickte von seinem Bildschirm auf. Er sah zuerst die Dokumente, dann Omar an.

„Ich dachte nicht, dass Sie so schnell zurück sein würden."

„Die Akte kenne ich schon, denn ich habe an einer der Razzien gegen Bricks teilgenommen. An der letzten, die erfolgreich war."

„Was wohl weniger an Ihnen als an der Tatsache gelegen haben dürfte, dass der Spitzel zu dieser Zeit noch nicht gepfiffen hat", erwiderte Hecker. Er nahm die Brille mit den kleinen, runden Gläsern von der Nase und rieb sie mit einem fusselfreien Tuch sauber, das er zu diesem Zweck aus einer Schreibtischschublade holte.

„Sie glauben, dass er erst seit Kurzem für Bricks arbeitet?"

Hecker nickte. „Das ist doch wohl offensichtlich. Die vergangenen Jahre über konnten wir dank unserer Quelle K immer wieder Drogendeals seiner Organisation auffliegen lassen. Es waren zwar nie ganz große Fische dabei, aber wir haben immerhin Nadelstiche gesetzt. Die letzten drei Razzien hingegen sind allesamt krachend gescheitert, und das, obwohl wir weiterhin ernst zu nehmende Hinweise hatten."

„Das heißt aber doch ...“, erwiderte Omar, „... dass ein Spitzel in unseren Reihen auch unserer Quelle in Bricks Bande gefährlich werden könnte.“

Hecker zuckte mit den Achseln. „Nicht notwendigerweise. Jemanden bei der Polizei anzuwerben und zu halten, erfordert auch vonseiten der Organisation ein hohes Maß an Diskretion. Neben Bricks dürften nur zwei oder drei seiner Leute wissen, dass der Informant überhaupt existiert, und diese können nicht unsere Quelle sein, denn ansonsten wüssten wir wiederum bereits, wer der Informant ist.“

„Haben Sie denn einen Verdacht?“

Hecker schüttelte den Kopf. „Nein. Wir sind gerade erst auf die Möglichkeit aufmerksam geworden, dass uns da jemand in die Suppe spuckt. Eine schief gelaufene Razzia ist Pech, zwei sind verdammtes Pech, aber drei sind kein Zufall mehr.“

„Aber wer könnte infrage kommen?“

„Sagen Sie es mir.“

In Omars Gehirn rasten die Gedanken. Was sollte er antworten? Er hatte doch keinen blassen Schimmer.

Hecker winkte ab. „Okay, das ist vielleicht ein bisschen viel für den ersten Tag.“

Omar atmete erleichtert auf.

„Wissen Sie, warum ich Sie einstellen wollte?“, fragte der DCI. Wieder spannte sich Omar an. Diese Frage fand er beinahe noch kniffliger als die nach der Identität des Spitzels. Glücklicherweise stellte sich heraus, dass Hecker ein Fan von rhetorischen Fragen war.

„Sie haben gute Arbeit geleistet, als Sie die vier Wochen bei uns waren“, sagte er.

„Ich ... habe PCs von Kollegen der Wirtschaftskriminalität nach Pornodateien durchsucht“, erwiderte Omar und blickte zu Boden.

Hecker nickte. „Ja, und Sie haben auch welche gefunden. Mir hat es imponiert, wie sauber und ordentlich

Ihre Berichte abgefasst waren. Wir hatten schon mal einen Trainee, der konnte es sich nicht verkneifen, bei einem ähnlichen Fall ein anzügliches Witzchen nach dem anderen zu reißen. Dabei ist das gar nicht so lustig mit diesen Pornos. Wissen Sie auch warum?"

„Ich schätze mal, dass jemand, der Filme auf seinen Dienst-PC lädt, es auch mit potenziellen Schaddateien nicht ganz so genau nimmt."

„Exakt", sagte Hecker. „Und aus diesem Grund habe ich mich für Sie entschieden. Sie haben verstanden, dass selbst scheinbar nutzlose Aufgaben einen höheren Sinn haben können. Wir haben es hier oft mit Fragestellungen zu tun, die auf den ersten Blick banal oder nebensächlich erscheinen, aber unsere Abteilung erfüllt einen wichtigen Zweck. Die Kriminalpolizei mag das Gehirn der Met sein, aber wir sind ihre Nieren. Wir reinigen sie und verhindern, dass sie sich selbst vergiftet. Die Met ist beinahe zweihundert Jahre alt. Was sich da alles an Schmutz angesammelt hat!"

Er schüttelte den Kopf und zum ersten Mal nahm Omar so etwas wie eine Emotion bei seinem Chef wahr. DCI Hecker wirkte betrübt.

„So viel zu tun und so wenig Zeit und Personal. Ich kann ja verstehen, dass niemand hier arbeiten will. Den eigenen Müll zu beseitigen, ist nun mal nicht so glamourös wie die Jagd nach Serienkillern. Umso glücklicher bin ich, dass wir Sie als Verstärkung bekommen haben."

Er nickte Omar zu, der es sich verkniff, Hecker darauf hinzuweisen, dass er auch viel lieber Serienkiller jagen würde.

„So und jetzt an die Arbeit. Wir brauchen Kandidaten, die als Spitzel für Bricks infrage kommen."

Omar überlegte. Heckers Worte waren einem Lob so nahegekommen, wie es dem DCI möglich war. Das hatte ihn beruhigt und es ihm erlaubt, wieder ein wenig klarer zu denken.

„Wenn die erste Razzia vor knapp drei Monaten verraten wurde, muss der Maulwurf schon etwas länger Zugriff auf Informationen haben, die mit den Aktionen des SCO19 oder des Drogendezernats zusammenhängen."

Hecker nickte. „Ganz genau. Sehr gut. Das geht schon in die richtige Richtung. Weiter."

Omar hatte gehofft, dass sie eine Art Pingpong spielen würden, oder dass der DCI ihn zumindest als einen Sparringspartner nutzen würde so wie Sherlock Holmes seinen Sidekick John Watson. Doch offenbar sollte Omar das Brainstorming allein übernehmen.

„Er muss also vor etwas mehr als drei Monaten entweder an eine neue Stelle versetzt worden sein oder Zugriff auf Informationen bekommen haben, den er zuvor noch nicht hatte, beispielsweise durch eine Beförderung."

„Oder durch ein Traineeprogramm", sagte Hecker.

„Sie ... verdächtigen mich?"

Hecker antwortete nicht. Seine grauen Augen fixierten Omar.

„Ich versichere Ihnen ..."

Hecker winkte ab. „Wenn ich Sie verdächtigen würde, hätte ich es Ihnen gesagt. Ich bin niemand, der Spielchen mag. Der direkte Weg ist immer der beste. Natürlich denke ich nicht, dass Sie der Spitzel sind. Sie sind viel zu korrekt dafür. Ein Maulwurf lässt seine Berichte nicht noch mal online durch ein Rechtschreibprogramm laufen. Der rotzt irgendetwas hin, weil er es sich so einfach wie möglich machen will."

Omar spürte, wie seine Wangen warm wurden.

„Wie haben Sie herausgefunden, dass ich eine Rechtschreibprüfung nutze?", fragte er.

„Tausend Wörter. Bei den meisten dieser Websites sind nur tausend Wörter kostenlos. In einem Ihrer Berichte zu den Pornodateien, der 1214 Wörter umfasst hat, waren drei Rechtschreibfehler bei den letzten zweihundertvierzehn Wörtern und nur einer bei den tausend davor.“

„Ich ... bin nicht so gut in Rechtschreibung. War ich noch nie.“

Hecker winkte ab. „Sie wissen, wie Sie es ausgleichen können. Das zählt. Aber zurück zu unserem Verdächtigen. Wir nehmen also an, dass es sich um jemanden handelt, der vor drei Monaten entweder eine neue Stelle angetreten hat oder befördert wurde.“

„Was ist mit Andrea? Der anderen Trainee, die in den gehobenen Dienst übernommen wurde?“, fragte Omar.

„Gut, dass Sie das der Vollständigkeit halber erwähnen. Sie können mir aber sicher gleich selbst beantworten, warum Ihre Kollegin ausscheidet.“

„Sie hat das Praktikum beim Drogendezernat erst ganz am Schluss absolviert. Da waren schon zwei Razzien schiefgelaufen.“

Hecker nickte. „Wir haben ein mögliches Merkmal, nach dem wir den Pool der infrage kommenden Verdächtigen deutlich verkleinern können. Wie würden Sie jetzt vorgehen?“

„Ich würde mir bei der Personalabteilung eine Liste aller Versetzungen, Beförderungen und Neueinstellungen der letzten sechs Monate besorgen.“

„Warum gerade sechs Monate?“

„Es wird ein paar Wochen gedauert haben, bis der Maulwurf und sein Geldgeber zusammengefunden haben.“

Hecker nickte. „Ein sehr guter Gedanke.“

Er öffnete einen Ordner, der neben Bricks Akte lag und holte ein Blatt heraus. „Das hier ist die entsprechende Liste.“

Omar sah ihn mit großen Augen an. „Sie hatten schon eine angefordert?"

Hecker nickte. „Ihre bisherigen Überlegungen waren nicht neu für mich, aber dass Sie in dieselbe Richtung gedacht haben, bestätigt mir, dass wir auf dem rechten Weg sind."

Er schob das Dokument zu Omar hinüber, der es überflog. Es waren sechsunddreißig Namen.

„Das sind aber noch ziemlich viele", sagte er ein wenig kleinlaut.

Hecker nickte. „Ihre Aufgabe besteht darin, den Kreis der Verdächtigen weiter einzugrenzen. Ich gebe Ihnen bis morgen Früh Zeit. Wenn Sie wiederkommen, haben Sie die Liste auf maximal fünf Namen zusammengestrichen. Danach werden wir uns die Kandidaten einzeln vornehmen."

Omar nahm das Dokument entgegen und ging hinaus. In seinem Kopf dröhnte es. Er war sich sicher, dass er sich ganz gut geschlagen hatte, vor allem, weil Hecker in dieselbe Richtung gedacht hatte wie er. Aber das war bisher auch nicht allzu schwer gewesen. Anzunehmen, dass jemand seit drei Monaten mit Informationen handeln könnte, auf die er erst seit diesem Zeitpunkt Zugriff hatte, war die naheliegendste Erklärung. Doch nun hatte er keinen blassen Schimmer, was der nächste Schritt sein sollte.

Er ging zu seinem Computer, scannte die Liste ein und jagte sie durch eine Texterkennungssoftware. Er musste die Daten auf dem Bildschirm vor sich sehen. Das Programm gab ihm vier Spalten aus. In der ersten stand der Name, in der zweiten die Abteilung, in der die Person beschäftigt war, in der dritten das Eintrittsdatum bei Scotland Yard und in der letzten das Datum, zu dem der Kollege oder die Kollegin im neuen Bereich angefangen hatte. Hier herrschte die geringste Variation;

die Daten lagen zwischen drei und sieben Monaten zurück. Er überlegte, ob er noch andere natürliche Ausschlusskriterien anwenden konnte. Waren Spitzel vielleicht eher männlich? Oder alt? Oder – intersektional gedacht – alt, weiß, heterosexuell und cis männlich? Nein, in diese Klischeefalle durfte er nicht tappen. Er ging die Liste noch einmal durch und blieb an der Spalte hängen, in der die Abteilungen notiert waren, in die die Kollegen gewechselt waren. Das war ein vielversprechenderer Ansatz. Vielleicht konnte er auf diese Art Kandidaten ausschließen, die nicht vorab an Informationen über die Razzien gelangen konnten. Er atmete tief durch, dann machte er sich an die Arbeit.

# Kapitel 16

Der SUV wartete vor der Haustür auf sie. Am Steuer saß Callahan, was Rebecca beruhigte, denn sie hatte inzwischen den Eindruck gewonnen, dass sie den vierschrötigen Bodyguard als Person greifen konnte. Wahrscheinlich würde er in Stresssituationen ziemlich ungemütlich werden und sie wollte auf keinen Fall erleben, wie es sich anfühlte, von ihm bedroht oder gar in die Mangel genommen zu werden. Aber er hatte auch eine sympathische, offene Seite und ein zwar seltenes, aber ansteckendes Lachen. Außerdem schien er Rebecca zu mögen. Vielleicht fand er sie ja attraktiv. Letztendlich war das gleichgültig, denn je mehr positive Gefühle er ihr gegenüber entwickelte, desto höher war die Wahrscheinlichkeit, dass er ihr Informationen über Bricks Führungsriege verriet, die er ansonsten aus Loyalität für sich behalten hätte.

Ehe sie in das Auto stieg, blickte Rebecca sich aufmerksam um, doch Marc war nirgendwo zu sehen. Sie hatte ihm verschwiegen, dass sie sich mit Tony Bricks getroffen hatte, und auch über das Dilemma, in dem sie jetzt steckte, hatten sie nicht gesprochen. Sie hoffte einfach, dass sie die Aktion über die Bühne bringen konnte, ohne dass sie ihrem Freund gestehen musste, dass sie ihr Versprechen gebrochen hatte.

„Was steht heute auf dem Programm?", fragte Rebecca.

„Der Boss hat mich gebeten, Ihnen ein wenig Einblick in unsere Geschäfte zu geben. Ich dachte, es wäre am besten, wenn Sie zu diesem Zweck eine unserer Führungskräfte begleiten. Dann sehen Sie, womit wir unser Geld verdienen und vor allem wie."

Rebecca atmete tief durch. Natürlich war es sinnvoll, dass sie Bricks Leute in Aktion kennenlernte. Arbeitsproben wiesen immer eine hohe Validität auf und in einem anderen Fall hätte sie liebend gerne zugestimmt, Fachkräfte bei ihrer Arbeit zu beobachten. Hier jedoch ging sie das Risiko ein, sich strafbar zu machen, und sie schreckte davor zurück, sich noch tiefer in den Sumpf des Verbrechens und damit ins Visier ihrer ehemaligen Arbeitgeber bei Scotland Yard zu begeben. Es wäre ihr lieber gewesen, wenn sie sich auf Interviews, Testdiagnostik und vielleicht ein paar Rollenspiele hätte beschränken können.

Als sie in die Straße einbogen, die zu Bricks Hauptquartier führte, zog Rebecca eine FFP2-Maske über ihr Gesicht, setzte eine Sonnenbrille mit übergroßen, verspiegelten Gläsern auf und versteckte ihre Haare unter einer Schirmmütze. Ihren Körper verhüllte ein viel zu großer Trenchcoat, den sie in Marcs Seite des Kleiderschranks gefunden hatte. Sie hoffte, dass diese Verkleidung ausreichen würde, sie unkenntlich zu machen. Dass sie eine Frau war, würde sie nicht verschleiern können. Ihre Identität aber schon. Es gab schließlich Hunderte von weiblichen Recruiterinnen in der City.

Es war der kaugummikauende Mittzwanziger, der, ein breites Grinsen auf dem Gesicht, das durch das stetige Kauen hin und her geschoben wurde wie die Gischt auf einem Wellenkamm, an einen schicken Sportwagen gelehnt vor der Halle auf sie wartete.

„Heute ganz ohne Rüstung?", fragte er und ließ seinen Blick über ihren Körper gleiten. „Ich dachte mir schon, dass wir es mit einem Burgfräulein zu tun haben. Martin schuldet mir also zwanzig Pfund."

„Ich weiß ja nicht genau, was wir vorhaben, aber ich denke, dass es für Sie eher hinderlich wäre, wenn Sie jemand begleitet, der Rüstung und Helm trägt", erwiderte Rebecca.

„Mit der Maske und der riesigen Brille sehen Sie mindestens genauso seltsam aus. Seit Corona vorbei ist, ist diese Vermummung wieder nur etwas für Freaks."

„Ich fühle mich wohler mit Maske", entgegnete Rebecca knapp. „Also, was haben wir vor?"

„Ich nehme Sie mit auf die Straße, denn heute ist Zahltag. Ich sammle Geld von den Dealern ein." Er öffnete die Seitentür und Rebecca stieg ein. Dann setzte er sich hinter das Steuer und startete den Motor, der mit einem tiefen Grollen ansprang.

„Ist das nicht riskant?", fragte sie über das Dröhnen der Maschine hinweg. „Ich meine, in diesem Wagen fallen Sie doch sofort auf. Wenn sich die Polizei an Ihre Fersen hängt, sind Sie Ihre Einnahmen schneller los, als Sie Maserati buchstabieren können."

Er lachte. „In meinem Geschäftsbereich ist standesgemäßes Auftreten wichtig. Die Dealer respektieren mich, weil ich das dickste Auto fahre. In diesem Business geht es darum, so viel Kohle wie nur möglich zu machen, die man dann in Statussymbolen anlegt."

„Also so wie in der Steinzeit, wenn ein Jäger sich in die Felle der Tiere gekleidet hat, die er erlegt hat?"

„Ja, so ähnlich. Nur, dass wir keine Lebewesen jagen."

„Sie sind hinter Geldscheinen her, nehme ich an?"

Er schüttelte den Kopf. „Das läuft heutzutage nicht mehr so, wie Sie es vielleicht aus *Breaking Bad* kennen. Tony hat keine Garage, in der palettenweise Banknoten aufgestapelt sind. Wir rechnen mittlerweile alles über Bitcoin ab. Die Dealer geben mir USB-Sticks mit verschlüsselten Dateien, die wertlos sind, wenn Sie nicht die Möglichkeit haben, sie zu dechiffrieren. Wenn mich die Polizei anhält, finden sie bei mir also nur einen Haufen Datenträger. Mehr nicht."

„Und wenn die bei Ihnen einen Drogentest machen?"

Der Mann warf ihr einen Blick zu. Rebecca realisierte, dass sie noch nicht einmal seinen Namen kannte.

„Die Grundregel in unserem Geschäft lautet, dass man die Finger von dem Zeug lassen sollte, das man verkauft. Ich nehme keine Drogen. Selbst, wenn mir die Cops Haarproben abnehmen, werden sie nichts finden."

„Wie heißen Sie überhaupt?"

Er lachte. Auf seiner Wange bildeten sich Grübchen. Rebecca schluckte, als ihr klar wurde, wie jung der Mann neben ihr war.

„Jack Mallory, aber alle nennen mich nur Blackjack."

„Weil Sie gern dem Glücksspiel frönen?"

„Nein, weil ich eine schwarze Seele habe."

Dem Schmunzeln auf Jacks Gesicht entnahm Rebecca, dass ihn die Unterhaltung amüsierte.

„Wie lange arbeiten Sie schon für Tony?"

„Aha, jetzt wird es ernst."

„Na ja, dafür werde ich schließlich bezahlt."

Er lachte. „Schon okay. Ich bin seit sieben Jahren dabei. Die letzten drei Jahre bin ich aufgestiegen. Früher habe ich selbst für Tony auf der Straße Marihuana und Ecstasy vertickt. Ich hatte keine einfache Jugend. Mein Vater ist früh gestorben, meine Ma hat mich und meine drei Geschwister allein durchgebracht. Ich habe es ihr nicht gerade leicht gemacht mit meiner Dealerei. Aber ich scheine dabei wohl ziemlich erfolgreich gewesen zu sein, denn irgendwann hat Tony mich gefragt, ob ich nicht Lust hätte, Karriere zu machen. Natürlich hatte ich das. Schauen Sie sich doch mal dieses Auto an. Wer würde nicht lieber in einer solchen Karre durch die Gegend fahren, als irgendwelchen Junkies in verregneten Hinterhöfen Stoff anzudrehen? Zuerst war ich die

Schnittstelle zwischen den Lieferanten und den Dealern auf der Straße. Als Withers, mein Vorgänger, vor ein paar Monaten bei einer Razzia verhaftet wurde, hat mir Tony den Job als Leiter seines Drogengeschäfts angeboten. Da habe ich natürlich nicht zwei Mal überlegt."

Rebecca wollte etwas fragen, doch Jack fuhr jetzt links ran. Das Haus, vor dem sie parkten, war heruntergekommen. Die rote Ziegelfassade bröckelte an vielen Stellen ab, die Fenster waren ebenso blind wie die in Tonys Hauptquartier.

„Sie warten im Auto", sagte Jack.

„Ich dachte, ich soll Sie bei der Arbeit begleiten? Es wäre sicher spannend, mitzuerleben, wie Sie Ihre Geschäfte abwickeln."

Sie sah, wie seine Wangenmuskulatur arbeitete, als er die Zähne zusammenbiss.

„Das ist nichts für Sie, glauben Sie es mir", sagte er leise.

„Das würde ich gern selbst entscheiden", erwiderte Rebecca.

Er zuckte mit den Achseln. „Okay, dann kommen Sie mit."

Sie stiegen aus und betraten das Haus durch eine windschiefe, quietschende Tür. Es roch nach Urin und Verwesung. Der intensive Gestank drang selbst durch Rebeccas Maske. Sie war froh, dass sie die baufällige Treppe, die ins Obergeschoss führte, nicht benutzten, sondern durch eine Tür in einen Raum traten, der früher wohl einmal ein Büro gewesen sein musste. Auf einem abgewetzten Sofa saßen drei junge Kerle in Designerklamotten. Als Jack eintrat, erhoben sie sich. Einer tänzelte nervös auf der Stelle, die anderen sahen zu Boden.

Jack kam sofort zum Punkt. „Wie viel habt ihr?"

Die ersten beiden Kerle nannten Beträge im unteren fünfstelligen Bereich. Jack nahm die USB-Sticks entgegen. Der dritte, der nun noch nervöser auf der Stelle tänzelte, sagte: „Achttausend."

„Warum so wenig, Gavin?", fragte Jack.

„Die Skanderberg-Bande", erwiderte der Dealer mit zitternder Stimme. „Mein Gebiet grenzt genau an ihres."

Jack grunzte. „Du weißt, dass ich mich nicht mit läppischen achttausend zufriedengebe. Ich habe dir Koks im Wert von zwanzigtausend Pfund überlassen. Was ist damit geschehen?"

Rebecca konnte beobachten, wie der letzte Rest Farbe aus Gavins Gesicht wich.

„Ich ... habe noch zwei Drittel von dem Stoff. Ich bekomme es nicht los. Die Skanderberg-Leute unterbieten meine Preise. Ich will keinen Stress mit denen. Die sind saubrutal."

„Also daher weht der Wind. Du hast Angst."

Der Mann biss sich auf die Unterlippe und sah zu Boden. Jack trat einen Schritt auf ihn zu und riss ihm den USB-Stick aus der Hand.

„Merk dir eins: Die Skanderberg-Bande ist deine geringste Sorge. Wenn du Tony Bricks Ansprüche nicht erfüllst, wirst du Brutalität kennenlernen, gegen die die Daumenschrauben der Konkurrenz ein Witz sind. Für heute lass ich dir das noch durchgehen, doch beim nächsten Mal hast du entweder das Doppelte vorzuweisen oder du wirst erfahren, wie wir mit Leuten umgehen, die unsere Erwartungen enttäuschen."

Er wandte sich um und ging grußlos hinaus. Rebecca folgte ihm. Als sie wieder im Auto saßen, fragte sie: „Was hat es mit dieser Skanderberg-Bande auf sich?"

Jack seufzte. „Die bereiten uns große Probleme. Ich würde nicht sagen, dass wir uns schon im Krieg befinden, aber wir stehen kurz davor, und das wird übel werden."

„Sie waren erstaunlich gnädig mit diesem Dealer", meinte Rebecca. „Ich hatte nicht erwartet, dass Sie ihm noch eine Chance geben würden."

Er zuckte mit den Achseln.

„Das war eher der Not geschuldet, denn wir haben nicht genügend Leute für diese Jobs. Ich kann daher nicht jeden sofort den Hunden zum Fraß vorwerfen, wenn die Zahlen mal nicht stimmen. Hoffentlich zieht Gavin seine Lehren daraus, und hoffentlich hat Tony Besseres zu tun, als die aktuellen Umsätze aus dem Drogengeschäft zu prüfen. Denn dann könnte es dem Kerl schneller ans Leder gehen, als ihm lieb sein kann."

# Kapitel 17

Omar kämpfte gegen den Drang an, an den Fingernägeln zu kauen. Er ging noch einmal die Notizen durch. Seine Argumentation schien wasserdicht zu sein. Er hatte den Rest des gestrigen Tages damit verbracht, die drei Dutzend Personen auf der Liste zu überprüfen, die DCI Hecker ihm gegeben hatte. Er hatte alles genutzt, was ihm an Informationsquellen zur Verfügung gestanden hatte ... Personalakten, soziale Medien und sogar Google. Nach und nach war es ihm gelungen, den Kreis der potenziellen Informanten auf drei einzuengen. Omar war stolz auf sich. Hecker hatte immerhin fünf verlangt.

Allerdings fragte er sich, ob er nicht einen Fehler beging, wenn er zu viele Verdächtige ausschloss. Vielleicht hatte er die falschen Kriterien angelegt oder etwas übersehen. Die Zweifel hatten die halbe Nacht an ihm genagt und ihm den Schlaf geraubt, den er so dringend gebraucht hatte. Er hatte seinen Tee extra stark aufgebrüht, was jedoch nur bedingt gegen die bleierne Müdigkeit half. Es fiel ihm schwer, die Augen aufzuhalten und in der U-Bahn wäre er beinahe im Stehen eingeschlafen. Auch der spätherbstliche Nieselregen hatte ihn nicht aufwecken können. Erst als er Scotland Yard betrat und ihm klar wurde, dass er Hecker gleich seine Ergebnisse präsentieren sollte, führte der daraus resultierende Adrenalinschub dazu, dass er mit einem Mal hellwach war.

Er brachte Tasche und Mantel zu seinem Arbeitsplatz, dann nahm er den Ordner mit der Liste und den Notizen heraus und ging zu seinem Chef.

„Herein!“

Hecker saß hinter seinem Schreibtisch und spitzte gerade einen Bleistift. Er hielt sich die Mine vor die Augen und überprüfte ausgiebig deren Beschaffenheit, ehe er den Stift erneut in das Gerät einführte und es surrend weitere Umdrehungen vollführen ließ. Danach betrachtete er noch einmal die Schärfe der Spitze und nickte zufrieden. Er legte den Bleistift beiseite.

„Wie viele Verdächtige bringen Sie mir mit?“

„Drei“, erwiderte Omar.

„Drei sind besser als fünf. Irgendwie übersichtlicher. Ich hoffe nur, Sie haben nichts übersehen.“

Omar spürte, wie sich Wärme in seinen Wangen ausbreitete. Warum musste sein Chef ausgerechnet die gleichen Zweifel äußern, wie seine innere Stimme? Ob die beiden unter einer Decke steckten?

„Dann zeigen Sie mal her!“, sagte Hecker. Omar holte drei Blätter aus dem Ordner und legte sie nebeneinander auf den Schreibtisch. Der DCI ließ seinen Blick über die Kurzprofile der Beamten gleiten.

„Ich kenne keinen von denen“, sagte Hecker. „Erläutern Sie mir, warum Sie gerade diese drei ausgewählt haben.“

Omar zeigte auf den Steckbrief des ersten Verdächtigen. Es handelte sich um den dreiundvierzigjährigen Tobias Smith, der vor fünf Monaten in eine leitende Position der IT-Abteilung von Scotland Yard versetzt worden war.

„Ich habe ein wenig recherchiert, über welche Berechtigungen er verfügt, und dabei ist mir aufgefallen, dass er den technischen Support für die operativen Einheiten erledigt. Wenn ein Mitarbeiter in einem unserer Dezernate ein Problem mit seinem PC hat, kann sich

Smith auf seinen Bildschirm schalten und hat vollen Zugriff. Das bedeutet, dass er auch Dokumente und Schriftverkehr lesen kann, die möglicherweise auf bevorstehende Razzien hindeuten. Er sitzt also direkt an der Quelle."

Hecker nickte. „Das ist ein guter Ansatz. Jemand, der geheime Informationen an eine verbrecherische Organisation weitergibt, muss sich ziemlich sicher sein, dass er oder sie nicht gleich ins Visier der Ermittler gerät. Ich gebe Ihnen recht, dass die IT-Leute unauffällig sind. Andererseits werden sie aber gerade wegen ihrer weitreichenden Berechtigungen intensiv durchleuchtet. Das übernehmen übrigens auch wir. Trotzdem könnte das eine heiße Spur sein. Was haben wir noch?"

Omar deutete auf den zweiten Steckbrief. Oben rechts auf dem DINA4-Blatt prangte das Foto einer jungen Frau, deren blonde Haare zu einem Pferdeschwanz zurückgebunden waren. Sie sah ernst in die Kamera.

„Das ist Linda Miller. Sie ist vor einem halben Jahr in der Presseabteilung eingestellt worden und verantwortet die Betriebszeitung."

Hecker runzelte die Stirn. „Die verbricht also dieses Schmierblatt", brummte er.

„Und in dieser Funktion ist sie viel im Haus unterwegs. Sie redet mit Kollegen, führt Interviews, macht Fotos, porträtiert ganze Abteilungen."

„Bisher hat sie sich aber noch nicht dazu bequemt, bei uns vorbeizuschauen. Ich lege allerdings auch keinen allzu großen Wert darauf", fügte Hecker rasch hinzu.

„Ich habe ein paar von Millers Interviews gelesen. Sie hat ein Talent, sympathische Fragen zu stellen. Ich könnte mir vorstellen, dass es ihr leichtfällt, anderen Informationen zu entlocken, die diese möglicherweise gar nicht preisgeben wollen. Da sie sich frei im Haus bewegen kann, fällt es auch nicht auf, wenn sie Abteilungen besucht, die gegen Bricks ermitteln."

Hecker runzelte die Stirn. „Ich weiß nicht. Klar, die Kollegen werden vor ihr damit angeben, was für harte Kerle sie sind, aber Einzelheiten zu anstehenden Ermittlungen verraten? Aber wenn Sie meinen, überprüfen Sie die Kollegin."

„Dann kommen wir schon zu meinem dritten Verdächtigen", sagte Omar, dem angesichts von Heckers Einwänden der Schweiß auf die Stirn getreten war.

„Das ist Tom Marston. Er war mit mir im Auswahlverfahren und hat es bis unter die besten Acht geschafft. Warum er abgelehnt wurde, weiß ich nicht. Wenn das von Belang ist, müssten Sie versuchen, das bei DCI Laurel zu erfragen. Mir wird nämlich aus naheliegenden Gründen jeder Zugriff auf die Akten des Auswahlverfahrens verweigert."

„Was bringt Sie dazu, ihn zu verdächtigen?"

Omar spürte, wie sein Puls eine Spur zulegte.

„Marston ist seit nunmehr fünf Monaten im Fuhrpark beschäftigt, wo er die Fahrzeuganforderungen koordiniert. Das scheint auf den ersten Blick nicht auffällig zu sein, aber auch unsere SCO19s bekommen von ihm ihre Einsatzfahrzeuge zugeteilt. Er weiß also im Voraus Bescheid, wenn eine Razzia ansteht, wo diese stattfinden wird, und wie viele Einsatzkräfte daran beteiligt sein werden."

„Sie haben ihn beim Auswahlverfahren erlebt. Würden Sie ihm zutrauen, seine Karriere aufs Spiel zu setzen, indem er geheime Informationen weitergibt?"

Omar dachte einen Augenblick nach, dann sagte er: „Ich bin kein Psychologe. Da müssten Sie nachlesen, was diese Mrs. Williams über Marston geschrieben hat. Aber mir ist aufgefallen, dass er äußerst unzufrieden gewirkt hat. Er hat sich ständig darüber aufgeregt, wie unfähig alle anderen in der Met sind ... wie viel Geld verschwendet wird ... dass die falschen Leute in den

Führungspositionen sitzen … dass Talent nicht gewürdigt wird und dass nur Beziehungen zählen."

„Hat er damit unrecht?"

Omar sah seinen Chef erstaunt an. „Ich weiß es nicht. Mich hat weniger irritiert, *was* er gesagt hat, sondern *wie* er es gesagt hat. Er wirkte verbittert. Wie jemand, der immer wieder gescheitert ist. Er kam mir ein wenig so vor wie ein Fisch, der Tag ein Tag aus gegen die Scheibe seines Aquariums stößt und doch nie in die Freiheit entkommen kann. Ich glaube, dass so jemand ein leichtes Opfer für einen Gangsterboss ist, der Geld und Anerkennung zu bieten hat."

Hecker nickte. „Ja, da stimme ich Ihnen zu. Meiner Erfahrung nach geht es Spitzeln nie ausschließlich nur ums Geld. Sie lieben es, wenn man ihnen schmeichelt, ihnen Honig ums Maul schmiert. Oft sind es Menschen, die nie gelobt werden, die glauben, dass ihre Arbeit keinen Unterschied macht."

„Und genau so einen Eindruck hat Marston auf mich gemacht."

Hecker faltete die Hände unter seinem Kinn, dann sah er Omar an.

„Trotzdem bezweifle ich irgendwie, dass er so dumm ist, sich von Tony Bricks anwerben zu lassen, während er gleichzeitig überall herumposaunt, wie unzufrieden er in der Met ist. Nehmen Sie sich doch erst einmal die Presse-Referentin und diesen ITler vor. Danach sehen wir weiter."

# Kapitel 18

Martin Parker war Tonys Mann für die finanziellen Angelegenheiten und residierte in einem Büro in der City. Als Rebecca das Hochhaus betrat und in den dritten Stock fuhr, war sie über die Pracht des Gebäudes erstaunt. Die Böden waren mit glänzend poliertem Marmor ausgelegt, die Kronleuchter, Griffe und Armaturen vergoldet. In Parkers Vorzimmer saß eine üppige Blondine vor einem Bildschirm und tippte in erstaunlicher Geschwindigkeit mit ihren gut vier Inches langen Fingernägeln auf eine Tastatur ein. Sie hatte einen Knopf im Ohr, durch den sie wahrscheinlich hörte, was Tony Bricks Chefbuchhalter ihr zuvor diktiert hatte.

Rebecca stellte sich vor und die Sekretärin nahm den Hörer aus dem Ohr.

„Ich weiß nicht, ob es gerade passt", sagte sie. „Mr. Parker ist in einer wichtigen Besprechung."

„Es passt. Er erwartet mich", sagte Rebecca, die weder Zeit noch Lust hatte, mit der Frau zu diskutieren.

„Ist es nicht furchtbar warm hinter dieser Maske?"

Sie wandte sich um. Parker stand in der Tür zu seinem Büro. Er trug einen Nadelstreifenanzug, dessen Streifen im Licht der Deckenlampe glitzerten. Ob sie wohl aus echtem Silber geflochten waren?

„Man gewöhnt sich daran", erwiderte Rebecca. „Ist Ihre wichtige Besprechung schon vorbei?"

Er winkte ab. „Ich habe den ganzen Tag über wichtige Besprechungen. Das ist die beste Ausrede, um unerwünschte Besucher abzuwimmeln."

„Bin ich so ein unerwünschter Besucher?“

Er zog die Nase kraus.

„Sie sind wohl eher eine Besucherin. Mist, jetzt schulde ich Blackjack zwanzig Pfund. Kommen Sie rein“, sagte er.

Im Gegensatz zu der Pracht im Foyer des Hochhauses wirkte Parkers Büro beinahe spartanisch. Auf einem schmalen, elektrisch höhenverstellbaren Schreibtisch an der Glasfront standen zwei Bildschirme. An den Wänden reihte sich ein Regal voller Ordner ans andere. Parker bot ihr einen Platz in einer kleinen Sofaecke an und setzte sich ihr gegenüber.

„Ich will ehrlich mit Ihnen sein“, sagte er. „Natürlich könnte ich mir Schöneres vorstellen, als mich von Ihnen auf Herz und Nieren prüfen zu lassen. Mir ist klar, dass es Tony nicht darum geht, einen möglichen Nachfolger auszuwählen. Ich beobachte seit Jahren, dass unsere Zahlen schlechter werden, weil immer mehr Geschäfte platzen. Das mag man der Skanderberg-Bande anlasten, aber selbst dann reicht es nicht aus, um zu erklären, was schiefläuft. Es muss also einen Verräter in den eigenen Reihen geben und ich bin mir sicher, dass Sie diesen Maulwurf suchen sollen.“

„Wie sehen die Zahlen denn aus?“, fragte Rebecca, ohne auf seine Mutmaßungen über ihren wahren Auftrag einzugehen.

Parker lachte. „Schon praktisch, so eine Maske. Da müssen Sie gar kein Pokerface beherrschen. Aber da Tony klargestellt hat, dass wir Ihnen entgegenkommen sollen, werde ich das natürlich tun. Wir setzen pro Jahr etwa hundert Millionen Pfund um.“

Rebecca stieß einen leisen Pfiff aus.

Parker grinste. „Das hätten Sie uns nicht zugetraut, was? Nun, es hat auch viele Jahre gedauert, bis wir in diese Größenordnungen vorgestoßen sind.“

„Wie lange sind Sie schon dabei?“

„Nächsten Sommer werden es zwanzig Jahre."

Er stand auf, ging zu einem Schränkchen und holte eine Glaskaraffe und zwei Gläser hervor. „Möchten Sie einen? Irischer Single Malt."

Sie schüttelte den Kopf. „Ich versuche, schwanger zu werden."

Er zuckte mit den Achseln. „Die meisten Schwangerschaften, von denen ich weiß, sind erst mithilfe von Single Malt zustande gekommen."

„Den Witz kenne ich schon", sagte Rebecca.

Er goss sich ein Glas ein und nippte daran.

„Wie groß war der Umsatz von Bricks Organisation vor Ihrem Einstieg?", fragte sie.

„Er lag bei etwa zwei Millionen. Wir hatten aber nur einen Geschäftszweig, die Betäubungsmittel. Auf meinen Vorschlag hin ist Tony dann ins Waffengeschäft eingestiegen. Wir konnten gute Deals mit Zwischenhändlern machen, die ihre Ware aus dem ehemaligen Ostblock bezogen. Dadurch war es uns dann wiederum möglich, den Drogenhandel auszuweiten und so haben sich die beiden Branchen gegenseitig befruchtet."

„Haben Sie Tony auch vorgeschlagen, in den Menschenschmuggel einzusteigen?"

Parker verzog das Gesicht. „Es klingt unschön, wenn Sie das so nennen. Ich bevorzuge den Begriff *Reiseerleichterungen* ... und nein, ich habe Tony nicht dazu geraten. Das war Harrison, das alte Klappergestell. Er war dabei, aus der Organisation zu fliegen, und hat sich eine neue Betätigung gesucht. Wir verdienen wenig an der Sache und das Risiko ist groß, aber Tony will trotzdem nicht darauf verzichten. So ein sentimentales Ding. Er will, dass Harrison sein Gnadenbrot erhält und sich wichtig fühlen kann."

„Was stellen Sie mit dem ganzen Geld an, das die Organisation umsetzt?"

Er zwinkerte ihr zu. „Das Übliche. Briefkastenfirmen auf den Cayman Islands, Edelmetalle in Schweizer Banktresoren und zuletzt ziemlich viel Bitcoin. Ich habe dafür gesorgt, dass das Geld sicher ist, dass Tony aber jederzeit darauf zugreifen kann. Wenn ich so etwas in einem börsenorientierten Unternehmen fertiggebracht hätte, hätte ich es garantiert auf die Titelseite des New Economist geschafft."

„Sind Sie allein für alles verantwortlich?"

Seine Miene verdüsterte sich. „Tony hat vor zwei Jahren einen Buchhalter eingestellt, der mich unterstützen soll, doch manchmal habe ich das Gefühl, dass er eher dazu da ist, mir auf die Finger zu schauen. Ich brauche nämlich keine Hilfe. Wenn hier jemand die Fäden zusammenhält, dann bin ich es. Ich bin unverzichtbar für die Organisation und Tony weiß das. Das hoffe ich zumindest."

Er nippte an seinem Whiskey.

„Einmal angenommen, Ihre Vermutung träfe zu, dass ich eigentlich einen Maulwurf enttarnen soll", sagte Rebecca. „Wer käme aus Ihrer Sicht infrage?"

Er schmunzelte. „Das sind aber viele Konjunktive. Harrison würde sich ins eigene Fleisch schneiden. Außerdem ist er nicht intelligent genug dazu. Bei Hall, unserem Waffenhändler, sieht es anders aus. Wir haben nicht gerade das beste Verhältnis zueinander. Er mag es nicht, wenn ich ihm reinrede und umgekehrt. Er nimmt es Tony übel, dass dieser mich mehr schätzt als ihn. Aber ob das Gründe sind, Tony zu verraten, müssten Sie entscheiden – wenn Sie denn auf Maulwurfsuche wären."

„Was ist mit Blackjack?", fragte Rebecca.

Parker nippte noch einmal an seinem Getränk.

„Er ist ein Dealer, und ich habe bislang noch keinen ehrlichen Dealer kennengelernt."

# Kapitel 19

Omar hatte sich mit frischem Eifer in die Aufgabe gestürzt, die drei übrig gebliebenen Verdächtigen weiter zu durchleuchten. Zunächst hatte er einen IT-Notfall vorgetäuscht, indem er den Stecker seines Bildschirms halb aus dem Gehäuse des Computers gezogen hatte. Dann hatte er sich bei der Hotline gemeldet und gefragt, ob er mit Tobias Smith verbunden werden könne, da dieser ihm schon beim letzten Problem weitergeholfen habe. Nach einer nervtötenden Diskussion darüber, dass er doch zunächst ein Ticket erstellen müsse, und dass ihm danach erst ein Fachmann bzw. eine Fachfrau zugeordnet werden würde, hatte Omar es geschafft, die misslaunige Kollegin am anderen Ende der Leitung davon zu überzeugen, dass Smith sich seines Problems am besten annehmen würde. Als die Dame daraufhin versuchte, ihren Kollegen zu erreichen, hatte sich herausgestellt, dass dieser nur einen einzigen Tag zum Dienst bei der IT erschienen war, ehe er sich bei einem Autounfall eine komplexe Wirbelsäulenverletzung zugezogen hatte. Diese hatte dazu geführt, dass er das letzte halbe Jahr in einer Rehaklinik verbracht hatte. So leid ihm das tat, war Omar andererseits froh, dass er auf diese Weise einen der drei Verdächtigen sicher ausschließen konnte.

Bei der Presse-Referentin musste er ein wenig tiefer in die Trickkiste greifen. Es hatte ihn eine schlaflose Nacht gekostet, einen Plan zu schmieden, wie er Kontakt mit ihr aufnehmen konnte. Normalerweise war sie es nämlich, die sich gezielt Mitarbeiter aussuchte und sie für ihre schriftlichen Ergüsse interviewte. Omar musste also eine Gelegenheit schaffen, bei der er wie zufällig mit ihr ins Gespräch kommen konnte.

Ein Vorteil der Arbeit bei der Internen Ermittlung war, dass er Zugriff auf sämtliche Kalender aller Beschäftigten unterhalb der oberen Führungsebene hatte. So hatte er herausgefunden, dass Linda Miller einen Termin bei seiner ehemaligen Vorgesetzten Olivia hatte, um diese für eine Serie über die verschiedenen Polizeireviere in London zu interviewen. Olivia war gern bereit gewesen, ihm dabei zu helfen, mit der jungen Kollegin Kontakt aufzunehmen.

Eine halbe Stunde, bevor Miller in Wandsworth eintraf, saßen die beiden an ihrem Schreibtisch und unterhielten sich.

„Das ist ganz schön knifflig", sagte Olivia. „Sie müssen ein mögliches Alibi überprüfen, ohne dass die Frau es bemerkt."

„Ganz genau darum geht es. Laut Dienstplan war Constable Miller beinahe den gesamten letzten Monat im Urlaub. Das ist für sich genommen noch kein Alibi, denn sie könnte trotzdem Informationen über anstehende Razzien gesammelt und an Bricks weitergegeben haben. Wenn ich allerdings nachweisen könnte, dass sie in dieser Zeit nicht in London gewesen ist, würde sie das als möglichen Maulwurf ausschließen."

„Und wie wollen Sie das anstellen?"

Omar zwinkerte ihr zu. „Lassen Sie mich mal machen."

Als Miller eintraf, stand Omar am Tresen. Er hatte seine alte Uniform angelegt und pfiff fröhlich die Melodie von *Yellow Submarine* vor sich hin.

„Sie müssen Constable Miller sein", sagte er, ehe die Frau ihn ansprechen konnte. Sie bestätigte es.

„DCI Jenner braucht noch zehn Minuten. Ich soll Sie schon einmal in ihr Büro führen und mich um Ihre Bedürfnisse kümmern."

Die Journalistin lachte. „Meine Bedürfnisse würden sich in einem Glas Wasser erschöpfen."

Omar lächelte. „Damit kann ich dienen."

Er führte Constable Miller in Olivias Büro und sah auf die Uhr. Sie hatte ihm zehn Minuten gegeben. Mehr konnte sie sich nicht erlauben, denn das wäre der Kollegin gegenüber unhöflich gewesen und als Leiterin eines kleinen Polizeireviers konnte sie sich schlechte Schlagzeilen nicht leisten. Omar brachte der Frau ein Wasser.

„Ich habe Ihren Bericht über die Dienstfahrzeuge gelesen, mit denen das Polizeirevier in Kensington ausgestattet wurde. Wissen Sie schon, wann die anderen Dienststellen neue Streifenwagen bekommen?"

Die Frau lächelte. „Ich fürchte, das kann noch dauern. Das ist ja erst mal nur ein Pilotprojekt. Aber diese E-Autos sind schon toll."

„Sind Sie schon einmal mit einem gefahren? Ich hatte leider noch nie die Gelegenheit dazu."

„Im Urlaub hatten wir eins. Wahnsinn, wie die Teile beschleunigen."

„Echt? Sie sind mit einem E-Auto in den Urlaub gefahren? Die haben doch nur eine begrenzte Reichweite."

Sie schüttelte den Kopf. „Nein, wir hatten eines als Mietwagen. Mein Mann und ich haben unsere Hochzeitsreise nachgeholt, die wegen Corona ausgefallen war. Wir waren in Südspanien ... Malaga, Granada. Das ließ sich alles problemlos mit einem E-Auto machen."

Omar konnte sein Glück kaum fassen.

„Ist es nicht sehr heiß in Südspanien?"

„Nein, wir waren da letzten Monat. Im Oktober ist es da nicht mehr so heiß. Es ist aber sehr trocken. Das hängt wohl auch mit dem Klimawandel zusammen."

Omar rechnete zur Sicherheit noch einmal im Kopf die Daten nach. Vor einem Monat war die zweite Razzia geplatzt. Die dritte hatte zwei Wochen später stattfinden sollen und war ebenfalls gescheitert. Aus den Ermittlungsakten wusste er, dass die letzte Aktion sehr spontan geplant worden war, um das Risiko eines Misserfolgs zu minimieren. Das hatte offenbar nicht funktioniert. Die Informationen mussten trotzdem an Bricks Organisation weitergegeben worden sein. Aber er wusste nun, dass die Presse-Referentin keinen Anteil daran gehabt haben konnte, weil sie mit einem E-Auto durch Südspanien gefahren war. Er verabschiedete sich von ihr und ging hinaus. Im Großraumbüro traf er Olivia. Sie sah ihn fragend an. Er hob einen Daumen und sie nickte ihm anerkennend zu.

Ein seltsames Gefühl überkam Omar, als er die Uniform ablegte und sich wieder in seinen Anzug kleidete. Es waren gute Jahre gewesen in Wandsworth. Diese wollte er nicht missen. Gleichzeitig war es aber Zeit für Neues. Als er auf die Straße trat, zückte er sein Handy und rief seinen Chef an. Hecker nahm sofort ab.

„Die Presse-Referentin hat ein Alibi, der IT-Spezialist ebenfalls. Ich muss mich wohl doch einmal im Fuhrpark umsehen."

„Okay, tun Sie das. Aber seien Sie diskret!"

# Kapitel 20

„Und Sie sind also für das Waffengeschäft der Organisation zuständig?"

Rebecca saß einem erstaunlich schmächtigen Männchen gegenüber, auf dessen Stirnglatze sich große Schweißtropfen im Licht der künstlichen Beleuchtung spiegelten. Robert Hall trug einen schlecht sitzenden Anzug und putzte sich die ständig laufende Nase mit einem Taschentuch. Er residierte in einem kleinen Büro im ersten Stock eines Hauses in der Brick Lane, in dessen Erdgeschoss sich ein indisches Restaurant befand. Die verführerischen Düfte nach Curry und Kardamom, die durch das gekippte Fenster hereinströmten, ließen Rebecca das Wasser im Mund zusammenlaufen.

„Ich bevorzuge es, nicht von Waffengeschäften zu sprechen. Wir nennen es die *Metallbranche*", erklärte Hall. Auf seinen rissigen Lippen erschien ein schmales Lächeln.

„Wie lange arbeiten Sie schon für Tony?"

„Im Grunde schon immer. Ich bin als Jugendlicher in seine Gang reingerutscht. Hier im Viertel wusste natürlich jeder, womit der alte Bricks sein Geld verdient, und dass Tony auch Dreck am Stecken hat, war uns allen klar. Aber wir hatten wenig Alternativen. Ihre Stimme klingt zu jung, als dass Sie sich an die Achtziger erinnern könnten. Die Arbeitslosigkeit war enorm hoch, und ohne Schulabschluss hatte man es nicht leicht. Da musste man jede Gelegenheit ergreifen. Ich war froh, dass Tony mich aufgenommen hat, und dass er mir so viel Vertrauen geschenkt hat, einen seiner wichtigsten Geschäftsbereiche zu leiten."

„Im Vergleich zum Drogengeschäft, wie viel Anteil haben Sie am Gesamterlös der Firma?"

„Etwa vierzig Prozent. Das scheint auf den ersten Blick relativ wenig zu sein, da wir mit geringerer Stückzahl, dafür aber mit hochpreisigen Produkten arbeiten, aber unser Geschäftszweig ist enorm aufwendig. Wir beziehen unsere Waren größtenteils aus osteuropäischen Armee-Depots. Dabei müssen wir darauf achten, dass nicht allzu viele Waffen auf dem Markt landen, die eindeutig als Kriegsgeräte erkennbar sind. Wissen Sie, mit der Polizei kommen wir ganz gut zurecht, aber den Geheimdienst wollen wir ganz bestimmt nicht auf den Fersen haben, denn die haben wirklich was drauf."

„Wie geht das zusammen, das Drogen- und das Waffengeschäft?"

Er zuckte mit den Achseln. „Na ja, ich schätze wie bei anderen Firmen auch. Wir haben mehrere Geschäftszweige. Nur, dass wir eben mit Drogen und Metall handeln anstatt mit Nahrungsmitteln und Kosmetika."

„Wie schwer sind denn die ... die Metallwaren, die Sie liefern könnten?"

„Einen Panzer kann ich nicht auftreiben. Einmal habe ich eine Stinger Luftabwehrrakete importiert. Aber wie gesagt, wir müssen höllisch aufpassen. Wenn irgendein durchgeknallter irischer Terrorist damit einen Jumbo vom Himmel holt, machen die vom MI5 uns die Hölle heiß. Mit solchen Leuten handeln wir auch gar nicht. Meistens sind es irgendwelche Araber. Saudis, nicht Islamisten."

„Wie viel haben Sie mit den anderen Geschäftszweigen zu tun?"

Er lehnte sich zurück und verschränkte die Arme vor der Brust.

„Sie meinen, wie gut mein Überblick über die Organisation ist? Gut genug, um Tony zwei Wochen lang zu vertreten. Aber wahrscheinlich wird er ohnehin Parker auswählen. Der ist nämlich sein Liebling."

„Sie mögen Mr. Parker nicht?"

Er zuckte mit den Achseln. „Das hat nichts mit mögen zu tun. Wir arbeiten effektiv zusammen. Wenn ich von jetzt auf gleich enorme Geldbeträge benötige, beschafft er sie mir, und ich bin stolz darauf, dass ich nie einen Penny davon verschwendet habe. Aber ich käme nie auf die Idee, nach getaner Arbeit mit Parker einen trinken zu gehen."

„Warum nicht?"

Hall sog seine Unterlippe ein und ließ sie mit einem schmatzenden Geräusch wieder los.

„Ich traue ihm nicht. Er ist eiskalt. Wenn ich ihm etwas Privates anvertrauen würde, könnte ich sicher sein, dass er diese Information für eine Gelegenheit aufbewahrt, bei der er mir damit schaden kann."

„Ist das in Ihrem Business nicht üblich?"

Er schüttelte den Kopf. „Bei uns läuft vieles noch wie früher. Tony ist einer vom alten Schlag. Am wichtigsten ist ihm Loyalität. Die Organisation ist seine Familie. Aber Parker ist ein Fremdkörper darin. Wie gesagt, ich traue ihm nicht. Ich hoffe, dass Tony sich nach den zwei Wochen schnell erholt, denn unsere Geschäfte sollten nicht unnötig lange einer Person anvertraut werden, die nur an ihren eigenen Vorteil denkt."

„Was ist mit Ihren anderen Kollegen im Führungszirkel? Blackjack und Harrison?"

„Jack ist ein grüner Junge, aber vielversprechend. Rick hat seine besten Zeiten schon hinter sich. Trotzdem würde ich ihn nicht unterschätzen. Es wäre mir wesentlich lieber, wenn er Tony vertreten würde."

„Warum?"

„Weil er das Wohl der Organisation über alles stellt ... nicht sich selbst."

„Was würde Sie denn für die Vertretung qualifizieren?"

Er holte das Taschentuch hervor und schnäuzte sich, dann sagte er: „Ich bin loyal. Tony kann sich voll und ganz auf mich verlassen. Er würde die Organisation genauso zurückbekommen, wie er sie mir übergeben hat. Aber das wird nicht geschehen. Damit muss ich mich wohl oder übel abfinden. Ich habe eine Position erreicht, von der aus ich nicht mehr weiter aufsteigen kann. Das ist okay, wenn man bedenkt, woher ich komme. Das Zeug dazu, die Geschäfte zu führen, hätte ich allerdings. Ich kenne die Zahlen genauso gut wie Parker und bin besser vernetzt als Harrison oder Blackjack. Wenn Tony sich wider Erwarten für mich entscheiden sollte, würde er es sicher nicht bereuen. Sie können mich da gern zitieren."

Rebecca dankte ihm und verabschiedete sich. Draußen vor dem unscheinbaren kleinen Bürogebäude im Norden Londons wartete Callahan bereits auf sie, um sie zu ihrem nächsten Termin zu bringen.

„Und, haben Sie schon irgendwelche Erkenntnisse gewonnen?", fragte er.

„Ja, so langsam bekomme ich ein Gefühl dafür, wer wen in dieser Organisation nicht ausstehen kann."

Bricks Bodyguard lachte. „Das ist nicht schwer", sagte er. „Die hassen sich alle."

Der Nächste auf ihrer Liste war Harrison, der tatsächlich noch ein bisschen älter war, als sie bei ihrem ersten Treffen geschätzt hatte. Der Mann war zweiundsiebzig. Er war bereits die rechte Hand von Bricks Vater gewesen und gefiel sich darin, vor Rebecca zu prahlen, wie unersetzlich er war.

„Ich habe schon so viele Jobs für Tony erledigt. Wenn es ein Hindernis aus dem Weg zu räumen gab, bin ich ins Spiel gekommen."

„Was für Hindernisse meinen Sie denn?"

Harrison grinste. „Vor allem Menschen. Mein Körper macht aber nicht mehr so gut mit." Er zeigte auf den Stock, der neben ihm lag. „Deshalb hat Callahan diese Aufgaben übernommen. Die Hände muss ich mir nicht mehr schmutzig machen. Ab und zu kommt der Stock noch zum Einsatz. Aber hauptsächlich beschäftige ich mich mit anderen Dingen."

Rebecca sah sich den blank polierten Knauf an und eine Gänsehaut breitete sich auf ihrem Rücken aus. „Mr. Hall hat für seinen Geschäftsbereich die Bezeichnung *Metallwaren* eingeführt. Wie nennen Sie das, was Sie tun?"

Harrison schmunzelte. „Hall ist ein Weichei. Es ist erstaunlich, wie er es geschafft hat, in den Führungszirkel aufzusteigen. Er hat kein Rückgrat. Aber seine Zahlen stimmen. Um auf Ihre Frage zurückzukommen: Ich nenne es Menschenschmuggel."

„Sie verhelfen Menschen also zur illegalen Einreise in das UK?"

„Ja, das ist eine schönere Umschreibung für das, was ich tue."

„Wie hoch ist Ihr Anteil am Gesamterlös der Organisation?"

„Etwa 10 Prozent. Das mag nicht nach viel klingen, aber Tony hatte einen besseren Grund, in dieses Geschäft einzusteigen, als reinen Profit."

„Und der wäre?"

„Nachwuchs. Nicht nur die Wirtschaft leidet seit dem Brexit unter Fachkräftemangel. Auch wir benötigen fähige Leute für allerhand Aufgaben. Natürlich kassiere ich bei meinen Einwanderern ab, aber ich habe auch ein Auge darauf, wer sich für einen Job in Tonys Organisation qualifizieren könnte."

„Sehen Ihre Kollegen im Führungszirkel Ihre Aufgabe als ebenso wichtig an wie Sie?"

Das Schmunzeln verschwand von seinem Gesicht. „Blackjack weiß, was er an mir hat. Ich versorge ihn mit Dealern. Aber Parker glaubt, dass mein Job reine Zeitverschwendung ist."

„Sie mögen Parker nicht?"

„Das beruht wohl auf Gegenseitigkeit."

„Warum?"

„Weil er mir meinen Platz in Tonys Organisation streitig machen will." Er schlug mit dem Stock auf den Boden, sodass die Dielen krachten. „Aber wenn er glaubt, dass er mich verdrängen kann, hat er sich geschnitten."

„Auf welche Art versucht Parker denn, Sie aus dem Weg zu räumen?"

Harrison grunzte. „Er liegt Tony die ganze Zeit damit in den Ohren, dass er meinen Geschäftsbereich auflösen soll ... dass der Menschenschmuggel weniger einbringe, als er koste und ein großes Sicherheitsrisiko darstelle. Seit dem Brexit ist es noch schwieriger, Leute einzuschleusen, aber halb automatische Waffen aus Moldawien oder Koks aus Kolumbien halte ich für wesentlich riskanter als eine Wagenladung Afghanen. Nein, Parker will mich schlecht machen, weil er genau weiß, dass Tony mich zu seinem Stellvertreter machen würde. An Tonys Stelle würde ich mich vor ihm in Acht nehmen. Er ist skrupellos und schielt darauf, die Organisation ganz zu übernehmen."

„Glauben Sie, dass Tony Bricks Parker zu seinem Stellvertreter ernennen wird?"

„Nein, Tony weiß, dass nur ich für den Job infrage komme."

Er sah sie mit seinen kleinen Augen an.

„Ich hoffe sehr, dass Sie zu demselben Schluss kommen werden."

# Kapitel 21

Omar saß vor dem Bildschirm und rieb sich die Augen. Er sah auf die Uhr. Seit fünf Stunden recherchierte er schon zu Tom Marston. Die Buchstaben verschwammen in seinem Blickfeld und er hatte Mühe, ein Gähnen zu unterdrücken. Dabei hatte es so gut begonnen. Er war methodisch vorgegangen und hatte versucht, möglichst viele Fakten zur Biografie des Kollegen zusammenzutragen.

Marston war dreiunddreißig Jahre alt. Geboren war er in Nottingham. Sein Vater starb, als er vier Jahre alt war. Daraufhin zog seine Mutter mit dem kleinen Tom nach London, wo sie in einem der Shops in Camden Town arbeitete. Marston stammte aus der Arbeiterklasse und Omar glaubte, dieses spezielle Milieu auch in seinem Verhalten und seinen Äußerungen wahrgenommen zu haben. Das nagende Gefühl der Ungerechtigkeit ... der Eindruck, ungleich behandelt zu werden ... einen entscheidenden Nachteil zu haben gegenüber den Glücklichen, denen hilfreiche Beziehungen in die Wiege gelegt worden waren.

Omar war schon oft Menschen aus der weißen Upper Class begegnet, für die es selbstverständlich war, eine Privatschule und danach die Universität zu besuchen, ohne sich Gedanken darüber machen zu müssen, wovon sie das alles bezahlen sollten. Doch im Gegensatz zu Marston beneidete er diese Leute nicht. Sie hatten auch ihre Rucksäcke zu tragen, trotz ihrer Privilegien und ihres Reichtums.

Nach dem Schulabschluss hatte Marston eine Ausbildung bei der Polizei begonnen und war in den Streifendienst in Camden Town übernommen worden. Dort hatte er sich vor allem mit Einbrüchen und Taschendiebstählen auseinanderzusetzen gehabt. Da er fließend Spanisch sprach, war er bei der Betreuung von überfallenen Touristen eingesetzt worden und hatte hierfür sogar eine Belobigung erhalten. Doch auch das schien seinen Ehrgeiz nicht befriedigt zu haben.

Drei Mal hatte er sich für das Auswahlverfahren des gehobenen Dienstes beworben, ehe er beim letzten Versuch in die Endrunde vorgerückt war. Wie frustrierend das gewesen sein musste! Er war seinem Ziel so nah wie niemals zuvor gewesen. Eine Übernahme in den gehobenen Dienst wäre auch mit einem gesellschaftlichen Aufstieg verbunden gewesen. Marston hätte seine Herkunft hinter sich lassen und Privilegien erlangen können, nach denen er sich so lange verzehrt hatte.

Nach dem gescheiterten Auswahlverfahren hatte er sich für den Fuhrpark beworben und war dort auch gleich angenommen worden. Wahrscheinlich hatte er nicht mehr ins Revier nach Camden zurückkehren wollen, um sich die schadenfrohen Sprüche seiner Kollegen zu ersparen.

Je tiefer Omar sich in Marstons Biografie vertieft hatte, desto mehr war er ins Grübeln gekommen. Was war seine eigene Motivation gewesen, sich für die Laufbahn im gehobenen Dienst zu bewerben? Gesellschaftlicher Aufstieg? Mehr Geld? Ruhm und Anerkennung? Nein, das traf es nicht. Für ihn stand die Ermittlungsarbeit selbst im Vordergrund. Er hatte bei der Jagd nach dem Serienkiller Blut geleckt und wollte sich nicht mehr mit Strafzetteln oder gestohlenen Gartenzwergen herumschlagen.

Und nun saß er vor dem Bildschirm und stöberte in der Lebensgeschichte eines Kollegen herum, der sich seiner Akte nach bislang nicht das kleinste Vergehen hatte zu Schulden kommen lassen. Er war stets korrekt gewesen, alle Zeugnisse waren ohne Tadel ausgefallen. Zwar klang in den blumigen Beschreibungen seiner Vorgesetzten durchaus heraus, dass er ein schwieriger Charakter war, der über ausgeprägte Meinungen verfügte und diese auch äußerte, aber immer war die Bewertung positiv gewesen. Marston war ein guter und fähiger Beamter. Die Frage war nur, ob er auch ein ehrlicher Beamter war.

Omar starrte auf den Bildschirm. Auf diese Art würde er nichts Entscheidendes mehr über Marston herausfinden. Er hatte ein Gefühl für den Mann bekommen, glaubte, einschätzen zu können, mit wem er es zu tun hatte. Nun war die Zeit gekommen, sich ihm physisch anzunähern.

Er griff auf die Dienstpläne des Fuhrparks zu und suchte die Arbeitszeiten von Marston heraus. Zufrieden stellte er fest, dass dieser Spätdienst im Fahrzeugdepot in Mile End hatte. Er sah auf die Uhr. Es war fünfzehn Uhr. Er würde etwa eine Stunde bis dorthin benötigen. Omar wusste selbst nicht genau, warum er das Gefühl hatte, den Mann mit eigenen Augen sehen zu müssen. Wahrscheinlich, weil er immer eher der Typ dafür gewesen war, die Dinge auf eine handfeste Art und Weise anzugehen. Omar war kein großer Theoretiker, er war der Mann fürs Praktische.

Eine Viertelstunde später stand er in einem U-Bahnwagen in Richtung Osten. Es war noch vor der Rushhour und die Züge waren daher nur halb gefüllt. Omar mochte das Rattern der langen Gefährte in den dunklen Tunneln, die Bandansagen, den Geruch. Am liebsten war er im Winter in der Tube, wenn es hier deutlich wärmer war als an der Oberfläche.

Er stieg in Bow Road aus und ging zu Fuß zum Depot. Bislang hatte er noch keinen klaren Plan gefasst, wie er

Marston gegenübertreten wollte. Problematisch war, dass dieser ihn kannte. Sie hatten sich zwar nur kurz gesehen, aber die Eindrücke des Auswahlverfahrens hatten sich bestimmt tief in die Erinnerungen des abgelehnten Bewerbers eingegraben. Vielleicht hatte er sogar in Erfahrung bringen können, dass Omar die Traineestelle bekommen hatte. Er musste vermeiden, dass Marston Verdacht schöpfte.

Als er noch etwa fünfzig Meter vom Depot entfernt war, sah er, wie ein Streifenwagen in den Parkplatz hinter der Station einbog. Am Steuer hatte ein Mann gesessen, der Marston ähnlichsah. Omar suchte sich einen Beobachtungspunkt, von dem aus er den gesamten Komplex im Blick hatte. Kurz darauf schlenderten zwei Beamte vom Parkplatz her auf den Eingang des Gebäudes zu. Einer der beiden war eindeutig Marston.

Die Kollegen redeten eine Weile miteinander, dann trennten sie sich. Während sein Begleiter in das Depot trat, ging Marston die A11 entlang in Richtung East End. Omar folgte ihm. Es dauerte nicht lange und der Polizist betrat ein Haus. Omar zögerte nicht und eilte zur Eingangstür. Sein Verdacht bestätigte sich. Auf einem der Klingelschilder stand der Name *Tom Marston.*

Er nahm auf der gegenüberliegenden Straßenseite einen Beobachtungsposten ein. Es dauerte nur eine Viertelstunde, bis der Kollege in Alltagskleidung aus der Tür seines Wohnhauses trat. Nun wurde es interessant. *Warum hatte Marston mitten in seiner Schicht die Uniform abgelegt?* Omar folgte ihm in sicherem Abstand. Der Polizist bog in eine Nebengasse ab. Hier war nur wenig los und je weiter sie sich von der Hauptstraße entfernten, desto verwahrloster wirkten Gebäude und Straßenbelag. Omar kannte das East End gut. Er war hier aufgewachsen. Es behagte ihm daher gar nicht, wohin Marston unterwegs war. Es war die Gegend, deren Betreten sein Vater ihm immer verboten hatte.

Endlich hielt der Kollege vor einer Fabrikhalle an. Er sah sich um. Omar drückte sich in einen Hauseingang und hoffte, dass der Schatten, den ein kleines Vordach warf, ihn vor den Blicken des Polizisten verbergen würde. Als er es wagte, wieder nach Marston zu spähen, war dieser verschwunden. Omar unterdrückte einen Fluch. Er eilte rasch zum Eingang der Halle. Sein Herz raste, als er die Hand an den Griff der Tür legte. Vorsichtig drückte er das Metall nach unten. Es quietschte leise. Omar biss die Zähne zusammen. Er drückte noch weiter. Dann zog er die Tür in seine Richtung. Er lugte durch den Spalt in die Halle hinein.

Das Gebäude war erstaunlich geräumig, und es war vollkommen leer. Durch teilweise geborstene Fensterscheiben strömte fahles Tageslicht ein. Am gegenüberliegenden Ende des Raumes sah er zwei Personen stehen, von denen eine der Polizist war. Bei der anderen handelte es sich um einen muskulösen Schrank von einem Mann, der einen anthrazitfarbenen Anzug trug.

Wenn er doch nur ein Richtmikrofon bei sich hätte. Aber es war müßig, sich Vorwürfe zu machen, nicht richtig ausgestattet zu sein, denn wer hätte ahnen können, dass Omar gleich bei der ersten Beschattung einen Erfolg erzielen würde? Er überlegte, ob er noch weiter in die Halle hineinschleichen sollte, um die Unterhaltung der Personen mitverfolgen oder gar mit seinem Handy ein Foto des anderen Mannes schießen zu können.

Doch dann hörte er eine Stimme hinter sich.

„Wen haben wir denn da?"

Ein eiskalter Schauer rann ihm den Rücken hinab. Er drehte sich ruckartig um und sah sich drei jungen Kerlen gegenüber, die ihn mit feindseligen Blicken musterten.

„Was lungerst du hier rum?", herrschte ihn einer der Halbstarken an.

„Ich will etwas Gras kaufen", erwiderte Omar, dem auf die Schnelle nichts Besseres einfiel.

„Gras will er kaufen."

Die drei sahen sich an und grinsten.

„Na, dann hast du doch sicher Geld dabei", sagte einer und trat einen Schritt auf Omar zu. Dieser konnte nicht zurückweichen, da er ansonsten rückwärts in die Halle hätte treten müssen, was ihn in noch größere Schwierigkeiten gebracht hätte. Er überlegte, ob er seinen Polizeiausweis ziehen sollte, verwarf den Gedanken aber sofort wieder. Sich als Polizist zu outen, war keine Option.

Langsam zog er seinen Geldbeutel aus der Tasche.

„Schon gut, ich gebe euch alles, was ich dabeihabe", sagte er.

Der Kerl, der ihm am nächsten stand, wollte nach dem Portemonnaie greifen, doch Omar öffnete das Münzfach und leerte es ruckartig in Richtung der Männer aus. Diese wichen einen Moment lang erschrocken zurück. Dieser Wimpernschlag verschaffte Omar die Gelegenheit, zwischen ihnen hindurchzuschlüpfen. Augenblicke später hörte er ihre Schritte hinter sich, doch er drehte sich nicht mehr um, sondern rannte davon, so schnell er konnte.

# Kapitel 22

Rebecca schwitzte. In der Lagerhalle war es drückend schwül. Die Türen waren geschlossen und die Hitze, die sich unter dem Metalldach aufgestaut hatte, waberte wie ein feuchtwarmer Schleier durch den Raum.

Die Maske trug nicht dazu bei, dass sie sich frisch gefühlt hätte. Sie saß auf einem Stuhl in Tony Bricks Büro und wartete darauf, dass der Gangsterboss von der Toilette zurückkam.

Seine Rückkehr riss sie aus ihren Gedanken. Er wischte sich die Hände an der Anzughose ab, was bei Rebecca ein Gefühl des Ekels erzeugte, das ihr den Magen verkrampfte.

„Also, wer ist es?“ Tony sah sie forschend an. Sie schüttelte den Kopf.

„Ich weiß es noch nicht.“

Die Augen des Gangsterbosses verengten sich. „Ich dachte, Sie wären gut in Ihrem Job.“

Rebecca spürte, wie ihr Mund auszutrocknen begann. „Das bin ich auch“, erwiderte sie. „Aber im Gegensatz zu Kollegen, die sich allein auf ihr Bauchgefühl verlassen, neige ich nicht zu Schnellschüssen. Ich mache mich erst einmal mit Ihren Leuten bekannt. Damit ich ihnen tiefer auf den Zahn fühlen kann, muss so etwas wie Sympathie entstehen, und das dauert ein wenig.“

Tony verzog das Gesicht.

„Na gut“, sagte er. „Ich gebe Ihnen noch drei Tage. Dann will ich einen Namen haben. Denn jeder Tag, an dem der Maulwurf Informationen an die Met weitergibt, kann mein letzter sein. Ich hoffe, das ist Ihnen klar."

Sie nickte. „Ja, das verstehe ich. Aber wenn Sie mir etwas Zeit geben, wird es sich auszahlen. Es bringt Ihnen schließlich nichts, wenn ich den falschen Namen nenne."

Er seufzte. „Na gut. Aber ich warne Sie. Die Frist ist großzügig, und ich bin kein geduldiger Mensch. Wenn Sie nicht mit Vicky befreundet wären, wäre ich nicht so nachsichtig mit Ihnen. In drei Tagen werden Sie mir den Namen nennen, und ich hoffe für Sie, dass es der Richtige ist."

Rebeccas Zunge klebte am Gaumen, so trocken war ihr Mund geworden. Sie nickte.

„Sie waren schon mit Jack unterwegs, nicht wahr?", fragte Bricks.

„Ja, er hat mich zu einer Geldübergabe mitgenommen. Ich fand es spannend, zu erfahren, dass das inzwischen komplett digital abläuft."

Tony winkte ab. „Ich verstehe nichts von diesem Zeug, aber Jack und Parker sind ganz begeistert davon. Solange das Geld bei mir ankommt, soll es mir recht sein. Leider kann man nicht alles auf die moderne Tour erledigen."

„Wie meinen Sie das?"

„Ich schätze Jack sehr. Er ist schlau und hat eine rasche Auffassungsgabe. Was ihm allerdings noch fehlt, ist eine gewisse, nennen wir es einmal *Durchsetzungsfähigkeit*."

„Spielen Sie auf seinen Umgang mit dem Dealer an, der weniger Umsatz gemacht hat als gefordert?"

Tony nickte. „Die Skanderberg-Bande ist natürlich die Pest am Hintern, aber das ist keine Entschuldigung. Das muss man diesen Leuten klarmachen. Wenn man das durchgehen lässt, kommen die mit allerhand Ausreden, um zu verschleiern, dass sie das meiste in die eigenen Taschen stecken. Ich habe meine Organisation nicht aufgebaut, um mich von so ein paar Taugenichtsen ausplündern zu lassen. Meine Ansprüche sind hoch, und wer ihnen nicht gerecht wird, muss nun mal die Folgen tragen."

Es klopfte an der Tür.

„Herein!"

Nach Tonys Aufforderung traten drei Männer ein. Einen davon erkannte sie. Es handelte sich um Gavin, den jungen Dealer, über den sie gerade eben gesprochen hatten. Er wurde flankiert von zwei stiernackigen Kerlen mit kahlrasierten Schädeln.

Rebecca hatte eine vage Ahnung, was nun geschehen würde, und bei dem Gedanken daran verkrampfte sich ihr Magen.

Die beiden Kerle schleiften Gavin in die Mitte des Raumes. Tony baute sich vor ihm auf und musterte ihn von oben bis unten.

„Diese überdimensionierten Klamotten, die du da trägst, waren wahrscheinlich ziemlich teuer, oder?"

Der Dealer murmelte etwas, das Rebecca nicht verstand.

„Ich bin alt, du musst lauter mit mir reden", sagte Tony.

„Ja, die waren teuer. Das sind Markenklamotten", erwiderte Gavin.

„Und das Geld, um dir diese Kleidung zu kaufen, hast du natürlich ganz ehrlich und redlich verdient."

Er versuchte, Tonys Blick standzuhalten, doch dann senkte er den Kopf.

„Ich habe Sie nicht hintergangen."

Tony grinste. „Du bist ein schlaues Kerlchen, du weißt genau, warum ich dich hierher bestellt habe. Du hast deutlich weniger Umsatz gemacht als alle anderen."

Der Dealer wollte zu sprechen ansetzen, doch Tony hob die Hand.

„Mir ist schon klar, dass du mir jetzt verklickern willst, wie schlimm das alles mit der Skanderberg-Bande ist. Klar, die drängen sich in den Markt. Das ist Konkurrenz. Aber das erklärt nicht, warum alle anderen ihre Umsätze halten. Die haben es auch mit denen zu tun, und komm mir nicht damit, dass dein Gebiet am nächsten zu dem der Skanderberg-Leute liegt."

Der Dealer schwieg. Offenbar hatte Tony die Verteidigung vorweggenommen, die er sich zurechtgelegt hatte.

„Die Frage ist nun, wie wir damit umgehen."

„Töten Sie mich nicht, bitte", flehte Gavin mit krächzender Stimme.

Tony schüttelte den Kopf.

„Davon hat doch niemand gesprochen", sagte er. „Aber trotzdem muss ich ein Zeichen setzen. Das verstehst du doch, oder?"

Er trat zu seinem Schreibtisch und nahm einen Baseballschläger in die Hand, der bislang wie ein unschuldiges Accessoire an der Wand gelehnt hatte.

„Nein, nein!"

Der Dealer wand sich im Griff der beiden Kerle, doch er hatte keine Chance. Sie fixierten ihn mit ihren Schraubstockhänden. Rebecca kämpfte gegen den Impuls an, einzuschreiten, doch sie war wie gelähmt. Ihre Augen waren weit aufgerissen und starrten auf die Szene, die sich ihr bot. Tony hob den Baseballschläger, nahm Maß und ließ ihn mit einer fließenden, aber kräftigen Bewegung auf die linke Kniescheibe des Dealers nieder gehen. Das Geräusch war absolut ekelerregend. Ein Knirschen, gefolgt von einem markerschütternden Schrei. Das Bein knickte weg, doch die beiden Kerle hielten Gavin fest, während Tony die Prozedur am anderen Knie wiederholte.

Das Schreien war inzwischen in ein Wimmern übergegangen. Tony nickte.

„Das soll dir eine Lehre sein, und allen anderen auch. Niemand enttäuscht meine Erwartungen, ohne die Folgen dafür zu tragen.“

# Kapitel 23

Omar hatte eine furchtbare Nacht hinter sich. Er war nicht nur einmal, sondern ganze drei Mal schreiend aufgewacht. In keinem seiner Albträume war die Verfolgungsjagd so glimpflich abgelaufen wie gestern, und die Methoden, mit denen ihn die Kerle, die hinter ihm her gewesen waren, folterten, wenn sie ihn erwischt hatten, waren immer grausamer geworden. Hatten sie ihn beim ersten Mal nur mit Betonblöcken an den Füßen in der Themse versenkt, so hatten sie ihm im zweiten Traum Finger und Fußnägel ausgerissen und die Wunden mit Salz eingerieben. Zuletzt war er gar den Tod gestorben, der im Mittelalter den Hochverrätern vorbehalten gewesen war. Seltsamerweise war der alte Galgen in Tyburn wieder errichtet worden. Dort hatten sie ihn aufgehängt, ihn vor seinem Tod abgenommen, ausgeweidet und seine Gedärme vor seinen Augen verbrannt, ehe sie ihm das Herz herausgerissen hatten.

Als Omar müde und vollkommen fertig das Büro der Internen Ermittlung betrat, musterte ihn Walter mit einem mitleidigen Blick.

„Ich habe Kaffee gemacht. Du siehst aus, als ob du ihn dringend nötig hättest."

Obwohl er Tee bevorzugte, folgte Omar dem Rat. Tatsächlich kehrten die Lebensgeister zurück, nachdem er einen tiefen Schluck von dem furchtbar bitteren Gebräu zu sich genommen hatte. Er setzte sich an seinen PC und überlegte, wie er weiter vorgehen sollte.

Tom Marstons Verhalten war verdächtig gewesen. Er hatte sich mitten in seiner Schicht in Zivilkleidung geworfen und war im Gassengewirr verschwunden, nur um sich anschließend in einer leer stehenden Lagerhalle mit einem Unbekannten zu treffen. Omar verfluchte sein Pech. Wären diese Halbstarken nur ein paar Minuten später auf ihn gestoßen, hätte er womöglich ein Foto von Marstons Gesprächspartner schießen können. Vielleicht hätte er sogar Brocken der Unterhaltung aufgeschnappt.

Er klickte sich durch das Dossier, das Inspector Willis über Tony Bricks Bande angelegt hatte, in der Hoffnung, den Mann, mit dem Marston sich getroffen hatte, auf einem der Fotos wiederzuerkennen, die die bereits identifizierten Mitglieder der Organisation zeigten. Doch keines der Gesichter kam ihm bekannt vor. Omar zwirbelte sich die Schnurrbartspitzen. Was, wenn das Treffen in der Lagerhalle überhaupt nichts mit Bricks zu tun gehabt hatte? Vielleicht hatte Marston ein ausgedientes Handy über Kleinanzeigen angeboten und es dem Käufer dort übergeben? Oder es hatte sich um ein romantisches Stelldichein zweier Männer gehandelt, die diskret bleiben wollten. Waren diese alternativen Erklärungen für seine Beobachtung weniger wahrscheinlich als der Verdacht, dass Marston als Spitzel für Bricks arbeitete?

Da kam ihm eine Idee. Er öffnete das Intranet und nutzte seine Berechtigung, um sich in die Zeitverwaltung des Depots in Mile End einzuklinken. Mit wenigen Klicks gelangte er zu Marstons Arbeitszeitkonto. Mit Interesse stellte er fest, dass dieser sich nicht ausgestempelt hatte, als er zu seiner Wohnung und danach in die Fabrikhalle aufgebrochen war. Offiziell war er also im Dienst gewesen.

Omar lehnte sich zurück. Das war zwar kein Beweis, aber immerhin ein Indiz dafür, dass hier etwas nicht stimmte. Wenn es sich um ein Treffen zweier unbescholtener Bürger gehandelt haben sollte, hätte Marston sich ordentlich ausgestempelt. Aber vielleicht hatte er ja auch gearbeitet. Der Gedanke nagte an Omar. War er Zeuge einer verdeckten Aktion geworden? Hatte der Polizist sich eingeschleust und Verbrecher observiert oder gar eine Organisation infiltriert?

Nein, das konnte nicht sein. Er war schließlich im Fuhrpark tätig. Verdeckte Aktionen lagen weit über seiner Gehalts- und Geheimhaltungsklasse. Die einzige Erklärung, die Omar logisch erschien, war, dass der Kollege ein krummes Ding am Laufen hatte.

Er musste dringend mehr über Marston erfahren. Eine weitere Informationsquelle galt es noch auszuschöpfen, aber dieses Mal kam er nicht umhin, sich das Vorgehen von seinem Vorgesetzten absegnen zu lassen. Daher ging er zu Heckers Büro und klopfte.

Sein Chef sah auf, als er eintrat. Omar erstattete ihm in aller Kürze Bericht.

„Ich kann mich nicht daran erinnern, dass ich Sie aufgefordert hätte, den Kerl zu beschatten und sich dabei selbst in Gefahr zu begeben. Sie hätten wenigstens Bescheid sagen müssen, wo Sie sich aufhalten. Das hätte übel enden können."

Omar sah zu Boden und versuchte, so zerknirscht auszusehen, wie es ihm nur möglich war.

„Ich habe in all meinen Jahren bei der Met nur einen Kollegen bei einem Einsatz verloren. Das war der schlimmste Tag meines Lebens. Ich werde alles dafür tun, dass sich das nicht wiederholt. Aber Sie sind sicher nicht zu mir gekommen, um sich eine Standpauke abzuholen", sagte Hecker. Omar spürte, wie ihn eine Welle der Sympathie durchflutete. Der Mann konnte offenbar Gedanken lesen.

„Ich wollte Sie bitten, dass Sie den Chef der Personalabteilung darum ersuchen, die Akte von Tom Marston freizugeben, vor allem den Teil, der das Auswahlverfahren umfasst."

Hecker seufzte. „Das ist eine harte Nuss, die Sie mich da knacken lassen wollen. Das wissen Sie schon, oder?"

„Ja, das ist mir bewusst, aber ich sehe keinen anderen Weg. Wir müssen dringend mehr darüber erfahren, wie der Verdächtige denkt. Natürlich könnte ich versuchen, seine Kollegen zu befragen, aber dann würde er in kürzester Zeit mitbekommen, dass wir ihm auf der Spur sind, und wenn wir schon derart weitreichende und wertvolle Informationen über ihn besitzen, warum sollten wir sie dann nicht nutzen?"

Hecker seufzte. „Das können Sie vergessen. Die Personalabteilung wird uns keinen Einblick gewähren, denn das sind psychologisch sensible Daten. Ohne richterlichen Beschluss kommen wir da nicht ran, und dafür haben wir nicht genügend Indizien. Haben Sie den Bericht gelesen, den Marstons aktueller Vorgesetzter verfasst hat?"

„Sie meinen den, in dem er empfiehlt, Marston nach der Probezeit zu übernehmen?"

Hecker nickte. „Ist Ihnen dabei etwas aufgefallen?"

Omar überlegte. Er hatte alle Berichte über den Kollegen gelesen, die seit dessen Einstellung bei der Met in seiner Akte gesammelt worden waren, und in seinem Kopf verschwammen diese zu einem großen Brei aus Bewertungen, Bemerkungen und Empfehlungen. Aber ein Detail war ihm in Erinnerung geblieben.

„Das Ganze klang ziemlich kühl", sagte er. „Der Vorgesetzte hat ihn aufgrund seiner fachlichen Kompetenzen empfohlen. Von Sympathie war nichts zu spüren oder zu lesen."

Hecker nickte. „Das war auch mein Eindruck. Das gibt uns vielleicht die Gelegenheit, jemanden zu befragen, der Marston nicht im nächsten Moment davor warnt, dass ihm die Interne Ermittlung auf den Fersen ist."

„Ich soll mich an seinen Chef wenden?"

„Ja. Gehen Sie aber trotzdem diskret vor. Bestellen Sie den Mann hierher, und machen Sie ihm klar, dass er kein Sterbenswörtchen darüber verlieren darf."

„Und wenn er fragt, weswegen wir ermitteln? Was soll ich ihm sagen?"

„Dann sagen Sie ihm, dass wir vermuten, Marston sei ein Verräter. Wir müssen ihm reinen Wein einschenken. Wenn er versteht, worum es wirklich geht, wird er deutlich auskunftsfreudiger sein."

William Miller war ein großer Mann, der sich in seiner Uniform sichtlich unwohl fühlte. Trotzdem hatte er es geschafft, zum Leiter eines Fahrzeugdepots der Metropolitan Police aufzusteigen, das in einem Brennpunkt der Kriminalität in London lag. Es war das alte Revier von Jack the Ripper und vor Kurzem hatte es sogar eine Fernsehserie gegeben, die die Polizeiarbeit zur Zeit des berühmten Massenmörders porträtiert hatte. Allerdings waren die Polizisten damals noch mit Kutschen zu ihren Einsätzen gefahren und nicht mit hochmodernen E-Autos. Miller hätte jedoch auch der viktorianischen Zeit entsprungen sein können, was vor allem an dem akkurat gestutzten Vollbart lag, der so dicht wuchs, dass sein Mund kaum zu erkennen war.

„Vorhin am Telefon haben Sie gesagt, dass es auch langsam Zeit würde, dass wir uns mit Constable Marston beschäftigen. Wie haben Sie das gemeint?", begann Omar die Befragung, nachdem die üblichen Höflichkeitsfloskeln ausgetauscht worden waren.

„Wissen Sie, ich war Marston gegenüber anfangs noch sehr positiv eingestellt. Er ist seit fünf Monaten bei uns im Depot. Davor hat er in Camden gearbeitet. Mir war natürlich bekannt, dass er sich für den gehobenen Dienst beworben hatte. Dass er es unter die letzten acht Kandidaten geschafft hat, fand ich super. So jemanden wollte ich unbedingt in meiner Abteilung haben. Aber dass er so schlecht mit einer Ablehnung umgeht, hätte ich nicht gedacht. Wenn ich das gewusst hätte, hätte ich ihn nie zu mir geholt."

„Wie meinen Sie das?"

Miller strich sich durch seinen Bart.

„Ich weiß nicht, ob er früher ein fröhlicher Mensch war, aber ich habe ihn noch kein einziges Mal lachen sehen. Er wirkt immer schlecht gelaunt. Wenn er das Großraumbüro betritt, versiegen sofort die Gespräche. Ich habe einmal eine Fernsehsendung gesehen, in der ein Energievampir sein Unwesen trieb. Der hat seiner Umgebung immer alle Freude und allen Elan entzogen. So ähnlich ist es bei ihm. Ich habe mich anfangs öfter mit ihm unterhalten, um warm mit ihm zu werden. Jedes Mal hat er sich darüber beklagt, wie ungerecht er behandelt worden sei. Wie schwierig es sei, die Netzwerke zu durchbrechen, die die Leitungspositionen der Polizei unter sich aufteilen. Er war wie besessen von dem Thema, ließ sich gar nicht auf etwas anderes ein. Meistens gelingt es ganz gut, sich mit Kollegen über Fußball, ihre Haustiere oder anderes belangloses Zeug zu unterhalten, aber er scheint kein Fan irgendeiner Sportart zu sein und Tiere hat er auch keine. Das macht es natürlich schwierig. Kurz gesagt, er wirkte auf mich wie jemand, der äußerst unzufrieden mit seinem Leben ist. Ich habe einmal ein Seminar besucht, als ich die Weiterbildung zur Leitung absolviert habe. Da ging es um die innere Kündigung. Genauso kommt er mir vor. Wie jemand, der seinen Job eigentlich schon aufgegeben hat. Es wundert mich, dass er nicht gegangen ist, nachdem er im Aufnahmeverfahren abgelehnt worden ist. Wahrscheinlich wollte er den Beamtenstatus nicht verlieren. Aber das ist die schlechteste Motivation, die man für diesen Job haben kann."

Omar holte ein Blatt aus einem Ordner und schob es dem Revierleiter hin.

„Das ist der Arbeitsplan Ihrer Mitarbeiter."

Er deutete auf den gestrigen Tag.

„Demnach hat er den ganzen Nachmittag über gearbeitet. Ich habe ihn jedoch um fünfzehn Uhr nach Hause gehen sehen. Dort hat er sich umgezogen und sich danach mit einem unbekannten Mann in einer Lagerhalle getroffen."

Miller kniff die Augen zusammen. „Das ist dreist! Das schreit nach einer Abmahnung", knurrte er.

„Sie haben ihm also nicht den Auftrag gegeben, sich in Zivilkleidung mit irgendwelchen Leuten zu treffen und das während der Arbeitszeit?"

Miller schüttelte den Kopf. „Er sollte Dienst im Depot tun. Nichts anderes."

„In Ordnung. Ich möchte Sie trotzdem bitten, das Vergehen zunächst einmal nicht zu ahnden."

Miller runzelte die Stirn. „Warum nicht?"

„Weil er nicht ahnen soll, dass wir ihm auf der Spur sind. Er wird davon ausgehen, dass Sie nichts von seinen heimlichen Ausflügen während der Dienstzeit wissen. Das wird ihn noch leichtsinniger werden lassen ... und dann kommen wir ins Spiel."

# Kapitel 24

Rebecca atmete tief durch, als die massive Eingangstür des Wohnkomplexes mit einem vertrauenserweckenden Klacken hinter ihr in Schloss fiel. Zum ersten Mal an diesem Tag fühlte sie sich sicher vor Tonys Zugriff. Als sie aus dem Aufzug stieg, streifte ihr Blick Vickys Wohnungstür. Sie zuckte zusammen. Das Gefühl der Sicherheit war nur eine Illusion gewesen. Tony Bricks langer Schatten reichte nämlich bis zu ihrer eigenen Tür. Rebecca steckte gerade den Schlüssel ins Schloss, als sie ihren Namen hörte. Sie drehte sich um. Vicky stand hinter ihr.

„Hast du einen Moment Zeit?"

Rebecca folgte ihr in ihre Wohnung.

„Magst du einen Kaffee?"

Sie wollte weder etwas trinken noch mit ihrer Freundin sprechen, aber Rebecca vermutete, dass es besser war, der Einladung zu folgen.

„Einen Espresso bitte", sagte sie.

Vicky trat zu ihrer chromglänzenden Edelkaffeemaschine und kurz darauf hörte Rebecca es zischen und brodeln. Zwei Minuten später stand ein dampfendes Tässchen vor ihr. Sie leerte es in einem Zug und lehnte sich zurück, während der bittersüße Geschmack des Kaffees ihren Mund erfüllte.

„Herrlich, das habe ich gebraucht", sagte sie.

„Bist du im Stress?"

„Ja. Dein Vater fordert mich ganz schön."

Vicky winkte ab. „Daddy wird dich reichlich entlohnen, wenn du ihm diese blöde Sache vom Hals schaffst. Das kostet ihn schon seit Wochen schlaflose Nächte. Er hatte immer wieder mit Verrätern in den eigenen Reihen zu tun, aber hinter diesem Leck kann nur jemand aus dem Führungszirkel stecken, und das ist traurig. Daddy hat diese Männer gemacht. Keiner von ihnen hätte es so weit gebracht, wenn er nicht beschlossen hätte, sie zu fördern. Dieser Maulwurf ist eine undankbare Ratte. Er nutzt es gnadenlos aus, dass Daddy gerade alle Hände voll mit diesen Skanderberg-Typen in Bow zu schaffen hat. Das setzt ihm alles sehr zu. Er ist ja auch nicht mehr der Jüngste. Ich hoffe, er nimmt sich das nicht zu sehr zu Herzen. Wenn der Informant enttarnt ist, wird wieder Ruhe einkehren, und die haben wir bitter nötig."

Rebecca seufzte. „Ich fürchte, ganz so einfach ist es nicht. Die Organisation deines Vaters ist über die letzten Jahre enorm gewachsen. Seine Macht hat zugenommen, ebenso wie der Umsatz. Man kann ihn als Global Player bezeichnen. Das ist eine ziemliche Leistung für jemanden, der sein Geld mit Bandenkriminalität im East End verdient. Aber je größer er wird, desto mehr Gegner tauchen auf, und natürlich weckt das auch in den eigenen Reihen Begehrlichkeiten."

„Willst du mir etwa sagen, dass der Maulwurf im Recht ist, wenn er meinen Daddy verrät?"

Vicky schnaubte.

Rebecca schüttelte nur müde den Kopf. „Nein, das wollte ich nicht sagen. Mir ging es um etwas anderes. Deinem Vater ist Loyalität am wichtigsten. Darauf hat seinen Führungszirkel aufgebaut. Der Maulwurf, wer auch immer es ist, scheint jedoch ganz andere Prioritäten zu setzen."

„Und welche sollten das sein?", fragte Vicky.

Rebecca zuckte mit den Achseln.

„Wenn ich sein Motiv herausgefunden habe, werde ich dir ziemlich genau sagen können, wer der Informant ist."

Vicky nickte. „Das klingt vernünftig", sagte sie. „Wie ... wie behandelt er dich denn? Ich meine Daddy."

Rebecca zögerte.

„Mir gegenüber verhält er sich zuvorkommend, aber er macht auch ganz schön viel Druck. Er hat mir ein Ultimatum von drei Tagen gestellt, dann soll ich ihm den Namen des Informanten nennen. Das ist ganz schön knapp. Und ... heute ist etwas passiert, was mir ehrlich gesagt ziemlich Angst gemacht hat."

„Du meinst die Sache mit dem Dealer?"

Rebecca riss die Augen auf. „Du weißt es?"

Vicky nickte. „Ja, Daddy hat mir davon erzählt. Er hat sich ein wenig Sorgen gemacht, dass er dich allzu sehr eingeschüchtert hätte. Ich habe ihn beruhigt und ihm gesagt, dass du hart im Nehmen bist."

Sie grinste. Rebecca schüttelte den Kopf. „So lustig finde ich das gar nicht. Es war furchtbar. Der arme Kerl wird wahrscheinlich nie mehr richtig gehen können."

„So schlimm ist das nicht. Die Kniescheiben wachsen wieder zusammen. Er wird ein bisschen Schmerzen haben, wenn das Wetter wechselt, aber damit hat es sich auch schon. Er hat Daddy enttäuscht und nur bekommen, was er verdient. Den Maulwurf wird ein viel schlimmeres Schicksal ereilen."

Rebecca lief ein eiskalter Schauer über den Rücken. Der Gedanke, dass sie mit ihrer Arbeit einen Mann zum sicheren Tod verurteilte, war furchtbar. Doch auch eine andere Sorge nagte an ihr.

„Was wird dein Vater tun, wenn er mit mir unzufrieden ist?", fragte sie.

„Hey, chill mal", sagte Vicky und legte eine Hand auf Rebeccas Unterarm. „Daddy schlägt keine Frauen, und du wirst ihn auch nicht enttäuschen. Ich kenne dich.

Du bist eine Perfektionistin. Du wirst nicht eher ruhen, bis du den Maulwurf gefunden hast. Es gibt niemanden, dem ich das eher zutraue als dir. Deshalb habe ich dich auch empfohlen. Daddy kann unbeherrscht sein, manchmal sogar jähzornig, und in so einem Zustand könnte er dir gefährlich werden. Aber wie gesagt, dazu wird es nicht kommen. Du bist zu gut dafür."

„Leider ist der Maulwurf auch ziemlich gut", sagte Rebecca. „Deshalb sehe ich das nicht so gelassen."

Vicky schüttelte den Kopf.

„Du übertreibst. Selbst wenn du Daddy enttäuschen würdest, gibt es immer noch mich. Mein Wort hat Gewicht. Er kann mir nichts abschlagen. Ich bin sein Kryptonit. Bislang habe ich ihn immer dazu bekommen, das zu tun, was ich wollte. Ich verspreche dir, sollte es hart auf hart kommen, werde ich dich beschützen."

# Kapitel 25

„Nun gut", sagte Hecker, als Omar ihm am nächsten Morgen Bericht erstattet hatte. „Irgendetwas ist faul mit diesem Marston. Leider haben wir nichts gegen ihn in der Hand."

„Vielleicht sollten wir es doch bei dieser Rebecca Williams versuchen", merkte Omar mit klopfendem Herzen an.

Hecker sah ihn aufmerksam an.

„Und welche entscheidenden Informationen erhoffen Sie sich von ihr? Sie hat Marston bei einem Auswahlverfahren erlebt. Da wird er ihr wohl nicht seine dunkelsten Geheimnisse offenbart haben."

Omar schüttelte den Kopf.

„Das nicht, aber sie muss sich gegen Marston ausgesprochen haben, und die Gründe dafür würde ich gern erfahren. Von Inspector Miller haben wir ein recht grobes, psychologisches Profil seines Mitarbeiters bekommen. Vielleicht kann die Psychologin die Lücken darin ausfüllen. Wir brauchen einen Ansatz, um weiter graben zu können. Irgendwann werden wir auf etwas Handfestes stoßen, da bin ich mir sicher."

Hecker seufzte. „Na gut, in Ordnung. Aber gehen Sie erst einmal den inoffiziellen Weg."

Omar unterdrückte einen Jubelruf und ballte stattdessen die Faust. Eine Viertelstunde später saß er an seinem Telefon und drückte gespannt den Hörer ans Ohr. Die Nummer der Psychologin ausfindig zu machen, war kein allzu großes Problem gewesen. Als er jedoch in ihrem Büro angerufen hatte, war er bei einer Sekretärin gelandet, die ihm mitgeteilt hatte, dass Mrs. Williams den ganzen Tag außer Haus sein würde. Es hatte seines ganzen Charmes bedurft, die Frau davon zu überzeugen, dass sie ihm die Handy-Nummer ihrer Chefin gab. Als es zum siebten Mal tutete, befürchtete Omar schon, dass er auf der Mailbox der Psychologin landen würde, doch dann nahm sie den Anruf an.

„Ja, Williams?"

„Hier ist Constable Omar Sharif-Holbrook. Sie erinnern sich vielleicht noch an mich. Ich war Bewerber für den gehobenen Dienst. Sie haben sich für mich ausgesprochen."

„Natürlich erinnere ich mich an Sie. Was kann ich für Sie tun?"

Omar atmete tief durch.

„Ich arbeite inzwischen in der Internen Ermittlung. Meine Aufgabe ist es, korrupte Beamte zu enttarnen. Aktuell sind wir einem Mann auf der Spur, den Sie auch kennengelernt haben: Tom Marston."

Ihre Reaktion war unerwartet. Sie schwieg. Nach einer Weile fragte er: „Sind Sie noch da?"

„Ich bedauere, dass ich Ihnen in diesem Fall keine Auskunft geben kann", erwiderte sie. Sie klang plötzlich förmlich und kurz angebunden. „Als externe Beraterin bin ich an die Schweigepflicht gebunden. Die müsste entweder der Betroffene selbst lösen oder Sie müssten einen Gerichtsbeschluss erwirken. Das erste wird ausgeschlossen sein und für die zweite Variante würden Sie Beweise benötigen, die Sie nicht haben. Ansonsten hätten Sie sich nämlich wahrscheinlich nicht an mich gewandt."

„Können Sie keine Ausnahme machen?", fragte Omar und versuchte dabei, so sympathisch zu klingen, wie es ihm nur möglich war.

„Sie sind nicht der Typ, der bettelt", sagte die Psychologin. „Ich kann Ihnen leider nicht weiterhelfen, aber ich kann Ihnen einen Tipp geben. Versuchen Sie es doch mal beim Leiter der Personalabteilung. Der ist kein Psychologe und auch nicht an die Schweigepflicht gebunden. Ich wünsche Ihnen viel Erfolg. Auf Wiederhören."

Leider hatte Omar auch bei DCI Laurel keinen Erfolg. „Ich kann Ihnen keine Auskunft geben. Selbst die Interne Ermittlung darf psychologisch relevante Akten nur mit Gerichtsbeschluss einsehen", sagte er.

„Dafür fehlen uns leider handfeste Beweise", sagte Omar.

„Dann schlage ich vor, dass Sie diese beschaffen. Kommen Sie mit einem Beschluss und ich händige Ihnen die Unterlagen aus."

Er legte auf. In der Hörmuschel tutete es. Omar lehnte sich auf seinem Stuhl zurück. Na super. Er fühlte sich wie in einer Schleife gefangen. Um Marstons Akte einsehen zu können, benötigte er Beweise für dessen kriminelle Machenschaften. Um diese wiederum erlangen zu können, wären die Informationen aus der Akte des Kollegen wertvoll. Es half nichts. Der einzige Weg, um Marston zu überführen, lag darin, ihn auf frischer Tat zu ertappen, und dafür musste Omar sich erneut an die Fersen des Kollegen hängen.

Er zog seine Jacke an. Sie war grau und an den Ärmeln schon ein wenig abgewetzt. Besonders an einem Tag wie diesen, an denen kühler Nieselregen in den Straßen und Gassen Londons niederging, war dies eine bessere Tarnung als jeder Camouflage-Überzieher. Er verließ das Verwaltungsgebäude. Als er in der U-Bahn Platz genommen hatte, öffnete er seinen Rucksack. Er überprüfte die Kamera und das leistungsstarke Teleobjektiv und steckte beides wieder zurück in das Behältnis. Er schätzte zwar die Chancen gering ein, dass er heute erneut eine Begegnung zwischen den Polizisten und möglichen Mittelsmännern der Organisation von Tony Bricks beobachten konnte, aber trotzdem wollte er gewappnet sein. Ein Bildbeweis wäre der Durchbruch für die Ermittlungen.

Gegenüber des Depots befand sich ein Café. Omar suchte sich einen Platz am Fenster, bestellte einen Cappuccino und bezahlte ihn auch gleich, damit er jederzeit aufbrechen konnte. Dann richtete er seine Aufmerksamkeit auf den Eingang des Gebäudes.

Zwanzig Minuten lang beobachtete er das Kommen und Gehen von uniformierten Kollegen und die An- und Abfahrt diverser Polizeifahrzeuge. Er überlegte schon, ob er einen zweiten Cappuccino bestellen sollte, um wach zu bleiben, als seine Zielperson endlich aus dem Haupteingang kam. Marston war in Zivil gekleidet und hielt sich ein Handy ans Ohr. Omar stand auf, warf sich den Rucksack über die Schulter und trat ins Freie.

# Kapitel 26

Rebecca legte ihr Handy auf den Tisch. Sie schloss für einen Moment die Augen und fluchte innerlich. Wie konnte es sein, dass die Interne Ermittlung Marston so rasch auf die Schliche gekommen war?

Nun gut, sie durfte es wohl auch als Kompliment für ihre Fähigkeiten als Psychologin verbuchen, dass sie den richtigen Mann für die gehobene Laufbahn empfohlen hatte. Er war klug und ehrgeizig und offenbar hatte er sich in dem Fall des Informanten festgebissen.

Sein Erfolg stellte sie jedoch vor ein erhebliches Problem. Sie sah nur zwei Möglichkeiten. Zum einen konnte sie sofort zu Tony Bricks gehen und ihm davon berichten, dass sich die Interne Ermittlung an die Fersen seines wertvollsten Spitzels gehängt hatte. Zum anderen konnte sie den Anruf einfach verschweigen und hoffen, dass Marston schlau genug war, seine Spuren so zu verwischen, dass man ihm nichts nachweisen konnte. Beide Optionen hatten ihre Vor- und Nachteile. Im ersten Fall könnte sie bei Tony mit der Transparenz punkten, mit der sie offen und ehrlich alles kommunizierte. Andererseits würde es aber einen faden Beigeschmack hinterlassen, dass der hochgeschätzte Informant so rasch aufflog. Die zweite Möglichkeit barg hingegen das Risiko, dass, sollte Marston enttarnt werden, auch Rebecca bald im Fokus der Ermittlungen stehen würde. So gesehen erschien ihr die Wahl wie die zwischen Pest und Cholera.

Sie griff nach ihrem Handy und wählte Tonys Nummer.

Es tutete drei Mal, dann hörte sie ein „Hallo?"

Sie atmete tief durch und sagte: „Wir müssen reden. Dringend."

„Kommen Sie vorbei, ich schicke Ihnen Callahan."

Rebecca rief im Büro an und bat ihre Sekretärin, ihre Termine für heute abzusagen. Sie hatte ohnehin nur zwei unverbindliche Vorgespräche für mögliche Angebote, insofern würde sie nicht allzu viel Verlust machen, vor allem im Vergleich dazu, was auf dem Spiel stand, wenn sie die Sache mit Tony vermasselte.

Der Wagen wartete schon auf sie, als sie den Haupteingang der *Gurke* verließ. Mit inzwischen geübten Handgriffen legte sie im Auto ihre Maske an und setzte sich die Sonnenbrille auf.

„Gibt es ein Problem?", fragte Callahan zur Begrüßung.

Rebecca zögerte, sich dem Bodyguard anzuvertrauen. Er war höflich, zuvorkommend und manchmal sogar richtig nett zu ihr gewesen, aber ob sie ihm auch vertrauen konnte, stand auf einem ganz anderen Blatt. Im Grunde genommen zählte Callahan auch zum engsten Zirkel von Tony Bricks. Was, wenn er der Maulwurf war?

„Nichts, was sich nicht lösen ließe", sagte sie daher ausweichend.

„Okay", sagte Callahan. „Aber wenn ich Ihnen einen Rat geben darf: Seien Sie offen mit Tony. Halten Sie nichts zurück. Er ist über die Jahre immer empfindlicher geworden und wittert sofort Verrat, wenn etwas hinter seinem Rücken läuft."

Rebecca schluckte. Dann war es wohl die richtige Entscheidung gewesen, den Gangsterboss anzurufen.

„Danke für den Tipp", sagte sie.

Tonys Hauptquartier wirkte im stetigen Nieselregen noch trostloser als bei ihrem letzten Besuch. Callahan ließ sie am Metalltor aussteigen.

In der Halle waren ein paar Männer damit beschäftigt, große Pakete aus einem Transporter zu laden und im hinteren Teil des Raumes aufzustapeln. Die Packstücke schienen mit einer weißlichen Substanz gefüllt zu sein. Ob es sich dabei um Drogen handelte? Wenn das Kokain war, musste es einen Marktwert von mehreren Hunderttausend Pfund haben.

Rebecca stieg die Metalltreppe hinauf. Das Geländer fühlte sich kühl und hart unter ihrer Handfläche an. Seltsamerweise wirkte dies jedoch beruhigend auf sie. Auf der obersten Stufe blieb sie stehen und umklammerte den Griff eine Weile, wobei sie tief durchatmete und versuchte, durch eine verlängerte Ausatmung ihren rasenden Puls unter Kontrolle zu bringen.

Sie klopfte an die Tür und als ein „Herein!" erklang, trat sie ein. Tony saß hinter seinem Schreibtisch. Er war gerade dabei, ein Pflaster auf seinen Unterarm zu kleben.

„Haben Sie sich verletzt?", fragte Rebecca.

Tony schüttelte den Kopf. „Nein, das ist ein Nikotinpflaster. Ich versuche schon seit Ewigkeiten, mit dem Rauchen aufzuhören. Inzwischen habe ich eingesehen, dass es ungesund ist. Aber irgendwie habe ich es bislang nicht geschafft. Die Dinger sollen ja helfen."

Rebecca, die sich im Studium ihr Einkommen damit aufgebessert hatte, co-therapeutisch in einer Raucherentwöhnungsgruppe mitzuarbeiten, unterließ es, ihn darüber aufzuklären, dass das beste Pflaster nichts half, wenn die Motivation fehlte.

„Aber Sie sind sicher nicht hergekommen, um mit mir über das Nichtrauchen zu sprechen", sagte Tony. Er deutete auf den Stuhl, der vor seinem Schreibtisch stand und Rebecca nahm Platz. Sie atmete noch einmal tief durch.

„Ich habe heute einen Anruf von der Internen Ermittlung der Met erhalten."

Tonys Augenbrauen wanderten nach oben, während sich seine Stirn in Falten legte. „Die sind Ihnen aber rasch auf die Schliche gekommen. Waren Sie nicht vorsichtig genug?"

Sein Tonfall war nicht mehr so freundlich und verbindlich wie zuvor. Etwas Drohendes hatte sich in seine Stimme geschlichen. Sofort stieg vor ihrem inneren Auge die Szene auf, wie Tony Gavin die Kniescheibe gebrochen hatte. Sie hörte sogar ein leises Echo des Knirschens, mit dem der Knochen zersplittert war. Eine Gänsehaut breitete sich auf ihrem Rücken aus.

„Es ging nicht um mich. Der Cop wollte mich über Marston ausquetschen. Offenbar ist dieser ins Visier der Ermittler geraten."

Tony seufzte. „Das wäre ja auch zu schön gewesen. Jetzt müssen wir uns eine neue Quelle suchen."

Rebecca sah ihn irritiert an.

„Heißt das, dass Sie ihn nicht mehr einsetzen wollen?"

„Es wird darauf hinauslaufen, ja. Ein Informant ist nur so lange nützlich, wie es ihm gelingt, seine Identität zu verschleiern. Sobald er auffliegt, ist er wertlos für uns, und je nachdem, wie viel die Met weiß, kann es sein, dass er jetzt schon eine Gefahr für uns darstellt." Er seufzte. „Schade, aber das duldet keinen Aufschub."

Tony griff nach seinem Handy und wählte eine Nummer. Sie hörte ein Klicken und ein metallisches „Ja?" am anderen Ende der Leitung. Dann sagte Tony: „Kommen Sie her. Sofort!"

Er legte das Handy vor sich auf den Schreibtisch und sah Rebecca an.

„Er sollte gleich bei uns sein. Möchten Sie einen Kaffee?"

Sie schüttelte den Kopf. Tony ging zu der chromglänzenden Kaffeemaschine in der Ecke des Raumes, in der Rebecca das gleiche Modell erkannte, das auch in Vickys Wohnung stand. Er goss Wasser in den Filter und während sich der Behälter tropfenweise füllte, hantierte er mit geübten Griffen an der Maschine herum. Ein himmlischer Kaffeeduft erfüllte den Raum und ließ Rebecca ihre Entscheidung bereuen.

Tony stellte die dampfende Tasse auf den Schreibtisch und setzte sich ihr gegenüber. Er sah auf seine Armbanduhr.

„Sie haben noch sechsundfünfzig Stunden Zeit, mir den Namen des Informanten zu nennen", sagte er unvermittelt.

Die Angst schnürte Rebecca die Kehle zu.

„Ich weiß", erwiderte sie. „Ich arbeite daran."

Er runzelte die Stirn. „Im Augenblick sitzen Sie mir gegenüber und sehen mir dabei zu, wie ich eine Tasse Kaffee trinke. Das kann man wohl kaum arbeiten nennen."

„Ich plane meine nächsten Schritte, um Ihren Leuten ganz tief auf den Zahn zu fühlen", sagte sie rasch. „Bis übermorgen weiß ich, wer Sie verrät. Versprochen."

„Ich hoffe, Sie versprechen nichts, was Sie nicht halten können", knurrte Bricks. „Bei dem Informanten hatten Sie mir auch versprochen, dass ich lange meine Freude an ihm haben werde, und jetzt muss ich mir überlegen, wie ich ihn so schnell wie möglich wieder loswerde."

Rebecca legte ihre Hände in den Schoß und faltete sie, um das Zittern zu verbergen. Sie wollte etwas erwidern, doch in diesem Moment klopfte es an der Tür.

„Herein!"

Sie zog sich rasch ihre Maske über, wandte sich um und sah zur Tür. Sie erkannte den Mann, der eintrat. Doch sein Verhalten hatte sich geändert. War er beim

Abschlussgespräch des Auswahlverfahrens noch markig und selbstsicher aufgetreten, wirkte er nun unterwürfig und unsicher.

„Wussten Sie, dass die Interne Ermittlung Sie im Visier hat?“, fragte Tony unvermittelt.

Rebecca sah, dass Marstons Gesicht eine Spur bleicher wurde.

„Das ... das kann nicht sein.“

„Ich werde nicht mit Ihnen diskutieren, ob das stimmt oder nicht. Selbst, wenn es nur ein Gerücht sein sollte, haben wir ein verdammtes Problem.“

„Ich war immer vorsichtig. Ich schwöre es.“

Der Mann flehte, bettelte beinahe. Offenbar war ihm klar, was ihm drohte, wenn Tony sich dazu entschied, das Problem gleich loswerden zu wollen.

„Das mit dem Schwören ist immer so eine Sache. In meinen Kreisen neigen wir gewöhnlich zum Meineid. Also lassen Sie das! Sie haben mir wertvolle Informationen geliefert. Aber wenn die Ihnen auf die Spur gekommen sind, sind Sie wertlos für mich.“

Marstons Stimme zitterte, als er erwiderte: „Ich war vorsichtig. Wahrscheinlich haben die eins und eins zusammengezählt. Ich arbeite seit ein paar Monaten hier in der Gegend und seitdem haben die vom Drogendezernat keine erfolgreiche Razzia mehr durchgeführt. Ich kann die Interne Ermittlung abschütteln, das ist überhaupt kein Problem.“

Tony zuckte mit den Achseln.

„Ja, das mag sein, aber wenn Sie dennoch auffliegen, wird es ungemütlich für mich.“

Bricks öffnete eine Schublade seines Schreibtischs und holte eine Pistole heraus. Er richtete den Lauf auf Marston, dessen Gesicht nun alle Farbe verlor.

„Es ist nichts Persönliches“, sagte der Gangsterboss.

Rebecca spürte, wie ihr Herz immer heftiger und schneller schlug. Mit einer fließenden Bewegung riss sie sich die Maske herunter und rief: „Halt! Ich habe eine Idee.“

# Kapitel 27

Marston entfernte sich rasch in nördlicher Richtung. Omar folgte ihm und achtete darauf, mindestens dreißig Meter Abstand zu lassen. Doch der Kollege schien nicht allzu misstrauisch zu sein. Er eilte schnurstracks durch das Gassengewirr und Omar fiel es immer schwerer, Schritt mit ihm zu halten. Sie hatten bestimmt schon eine halbe Meile zurückgelegt, als die Zielperson vor einer Fabrikhalle aus roten Ziegeln hielt. Ein schwarzer SUV parkte davor. Omar drückte sich in den Schatten eines Hauseingangs und spähte um die Ecke. Die Scheiben des Autos waren getönt, daher konnte er nicht erkennen, ob jemand drinsaß. Er sah gerade noch, wie Marston in der Halle verschwand.

Omar holte den Fotoapparat aus der Tasche. Er schraubte das Teleobjektiv auf und legte es vorsichtig an die Kante der Hauswand in der Hoffnung, dass er es wie eine Art Periskop benutzen und seinen Kopf im Schatten halten konnte. Er fokussierte auf den Eingang der Halle, wechselte aber ab und zu auf die Fahrerseite des SUV. Durch die Vergrößerung konnte er nun doch Formen im Inneren des Wagens erkennen. Eine Gestalt saß am Steuer, es ließ sich jedoch nicht ausmachen, ob es sich um einen Mann oder eine Frau handelte.

Die Zeit verging und Omar begann, sich Sorgen darüber zu machen, ob sein Schlupfwinkel ihn sicher verbarg. Von der Halle aus war er kaum zu sehen, aber in die Richtung, aus der er gekommen war, war seine Position extrem exponiert. Er würde in Erklärungsnot geraten, wenn sich von dort jemand näherte und bemerkte, wie er mit seiner Kamera mit dem ausladenden Objektiv auf der Lauer lag.

Dann kam ihm ein weiterer Gedanke. Was, wenn Marston die Halle wieder verließ? Er würde den gleichen Weg zurücknehmen, auf dem er gekommen war. So würde er Omars Position passieren und es war ausgeschlossen, dass der Kollege ihn dabei übersehen würde. Omar fluchte. Er musste sich einen besseren Beobachtungsposten suchen. Vorsichtig spähte er um die Ecke. Die Motorhaube des SUV zeigte in eine Gasse hinein, von der aus nach etwa fünfzig Metern ein schmaler Weg abzweigte. Omar öffnete sein Handy und sah sich die Umgebung auf einer Karte an. Der Weg bildete den Zugang zu einem Gassengewirr, in dem er notfalls Zuflucht finden konnte, sollte er entdeckt werden.

Omar packte die Kamera in den Rucksack und navigierte sich mithilfe seines Handys an die Stelle, an der der Weg auf die Gasse traf, in der der SUV stand. An der Ecke der Einmündung wucherte ein Gebüsch, das schon lange keine Begegnung mit einer Heckenschere mehr gehabt hatte. Ein perfektes Versteck.

Er schob sich langsam in das Strauchwerk hinein. Zweige kratzten ihm über die Wangen und er schloss die Lider, um seine Augen vor den kleinen Dornen zu schützen. Als sein Körper von dem Busch eingehüllt war, holte er die Kamera aus dem Rucksack, richtete das Objektiv aus und stellte zufrieden fest, dass er von hier aus sogar einen noch besseren Blick auf den Zugang zur Halle hatte.

Eine in das rostige Tor eingelassene Tür öffnete sich jetzt mit einem Mark und Bein durchdringenden Quietschen und Marston trat heraus. Ehe er mit raschen Schritten in die Richtung von Omars vorherigem Versteck davoneilte, schoss dieser eine Reihe von Fotos. Er erwog, dem Kollegen zu folgen, beschloss aber, dass es wichtiger war, herauszufinden, mit wem die Zielperson sich getroffen hatte. Nach fünf weiteren Minuten öffnete sich das gesamte Tor. Ein bulliger Mann in einem Anzug trat heraus, gefolgt von einer kleineren Person, die eine FFP2-Maske trug. Die beiden sprachen kurz miteinander, dann öffnete der Mann die Tür des SUV. Während die Person einstieg, nahm sie die Maske ab und Omar drückte schnell auf den Auslöser.

# Kapitel 28

Rebecca schloss die Bürotür hinter sich und atmete tief durch. *Was war das nur für ein Vormittag gewesen?* Beinahe wäre sie Zeugin eines Mordes geworden. Sie hatte das Schlimmste gerade noch verhindern können. Vorerst zumindest. Nun musste sie einen Weg finden, wie sie den waghalsigen Plan umsetzen konnte, den sie Bricks vorgeschlagen hatte. Deswegen musste sie nun dringend ein Telefonat führen. Sie hatte Stacey sicherheitshalber in die Mittagspause geschickt. Trotzdem lauschte sie noch einmal auf Geräusche aus dem Vorzimmer, ehe sie ihr Handy hervorholte. Erst als sie sicher war, allein in ihren Räumlichkeiten zu sein, wählte sie die Nummer. Marston hob sofort ab.

„Ich muss Ihnen wohl danken", sagte der korrupte Polizist anstelle einer Begrüßung. „Als Bricks seine Knarre gezückt hat, dachte ich schon, es sei vorbei."

„Überstürzen Sie nichts", erwiderte Rebecca. „Er kann jederzeit seine Meinung ändern."

„Trotzdem, wenn Sie nicht so geistesgegenwärtig reagiert hätten, hätte er mir das Licht ausgeblasen. So gesehen fällt es mir schwer, weiterhin sauer auf Sie zu sein."

„Sauer? Auf mich?"

„Sie haben mich abgelehnt ... damals, als ich mich auf die Traineestelle beworben hatte."

Rebecca seufzte. „Ohne Ihnen zu nahe treten zu wollen: Sie haben sich wenige Wochen danach von einem

Gangsterboss anwerben lassen. Könnte es vielleicht sein, dass meine Ablehnung begründet war?"

Er schnaubte. „Na ja, so wie es aussieht, bin ich ja nicht der Einzige, der sich von Bricks bezahlen lässt. Wie sind Sie denn in seine Dienste gelangt?"

„Das brauchen wir hier nicht zu vertiefen. Viel wichtiger ist jetzt, dass wir einen Weg finden, wie wir Tony daran hindern, Sie kaltzustellen."

„Wir? Was interessiert es Sie denn, ob ich weiterlebe?"

„Ich habe Sie empfohlen. Ohne mich hätte Tony nie versucht, Sie anzuwerben, und da fühle ich mich eben verantwortlich."

Marston lachte. „Ah, daher weht der Wind. Sie haben Angst, dass es auf Sie zurückfällt, wenn ich enttarnt werde. An Ihrer Stelle würde ich mir auch Sorgen machen, denn Bricks ist absolut skrupellos."

Rebecca schluckte. „Da sind wir uns ja einig. Haben Sie eine Idee, wie die Interne Ermittlung Ihnen auf die Spur kommen konnte?"

„Keine Ahnung. Ich war vorsichtig. Wirklich. Die Treffen mit Bricks Bodyguard haben in einer abgelegenen Lagerhalle stattgefunden, und ich war immer in Zivil. Welches von diesen Kameradenschweinen hat sich denn bei Ihnen gemeldet?"

„Ein alter Bekannter von uns. Constable Sharif-Holbrook."

„Der Pakistani?" Marston lachte laut auf. „Sagen Sie nicht, dass Sie dem die Traineestelle gegeben haben."

„Doch, und wie Sie sehen, war auch das eine gute und begründete Entscheidung. Er ist genau richtig an der Position, die er jetzt bekleidet."

„Na super. Dann lassen Sie mal Ihren Vorschlag hören, wie wir wieder aus diesem Schlamassel herauskommen. Ich war vorhin froh, als Bricks mich rausgeschickt hat, aber jetzt würde mich schon interessieren, wie Sie mein Leben retten wollen."

„Ich habe Tony Bricks davon überzeugt, dass wir den Nachteil zu einem Vorteil machen müssen. Die Interne Ermittlung hat Ihre Spur aufgenommen. Es wird schwierig sein, Sharif-Holbrook abzuschütteln, aber vielleicht können wir die Spur ja auf ein neues Ziel lenken."

„Ein neues Ziel?"

„Bislang führt sie zu Bricks. Wenn es uns gelingt, die Aufmerksamkeit der Internen Ermittlung auf Tonys Konkurrenten zu lenken, haben wir genügend Zeit, alle Hinweise zu vernichten, die auf eine Verbindung zu Bricks Organisation hindeuten."

„Nur mal langsam zum Mitschreiben: Sie wollen, dass ich bei den Schnüfflern den Verdacht wecke, dass ich mit den Leuten von der Skanderberg-Bande zusammenarbeite? Das ist doch die größte Konkurrenz von Bricks, oder?"

„Das trifft beinahe zu. Ein kleines Detail sollte aus einem guten Plan jedoch einen brillanten Plan machen: Wenn es Ihnen gelingt, es so aussehen zu lassen, als ob Sie privat gegen die Skanderberg-Bande ermitteln, könnten Sie relativ ungeschoren aus der ganzen Sache rauskommen."

„Und wie soll ich das anstellen? Ich weiß nichts über die Typen."

„Aber Tony weiß eine Menge über sie. Wir versorgen Sie mit Informationen und Sie legen eine breite Spur, auf der Ihre Kollegen von Tony weggelenkt werden. So schlagen wir mehrere Fliegen mit einer Klappe und kommen alle mehr oder weniger heil aus der Sache raus."

„Okay", erwiderte Marston. Er klang noch etwas zögerlich.

„Wir zwei bleiben telefonisch in Kontakt, ich werde Sie mit den entsprechenden Details versorgen. Und ich werde meine Beziehungen bei der Met nutzen, um herauszufinden, wie viel die über Sie wissen. Ich hoffe, dass sich das noch in engen Grenzen hält."

„Sauber. Sie entwickeln ja ein gehöriges Maß an krimineller Energie. Das hätte ich Ihnen gar nicht zugetraut."

„Ich mir auch nicht", murmelte Rebecca. „Aber ich muss jetzt Schluss machen. Ich muss noch einen Maulwurf in Bricks Führungsetage enttarnen."

Marston lachte. „Machen Sie mit denen auch ein Assessment-Center?", fragte er. „Das wird ein Spaß, wenn diese hart gesottenen Gangstertypen gemeinsam einen Turm bauen sollen."

Rebecca stutzte. Ihr Puls beschleunigte sich. Das war es! Das entscheidende Puzzleteil, das noch gefehlt hatte.

„Danke", sagte sie.

„Wofür?"

„Sie haben mich gerade auf eine Idee gebracht."

Sie legte auf und wählte sofort die Nummer von Tony Bricks.

„Was gibt es?", fragte er.

„Ich will mit Ihren Leuten ein Assessment-Center durchführen."

Am anderen Ende der Leitung wurde es still.

„Sie wollen *was*?"

„Ein Assessment-Center durchführen. Das ist ein mehrstufiges Personalauswahlverfahren. Wir kombinieren dabei unterschiedliche Strategien der Personaldiagnostik. Ich bin sehr erfahren darin. So etwas führe ich auch immer bei der Polizei durch. Sie wollen rasch Ergebnisse haben? Damit identifiziere ich Ihren Maulwurf am schnellsten."

„Und wie soll das Ganze ablaufen?", fragte Bricks.

„Ich benötige einen Tag für die Vorbereitung. Bestellen Sie Ihre Leute für übermorgen früh ein. Sagen Sie ihnen nicht warum. Sie sollen nur den ganzen Tag Zeit mitbringen. Ich werde dann mit ihnen die verschiedenen Phasen durchlaufen, die das Auswahlverfahren vorsieht."

„Heißt das, Sie können mir danach den Maulwurf präsentieren?"

Der Gangsterboss klang hocherfreut.

„Ja, ein Assessment-Center dauert mindestens eineinhalb Tage. Wenn ich dann noch einen halben Tag Zeit bekomme, um die Ergebnisse auszuwerten, kann ich innerhalb der Frist Ihren Spitzel enttarnen."

Bricks schnaubte. „Sie wollen, dass ich meine besten Leute eineinhalb Tage von ihren Jobs abziehe? Wer soll dann meine Organisation leiten?"

Rebecca grinste. Sie war froh, dass der Gangsterboss es nicht sehen konnte. „Wissen Sie, Ihre Organisation unterscheidet sich nun wirklich nicht von den Unternehmen, die ich üblicherweise berate."

„Warum?"

„Sie bringen mir die gleichen Argumente wie die Bosse von großen Konzernen. Natürlich ist es ungünstig, wenn Ihre Leute nicht bei der Arbeit sind. Sie müssen irgendwie dafür sorgen, dass das kompensiert wird. Aber wenn Sie schnelle und vor allem aussagekräftige Ergebnisse in kurzer Zeit wollen, gibt es nun mal keine andere Möglichkeit."

Am anderen Ende der Leitung war es plötzlich ganz still geworden. Rebecca hielt den Atem an. Wahrscheinlich hatte noch nie jemand so mit Bricks gesprochen. Aber vielleicht war das gut. Sie hatte sich von ihm in eine Situation manövrieren lassen, die ihr ganz und gar nicht gefiel. Er hatte gefordert und sie hatte liefern müssen. Nun hatte sie versucht, den Spieß umzudrehen. Er wollte etwas von ihr. Sie war die Expertin, und wenn er wollte, was sie ihm bieten konnte, musste das Ganze nach ihren Regeln geschehen und nicht nach seinen.

„Und Sie garantieren mir, dass Sie am Ende dieses Assessment-Centers den Spitzel enttarnen werden?"

„Ja, das garantiere ich Ihnen", sagte Rebecca und versuchte, dabei zuversichtlicher zu klingen, als sie innerlich war. Sie musste ihm einen Namen nennen. Davor allerdings ein Assessment-Center durchzuführen, erhöhte ihre Chancen deutlich, dass die Person, die sie schlussendlich beschuldigte, auch tatsächlich der Maulwurf war. Ein Risiko blieb natürlich. Das war nie auszuschließen, auch bei Auswahlverfahren in legalen Unternehmen.

„Okay, ich bin einverstanden", sagte er. „Dann muss ich wohl selbst einspringen. Na ja, das ist auch mal wieder schön. So erhalte ich wenigstens mal wieder Einblick ins operative Geschäft. Wir sehen uns übermorgen um acht in meinem Büro."

# Kapitel 29

Omar starrte ungläubig auf den Bildschirm. Das konnte nicht sein. Er vergrößerte das Bild noch einmal. Glücklicherweise war die Interne Ermittlung mit modernem Foto-Equipment ausgestattet, das eine sehr hohe Bildqualität ermöglichte, und die war in diesem Fall auch nötig, denn die Frau hatte im Schatten des Halleneingangs gestanden. Ihr Gesicht hatte daher nur indirektes Licht abbekommen. Und doch sah er ihre Züge so klar und deutlich vor sich, als ob sie sich nur Zentimeter vor ihm befände.

Er erinnerte sich an ihr letztes Treffen ... als sie im Büro des Personalchefs gesessen hatten ... als ihm Laurel verkündet hatte, dass er in das Traineeprogramm aufgenommen wurde. Erst am Vortag hatte er noch mit ihr telefoniert. Was um alles in der Welt hatte diese Psychologin mit Tony Bricks zu schaffen?

Und wenn er sich irrte? Vielleicht sah ihr die Frau nur ähnlich. Er konnte ihre Haare nicht erkennen, weil diese unter einer Schirmmütze verborgen waren, und der Rest ihres Körpers wurde von einem unförmigen Overall verdeckt. Damals hatte sie ein schickes Kostüm getragen. Aber das Gesicht ... das Gesicht war eindeutig ihres. Daran bestand kein Zweifel. Rebecca Williams war in diese Angelegenheit verstrickt. Er schickte die Bilddateien an den Drucker und wartete, bis das langsame Intranet die Datenmenge übertragen hatte. Dann holte er die Ausdrucke und klopfte bei seinem Chef.

Adam Hecker hatte sich einen Tee gemacht. Die dampfende Tasse stand vor ihm. Er war gerade dabei, ein wenig Milch hineinzugießen. Omar registrierte die Reihenfolge mit Interesse. Erst vor Kurzem hatte er im Radio gehört, dass man in Großbritannien daran die Klassenzugehörigkeit besser erkennen könne als an jedem anderen Merkmal. Menschen aus der Arbeiterklasse würden demnach die Milch in den Tee geben. Dagegen würden Angehörige der Upper Class, die Privatschulen und entsprechende Universitäten besucht hatten, zuerst die Milch in die Tasse schütten und dann den Tee darüber. Adam Hecker musste folglich ein Arbeiterkind sein.

„Was gibt es?", fragte sein Chef und riss ihn damit aus seinen Überlegungen.

„Ich möchte, dass Sie sich die mal anschauen", sagte er. Er legte die beiden Ausdrucke auf den Tisch. Auf dem ersten Foto war der Polizist abgebildet, als er die Lagerhalle verließ. Er hatte den Kopf gesenkt, doch seine Züge waren klar und deutlich zu erkennen.

„Wer ist das?", fragte Hecker und deutete auf das zweite Bild.

Omar atmete tief durch. „Ich bin mir sehr sicher, dass es sich dabei um Rebecca Williams handelt."

Hecker zeigte zum zweiten Mal, seit Omar ihn kannte so etwas wie eine Gefühlsregung. Er zog eine Augenbraue nach oben.

„Die Psychologin, die unsere Personalabteilung berät? Sind Sie sich sicher?"

Nun musste Omar Farbe bekennen. „Ja, das bin ich. Ich habe mir das Bild lange und intensiv angeschaut. Natürlich sieht man nur ihr Gesicht und außerdem ist die Aufnahme stark vergrößert, aber ich bin mir sicher, dass ich sie wiedererkannt habe."

„Dann wollen wir mal sehen", sagte der Chef und wandte sich seinem Computer zu. „Kommen Sie her!"

Er bedeutete Omar, neben ihn zu treten. So konnten sie gemeinsam seinen Bildschirm betrachten. Hecker nutzte das Werkzeug, das seit mehr als zwei Jahrzehnten auch bei der Met am häufigsten zur Recherche genutzt wurde: Er gab den Namen der Psychologin bei Google ein.

Gleich der erste angezeigte Treffer wies auf die Website von Rebecca Williams hin. Hecker klickte darauf und sofort öffnete sich eine sehr ansprechend gestaltete Seite, die überschrieben war mit *Rebecca Williams freie Personalberaterin – ich finde für jede Stelle die passende Besetzung.*

Darunter prangte ein Foto, das die Psychologin zeigte. Omar sah, wie Heckers Augen zwischen dem Ausdruck auf seinem Schreibtisch und dem Bild auf dem Schirm hin und her wanderten.

„Eine Ähnlichkeit ist definitiv da“, sagte er. „Aber die Bildqualität reicht nicht aus.“

Omar nickte.

„Soll ich mich noch einmal vor der Halle auf die Lauer legen?“

„Nein, das ist zu unsicher. Sie wissen weder, ob Bricks diesen Ort häufiger nutzt oder ob diese Frau sich jemals wieder mit ihm treffen wird. Wir müssen anders vorgehen, und wir müssen dabei extrem vorsichtig sein. Es ist eine Sache, intern zu ermitteln und Kollegen auf die Füße zu treten. Externe Berater sind ein ganz anderes Kaliber.“

Omar runzelte die Stirn. „Warum? Die können doch genauso Dreck am Stecken haben, wie jemand von uns.“

Sein Chef nickte. „Natürlich. Aber wenn Sie eine externe Beraterin einer Straftat beschuldigen, treten wir damit Leuten auf die Füße, die ganz weit oben ihre

Kreise ziehen. Wissen Sie, welche Voraussetzungen erfüllt werden müssen, damit jemand von außen für die Polizei tätig werden darf?"

Omar schüttelte den Kopf.

„Der Innenminister muss zustimmen. Zuvor haben bereits zwei Staatssekretäre und mehrere Abteilungen des Inlandsgeheimdienstes die entsprechenden Personen überprüft. Das sind umfangreiche Sicherheitskontrollen. Wenn sich trotz allem jemand als ein faules Ei entpuppt und diese Information zu allem Überfluss noch an die Öffentlichkeit gelangt, bekommen die Herren ganz oben ein gewaltiges Problem."

„Aber ehrlich gesagt, ist das doch dann deren Problem."

Hecker lachte freudlos. „Sie sind schlau", sagte er. „Aber von Politik haben Sie leider keine Ahnung. Haben Sie eine Idee, wie man es schafft, Innenminister zu werden?"

„Na ja, wahrscheinlich muss man die richtigen Schulen besucht haben und die richtigen Leute kennen", mutmaßte Omar.

„Das ist sicher hilfreich. Was man aber am allermeisten braucht, ist ein dickes Fell. Alles, was man Ihnen vorwerfen könnte, muss an Ihnen abprallen. Sie müssen in der Lage sein, die Verantwortung im Notfall jemand anderem in die Schuhe zu schieben. Das würde auch in diesem Fall so ablaufen. Es ist das alte Prinzip. Der Innenminister wälzt die Schuld auf die Staatssekretäre ab, die wiederum auf die Geheimdienste, die Geheimdienste geben sie an die Leitung der Met weiter und am Schluss bleibt sie an uns hängen. Deshalb müssen wir extrem vorsichtig sein."

„Heißt das, dass wir die Ermittlungen besser bleiben lassen sollten?"

Hecker schüttelte vehement den Kopf. „Auf gar keinen Fall. Sie sind etwas auf der Spur. Da läuft eine gewaltige Sauerei. Unsere Aufgabe ist es, dafür zu sorgen, dass die Verantwortlichen bestraft werden. In diesem besonderen Fall müssen wir aber extrem gründlich arbeiten. Wir dürfen uns keinen Fehler erlauben. Wir benötigen eine lückenlose Indizienkette gegen diese Psychologin, ehe wir damit bei DCI Laurel vorsprechen."

„Okay, wie gehen wir vor?"

Sie schwiegen eine Weile. Es war eine Sache, sich klarzumachen, dass sie vorsichtig sein mussten. Weitaus schwieriger war es, herauszufinden, wie das praktisch funktionieren sollte.

„Wie wäre es, wenn ich über diese Rebecca Williams ein Dossier erstelle? Ich habe schon Informationen zu Marston gesammelt. Das könnte ich auch im Fall der Psychologin tun. Vielleicht gibt es Ansatzpunkte, die wir nutzen könnten, um mehr über sie und ihre Verbindung zu Tony Bricks zu erfahren."

Hecker nickte. „Das ist ein Anfang, klar. Über kurz oder lang werden Sie dann aber doch im Feld ermitteln müssen, und das könnte gefährlich werden, das ist Ihnen doch klar, oder? Erst vor ein paar Tagen sind Sie einem Schlägertrupp entkommen."

Omar zuckte mit den Achseln. „Na ja, denen hätte ich auch über den Weg laufen können, wenn ich einen Nachmittagsspaziergang in dem Viertel gemacht hätte. Das ist nicht gerade die sicherste Gegend in London."

Hecker winkte ab. „So habe ich das nicht gemeint. Wenn Sie sich mit Bricks anlegen, können Sie schnell den Kürzeren ziehen. Sie kennen doch seine Akte. Sie wissen, wie viele Morde ihm angelastet werden und für wie viele er tatsächlich verurteilt wurde, oder?"

„Für keinen", murmelte Omar.

Hecker nickte. „Eigentlich müssten wir an dieser Stelle die Abteilung für Organisiertes Verbrechen ins

Boot holen, und auch das Drogendezernat. Aber das können wir nicht, weil wir dann unsere Karten aufdecken müssten, und dafür ist unser Blatt noch nicht gut genug. Es ist besser, wenn nur Sie und ich von dem Verdacht gegen die Psychologin wissen. Ich würde das selbst hier in der Abteilung nicht breittreten."

Omar riss die Augen auf. „Sie meinen tatsächlich, dass das Ganze solche Ausmaße angenommen hat?"

„Ich weiß es nicht, aber ich finde es schockierend, dass jemand, der dreißig Jahre an der Spitze einer Verbrechensorganisation steht, nur für minder schwere Verbrechen ein paar Jährchen im Gefängnis abgesessen hat. Natürlich könnte er ein Händchen dafür haben, sich aus Schwierigkeiten herauszureden. Ich glaube aber im Gegenteil, dass er sehr viel Geld aufwenden muss, um die richtigen Hände zu schmieren. Wir sind da auf etwas gestoßen. Aber ich würde niemandem im Haus zutrauen, uns dabei zu unterstützen. Sie mögen das für paranoid halten, aber ich habe meine Erfahrungen gemacht. Das hier bleibt zwischen uns. Halten Sie mich auf dem Laufenden!"

Die beiden Männer nickten sich zu und Omar ging hinaus. Er nahm sich einen leeren Hängeordner aus dem Regal mit dem Bürobedarf, dann schrieb er *Rebecca Williams* darauf und legte das Foto hinein.

# Kapitel 30

Rebecca sah sich im Kreis der Anwesenden um und spürte, wie sich ihr Magen verkrampfte. Die vier Männer bildeten einen Halbkreis in der Mitte der Halle. Sie stand ihnen gegenüber, Tony war neben ihr. Sie wussten nicht, was sie erwartete, denn Bricks hatte sie einbestellt, ohne den Zweck der Versammlung zu verraten. Die Blicke der Männer waren teils neugierig, teils indifferent, teils aber auch offen misstrauisch. Insbesondere Parker sah Rebecca feindselig an.

Sie kannte das aus anderen Zusammenhängen. Wahrscheinlich lag es gar nicht an ihr, sondern schlichtweg daran, dass er glaubte, Besseres zu tun zu haben, als sich morgens um acht in einer Lagerhalle im East End einzufinden. Das mochte auch stimmen. Parker konnte seiner Arbeit schließlich eineinhalb Tage nicht nachgehen. Vielleicht war das eine kritische Phase, in der er sicherstellen musste, dass die Steuerverfolgungsbehörden Tony nicht auf die Pelle rückten, und vielleicht ging dem Unternehmen dadurch viel Geld verloren. Was er bei diesen Überlegungen jedoch übersah, waren die größeren Zusammenhänge. Wenn es dem Maulwurf gelang, weiterhin sensible Informationen an die Ermittlungsbehörden weiterzugeben, würde es bald nichts mehr geben, worüber er die Buchhaltung führen könnte.

Am freundlichsten war Blackjacks Blick. Er wirkte offen und gespannt auf das, was sie erwartete.

„Schön, dass ihr alle pünktlich seid“, sagte Tony. „Das ist ja sonst nicht immer der Fall.“

Er sah insbesondere Harrison an, der seinem Blick jedoch auswich. „Ihr habt ja alle schon unsere Recruiterin kennengelernt.“

„Verrät sie uns jetzt endlich, wer dich vertreten soll?“, fragte Parker. „Ich muss nämlich dringend zurück an die Arbeit.“

Harrison und Hall nickten zustimmend.

„Sie mag zu den fähigsten ihres Fachs gehören, zaubern kann sie aber nicht“, erwiderte Tony.

Rebecca unterdrückte ein Schmunzeln. Offenbar hatte er verstanden, worum es ging. Das war schon einmal gut. Sie hatte also seine Rückendeckung.

„Sie hat euch jetzt alle kennengelernt“, fuhr er fort. „Jetzt geht es darum, dass sie euch auf den Zahn fühlt.“

„Nein, danke, ich habe schon einen fähigen Zahnarzt.“

Der Kommentar war von Parker gekommen und löste allgemeine Heiterkeit aus. Nur Tony lachte nicht. Er sah den Sprecher wütend an.

„Deine Witzchen kannst du dir sparen“, knurrte er. „Die Situation ist ernst. Die Skanderberg-Bande rückt uns auf die Pelle, und für die Zeit meiner Abwesenheit brauche ich einen Vertreter, der es mit denen aufnehmen kann.“ Er sah den Buchhalter mit zornfunkelnden Augen an. „Die Recruiterin wird mit euch ein Assessment-Center durchführen.“

Die Ankündigung wirkte wie erwartet. Die Mienen der Anwesenden drückten teilweise Neugier, teilweise Unverständnis und teilweise offene Ablehnung aus.

„Ach nein, das ist doch pure Zeitverschwendung“, rief Parker. „Das können irgendwelche New Economy Unternehmen machen, bei denen die Mitarbeiter sich den ganzen Tag in Bällebädern vergnügen, aber wir haben

Arbeit. Viel Arbeit, und keine Zeit für solchen Krimskrams."

Rebecca sah, wie eine Ader an Tonys Stirn anschwoll. Sein Gesicht rötete sich. Sie spannte sich innerlich an. Ob die Wut, die sich gerade in ihm aufbaute, in einem Anfall ausbrechen würde? Sie hatte ihn bisher immer als sehr kontrolliert erlebt. Das war auch notwendig. Selbst, als er Gavin die Kniescheibe gebrochen hatte, hatte er das auf eine beinahe zurückhaltende Art und Weise getan. Er hatte keine Emotionen gezeigt. Das war nun anders. Sein Unterkiefer mahlte. Es war ihm anzusehen, dass er um seine Beherrschung kämpfte.

„Ich weiß, dass wir viel Arbeit haben, aber was hier gemacht wird, und was nicht, bestimme immer noch ich. Ich ganz allein. Und damit das klar ist: Ihr habt euch ordentlich an diesem Assessment-Center zu beteiligen. Wenn ich höre, dass einer von euch die ganze Sache torpediert und ins Lächerliche zieht, hat das Folgen. *Schmerzhafte* Folgen. Ist das klar?" Er ließ seinen Blick über die Anwesenden streifen. Rebecca sah, dass die Farbe aus einigen Gesichtern gewichen war. Alle nickten, ein paar murmelten zustimmende Worte.

„Gut, dann los!"

Er nickte Rebecca zu und trat zur Seite. Sie räusperte sich und sagte: „Guten Morgen. Ich kann mir vorstellen, dass Sie nicht gerade erfreut sind, eineinhalb Tage an diesem Verfahren teilzunehmen."

Ihre Ankündigung, wie lange das Assessment-Center dauern würde, löste ein allgemeines Stöhnen aus. Auch das hatte sie erwartet.

„Ich verspreche Ihnen aber, dass die Zeit gut investiert sein wird. Es ist wichtig, die Person auszuwählen, die Tony Bricks am besten vertreten kann. Davon profitieren Sie alle. In diesem Sinne lassen Sie uns anfangen."

Sie ging in die hintere Ecke der Halle, wo sie einen Stuhlkreis vorbereitet hatte. Das würde wahrscheinlich die nächsten abwertenden Kommentare nach sich ziehen, aber das war ihr gleichgültig. Sie hatte Situationen wie diese schon oft genug erlebt ... wenn gestandene Manager sich über irgendwelche Psychospielchen oder *Ringelpiez mit anfassen* ausgelassen hatten. Damit konnte sie umgehen. Das war schließlich ihr täglich Brot.

Sie deutete auf die Stühle und die Männer nahmen Platz. Die Mienen waren unverändert. Das war gut, denn sie wusste nun, wer ihr Antipathie entgegenbrachte und konnte sich dagegen wappnen.

„Ich gehe einmal davon aus, dass Sie noch nie an einem Assessment-Center teilgenommen haben, oder?“

Sie sah in die Runde, doch niemand reagierte.

„Dann erkläre ich Ihnen erst einmal, worum es sich dabei handelt, ehe wir anfangen. Ein Assessment-Center ist ein mehrstufiges Auswahlverfahren, bei dem verschiedene Übungen erfolgen, die unterschiedliche Aspekte beruflicher Fähigkeiten erfassen sollen. Manche dieser Übungen werden Ihnen möglicherweise etwas seltsam vorkommen, da sie auf den ersten Blick wenig mit Ihrem Berufsfeld zu tun haben.“

Auf einigen Gesichtern erschien ein Grinsen; Jack lachte laut. Sie hatte diese Reaktion erhofft, um die Stimmung ein wenig auflockern zu können.

„Aber die Fähigkeiten, die wir erfassen wollen, sind oft nicht berufsspezifisch. Problemlösen zum Beispiel. Wir schauen uns an, wie Sie sich einer Aufgabenstellung nähern, wie Sie zusammenarbeiten, wie flexibel Sie sind und wie gut Ihre Führungsqualitäten beschaffen sind. Die Stellvertretung von Tony Bricks, erfordert besonders dies ... dass Sie eine Führungskraft sind. Und Führung bedeutet eben auch, nicht nur von oben herab zu entscheiden, was gemacht werden soll, sondern andere mitzunehmen. Selbst, wenn Sie nur für die zwei Wochen führen, in denen Mister Bricks ausfällt."

Sie nahm einen Ordner aus ihrer Tasche und zog aus diesem vier Blätter. Auf einem bereitgestellten Tischchen stand eine Stifte-Box. Sie teilte die Bögen aus.

„Wir beginnen mit einer Aufgabe, die zum Aufwärmen gedacht ist. Sie nennt sich *Selbstvorstellung*. Wie der Name schon sagt, sollen Sie etwas über sich sagen, und zwar uns allen. Sie haben fünf Minuten Zeit, sich Notizen dazu zu machen."

Der Ausdruck in den Gesichtern der Anwesenden veränderte sich. Auch das hatte sie erwartet. Blackjack wirkte konzentriert und nachdenklich, in Halls Miene las sie jedoch so etwas wie Panik. Wahrscheinlich würden einige dieser Männer zum ersten Mal vor anderen sprechen. Immerhin wehrte sich niemand gegen die Übung. Vermutlich wirkten Tonys Worte noch nach.

Stifte kratzten über Papier. Blackjack schrieb viel und schnell, Harrison saß da und starrte die weiße Seite an, offenbar ohne recht zu wissen, was genau von ihm erwartet wurde. Rebecca behielt die Uhr im Blick. Nach fünf Minuten sagte sie: „Die Zeit ist um."

Sie wandte sich an Blackjack, da sie hoffte, dass dieser die Aufgabe problemlos meistern würde, und den anderen ein Beispiel geben würde, wie das Ganze abzulaufen hatte.

„Fangen Sie bitte an!"

Der Dealer erhob sich und räusperte sich, ehe er stockend zu sprechen begann: „Ihr kennt mich alle. Ich bin Jack. Ich bin fünfundzwanzig. Ich habe mit sechzehn die Schule geschmissen und hier in der Gegend gedealt. Das habe ich vier Jahre lang getan. Ich weiß, wie die Straße hier tickt. Ich kenne alle Gangs. Ich kenne die Skanderberg-Bande. Ich kenne unsere Leute. Das war es wohl, was Tony dazu bewogen hat, mir die

Aufsicht über das Drogengeschäft zu geben. Ich denke, dass ich das gut mache. Ich stecke viel Arbeit rein. Ein Privatleben habe ich nicht. Ich lebe bei meiner Mum, habe keine Freundin, keine Kinder, keine Hobbys. Eigentlich arbeite ich 24/7 für Tony. Aber es lohnt sich. Ich mache den Job gern, bin viel unterwegs, habe mit coolen Leuten zu tun. Ob ich die Organisation leiten kann, weiß ich nicht. Eigentlich will ich das auch gar nicht. Das soll ruhig jemand von euch machen. Ihr seid viel länger dabei und habt den Durchblick."

Er suchte Rebeccas Blick. Sie sah auf die Uhr. Viereinhalb Minuten. Sie nickte. Er setzte sich.

„Danke", sagte sie und deutete auf Harrison, der neben Blackjack saß. Der alte Mann erhob sich ächzend.

„Ich weiß nicht, warum ich mich euch vorstellen soll", sagte er. „Ihr kennt mich alle. Ich bin Rick. Ich bin schon so lange in der Organisation, dass einige von euch noch gar nicht geboren waren, als ich schon Windeln für Tony gekauft habe. Ich habe für Tonys Vater und Tonys Großvater gearbeitet. Ich habe erlebt, wie aus einer Straßengang ein großes Unternehmen wurde, und ich bin mitgewachsen. Wenn jemand Tony vertreten kann, dann ich. Ich weiß, wie der Hase läuft. Niemand weiß das besser als ich. Ich habe den Überblick. Ich kenne jeden seiner Leute bis ins unterste Glied. Ich habe Tonys uneingeschränktes Vertrauen. Wenn Tony ausfällt, kann nur ich ihn ersetzen."

Er nahm Platz und ließ den Blick triumphierend umherschweifen. Rebecca vermutete, dass seine Rede nicht den Eindruck gemacht hatte, den er erwartete. Sie machte sich ein paar Notizen, dann rief sie Hall auf.

# Kapitel 31

Omar lehnte sich in seinem Stuhl zurück und sah auf den Bildschirm. Seine Augen tränten von dem stundenlangen Starren auf die Flimmerkiste. So hatte er sich den gehobenen Dienst nicht vorgestellt. Er hatte gehofft, dass die Qualität der Ausrüstung deutlich besser wäre. Wenn das so weiter ging, würde er bald eine Brille brauchen. Außerdem merkte er, wie sich sein Nacken verspannte. Er stand auf und bewegte seine Schultern ein wenig. Dann setzte er sich wieder hin und sah sich seine Notizen an.

Er hatte versucht, alle Informationen zu Rebecca Williams zu sammeln, die im Netz verfügbar waren. Angefangen hatte er mit ihrer Firma. Sie war vor zwei Jahren im Handelsregister eingetragen worden. Alleinige Geschäftsführerin war Mrs. Williams. Eine Woche danach hatte sie den Mietvertrag für die Räume in der *Gurke* unterschrieben. Die Website war am Tag darauf online gegangen. Ebenfalls am folgenden Tag war eine Stellenanzeige veröffentlicht worden, in der sie nach einer Sekretärin gesucht hatte.

Danach hatte er ihre Bilanzen durchgesehen, die sie ordnungsgemäß zusammen mit ihren übrigen Steuerunterlagen eingereicht hatte. Hier war ihm aufgefallen, dass die Umsätze relativ gering geblieben waren. Offenbar war die Polizei ihr größter Kunde. Sie hatte auch für einige ausländische Firmen gearbeitet, insbesondere aus dem asiatischen Raum. Aber gut fünfzig Prozent ihrer Einnahmen stammten von Aufträgen für die

Met. Auf ihrer Website warb sie jedoch vor allem mit Referenzen von chinesischen und malaiischen Firmen und Unternehmen aus Singapur.

Weitere Recherchen hatten ergeben, dass sie die Jahre zuvor im Ausland verbracht hatte, und zwar in genau diesen Ländern. Er hatte mehrere Telefonate mit Mitarbeitern der aufgelisteten Unternehmen geführt, die sich alle an die Psychologin erinnerten und ihr sehr gute Referenzen ausstellten.

„Mrs. Williams war eine großartige Mitarbeiterin", hatte eine Verwaltungskraft einer malaysischen Firma in erstaunlich fließendem Englisch gesagt. „Wir haben es sehr bedauert, dass sie wieder nach Großbritannien zurückgekehrt ist. Wir arbeiten in der Chipherstellung, und uns war wichtig, dass sie Arbeiter auswählt, die belastbar sind, gleichzeitig aber auch eine gute Feinmotorik und ein gutes Auge haben. Sie hat zwei Jahre lang unsere Auswahlprozesse optimiert. Wir haben nun eine wesentlich höhere Produktivität. Wir wünschen ihr nur das Beste."

Omar hatte sich schaudernd verabschiedet. Offenbar hatte diese Mrs. Williams dazu beigetragen, Mitarbeiter für Unternehmen auszuwählen, die, wie er aus diversen Dokumentationen zu diesem Thema wusste, nicht viel mehr als Sklavenhaltung betrieben. Aber so war das wohl in der freien Wirtschaft. Das nannte man Globalisierung.

Er hatte dann ein wenig zu den Auftraggebern recherchiert und festgestellt, dass keines der Unternehmen eine Niederlassung in Großbritannien besaß. Sie hatte bislang noch bei keinem bedeutenden Global Player gearbeitet, was dem selbstbewussten Auftreten auf ihrer Website widersprach.

Auch bei einer der zuletzt als Referenz aufgeführten Firmen, einem Sicherheitsdienst in Brighton, hatte er angerufen. Die Leiterin der Personalabteilung war erneut voll des Lobes gewesen. Hier war es Rebecca Williams Aufgabe gewesen, vertrauenswürdige Mitarbeiter auszuwählen, die gleichzeitig, aber auch so belastbar waren, dass sie die anstrengenden Schichten durchhielten.

Nach dem Gespräch hatte er versucht, Näheres über diesen Sicherheitsdienst zu erfahren, doch die verfügbaren Informationen waren äußerst begrenzt gewesen. Das hatte ihn auf eine Idee gebracht. Er hatte noch einmal bei der offiziellen Nummer des Unternehmens angerufen und sich als Kunde ausgegeben.

„Ich suche für eine große Hochzeitsfeier mehrere Sicherheitskräfte", hatte er mit verstellter Stimme zu der Mitarbeiterin gesagt, die sich als dieselbe Person entpuppt hatte, die ihm zuvor Auskunft zu Rebecca Williams gegeben hatte. Sie gingen gemeinsam mögliche Termine durch und zu seinem Erstaunen erhielt er sofort eine Absage mit der Begründung, dass alle bereits vergeben seien. Alternativen konnte die Frau ihm nicht anbieten.

Das hatte ihn natürlich stutzig gemacht. Warum stellte ein kleines, privates Sicherheitsunternehmen eine international erfolgreiche Personalerin ein, scheiterte aber daran, einem potenziellen Kunden ein flexibles Angebot zu offerieren? Omar überlegte kurz, ob er eine der Firmen in Asien anrufen und dort ebenfalls eine Anfrage stellen sollte, wusste aber nicht, wie er es rechtfertigen sollte, Chips zu kaufen oder IT-Dienstleistungen in Anspruch nehmen zu wollen.

So richtig interessant war es allerdings geworden, als er versucht hatte, mehr über Mrs. Williams Uni-Karriere herauszufinden. Laut eigenen Angaben hatte sie in Leeds studiert. Über ihre Herkunft war auf ihrer Website nichts zu erfahren, aber er vermutete, dass sie nicht aus der Upper Class stammte. Wahrscheinlich hatte sie es gerade so auf eine der Universitäten geschafft, die in England die zweite Reihe bildeten. Er hatte die Jahrgangslisten in Leeds durchforstet und war dort tatsächlich auf eine Rebecca Williams gestoßen, die einen Bachelor in Psychologie und einen Master in Unternehmensberatung erlangt hatte. Online hatte er auch mehrere Jahrbücher durchforstet und festgestellt, dass Rebecca Williams in der Volleyballmannschaft der Universität gespielt hatte. Zu seiner großen Überraschung hatte er jedoch feststellen müssen, dass die Person, die auf dem Mannschaftsfoto mit dem Namen Rebecca Williams bezeichnet wurde, der Frau, die er kennengelernt hatte, überhaupt nicht ähnlichsah. Nicht nur ihre Gesichtszüge waren komplett anders, auch ihre Hautfarbe war es, denn Rebecca Williams war schwarz. Er hatte zunächst gedacht, dass es sich hier vielleicht um eine Art Fehler handeln könnte ... dass die Beschriftung der Personen falsch wäre. Aber auch die anderen sechs Frauen auf dem Foto glichen Rebecca Williams nicht im Geringsten. Was sollte er davon halten?

Kurzentschlossen nahm er seine Aufzeichnungen und den Ausdruck des Bildes und klopfte bei seinem Chef. Hecker saß am Schreibtisch und schrieb an einem Bericht. Er sah kurz auf.

„Hätten Sie Zeit für mich?“, fragte Omar.

„Setzen Sie sich.“

Omar nahm Platz.

Hecker sah ihn aufmerksam an. Omar legte den Ausdruck auf den Tisch. Er deutete auf die Person, die als Rebecca Williams bezeichnet wurde.

„Das ist Rebecca Williams. Sie hat Psychologie in Leeds studiert. Dies entspricht den Angaben, die unsere Zielperson auf ihrer Website macht.“

Hecker rieb sich mit den Fingerspitzen das Kinn.

„Das ist seltsam. Haben Sie eine Idee, was dahinterstecken könnte?“

Omar zuckte mit den Achseln. „Ich vermute, dass unsere Mrs. Williams sich eine fremde Identität angeeignet hat. Zu welchem Zweck, kann ich aber nicht sagen."

„Haben Sie versucht, die echte Rebecca Williams ausfindig zu machen?"

Omar schüttelte den Kopf.

„Dann tun Sie das. Ich hoffe, dass wir nicht auf eine dieser reißerischen Geschichten stoßen, in denen eine Person die andere aus dem Weg geräumt hat, um an ihrer Stelle weiterzuleben."

Omar nahm den Ausdruck und ging wieder zu seinem Schreibtisch. Dort googelte er noch einmal Rebecca Williams. Er musste ein wenig durchscrollen, doch dann wurde ihm ein Treffer angezeigt, der ihm vielversprechend erschien. Es handelte sich um ein Facebook-Profil. Auf dem etwas verschwommenen Profilbild entdeckte er eine dunkelhäutige Person, die derjenigen ähnelte, die auf dem Foto zu sehen gewesen war.

Er klickte darauf und landete auf der Seite einer Konditorei in Nottingham.

*Wir versuchen, das alte Handwerk der Zuckerbäckerei am Leben zu erhalten. Wir, das sind Rebecca und Michael, eine ausgebildete Psychologin, die die Seelenklempnerei an den Nagel gehängt hat, um stattdessen Sahne zu schlagen und Teig zu rühren, und Michael, ein ausgebildeter Bäcker, der nur seine Frau mehr liebt als eine saftige Schwarzwälder Kirschtorte.*

Omar lehnte sich zurück. Wahnsinn. Er war zunächst einmal froh, dass Rebecca Williams am Leben war. Dass sie in eine vollkommen fremde Branche gewechselt war, erklärte, warum niemandem aufgefallen war, dass eine andere ihren Platz eingenommen hatte. Aber wie war der falschen Rebecca Williams dieses Kunststück gelungen? Das erforderte eine ganze Menge krimineller Energie. Omar hatte anfangs noch daran gezweifelt, dass die Psychologin dazu fähig war, sich mit einem Gangsterboss wie Tony Bricks abzugeben. Sie war ihm damals während des Assessment-Centers so nett erschienen, so kompetent, so ehrlich und transparent, doch nach den Ergebnissen seiner Recherche sah er die Frau nun in einem ganz neuen, beängstigenden Licht.

Er musste mit dieser Rebecca Williams sprechen. Seine Hand griff nach dem Hörer des Telefons, doch dann zog er sie wieder zurück. Das musste er anders angehen.

# Kapitel 32

Rebecca beobachtete die vier Männer, die vor dem Baumaterial standen und unschlüssig wirkten, wie sie die Aufgabe bewältigen sollten. Es war der Nachmittag des ersten Tages des Assessment-Centers. Inzwischen wussten alle, was von ihnen erwartet wurde, und drei von Tony Bricks Leuten schienen sich mit ihrem Schicksal arrangiert zu haben. Nur Parker wirkte nach wie vor genervt.

Das Problem, das sie ihnen stellte, trug wohl auch nicht unbedingt dazu bei, dass sich seine Stimmung aufgehellt hätte.

„Ihre Aufgabe besteht darin", hatte sie gesagt, „aus den hier bereitgestellten Materialien einen möglichst hohen Turm zu bauen."

Die Bauteile bestanden aus Schaumstoffwürfeln, Stangen, Bällen und Pappkartons. Um diese Herausforderung zu bewältigen, war eine vorausschauende Planung und Teamarbeit gefragt. Die Gruppe musste sich abstimmen, gleichzeitig aber auch bestimmte Schritte gemeinsam lösen, beispielsweise, wenn mehrere Teammitglieder eine Räuberleiter bildeten, um das Fehlen eines Gerüsts zu kompensieren, damit der Turm über Griffhöhe hinaus gebaut werden konnte. Rebecca mochte diese Aufgabe am liebsten, denn sie verriet ihr viel über die Dynamik der Gruppe und darüber, ob jemand einer Gemeinschaft dienen konnte oder nicht.

Parker stützte gleich zu Beginn ihre Hypothese, dass er kein Teamplayer war, denn er griff wahllos nach

Würfeln und stapelte sie aufeinander. Als er dann jedoch versuchte, einen Karton darauf zu stellen, fiel das ganze Gebilde in sich zusammen. Die anderen lachten und der Buchhalter sah grimmig drein.

„Vielleicht sollten wir erst einmal einen Plan machen“, schlug Blackjack vor.

„Und wie soll der aussehen?“, knurrte Parker.

„Na ja, jedenfalls nicht so, dass wir wahllos irgendwas aufeinandersetzen. Wir brauchen als Erstes ein Fundament.“

„Ah, Architekt sind wir auch noch“, sagte Parker schnippisch. „Wenn du meinst, dass du es besser kannst, dann mach es besser.“

Er setzte sich an seinen Platz, verschränkte die Arme vor der Brust und schmollte wie ein Dreijähriger, dem man im Sandkasten das Spielzeug weggenommen hatte. Glücklicherweise ließen sich die anderen nicht von seiner Trotzphase anstecken. Unter Blackjacks Führung bauten sie zuerst ein Fundament aus den Pappkartons, und stapelten danach die verfügbaren Schaumstoffwürfel in Pyramidenform, wobei sie das Innere des Gebildes mit den Stücken stabilisierten.

Schwierig wurde es erst, als der Turm höher wurde, als sie mit den Händen greifen konnten. Blackjack bot an, die letzten drei Würfel auf die Spitze der Pyramide zu setzen, wenn man ihn hochhob. Allerdings wirkte insbesondere Harrison wenig begeistert davon.

„Ich bin zu alt für Räuberleitern“, murrte er.

Schließlich überredete Blackjack Hall und Parker dazu, als mobile Hebelplattform zu dienen und kurz darauf gelang es ihm, den Turm zu krönen.

„Prima, das haben Sie gut gemacht“, sagte Rebecca.

„Na, da haben Sie ja schon Ihren Anführer“, ätzte Parker.

„Eine Aufgabe ist natürlich nicht ausschlaggebend für die Entscheidung, wer Mister Bricks in den zwei

Wochen vertreten wird. Aber so viel kann ich Ihnen schon mal verraten: Sich hinzusetzen und die Arme vor der Brust zu verschränken, hilft nicht unbedingt weiter", erwiderte Rebecca.

„Und ich sage Ihnen eines", knurrte der Buchhalter. „Wenn ich das Sagen habe, wird es Ihnen noch leidtun, wie Sie mit uns allen umgesprungen sind. Das ist unter meiner Würde."

Rebecca durchfuhr es heiß und kalt. Das war eine offene Drohung. So etwas kannte sie natürlich auch aus ihrer Berufserfahrung. Nicht selten kündigten angehende Manager an, sie nie wieder einzustellen und diese Kinkerlitzchen in Zukunft abzuschaffen, wenn sie in Führungspositionen gelangen würden. Glücklicherweise war es üblich, dass Rebecca sich mit einem Team beraten konnte, dem auch Angehörige der Personalabteilung des entsprechenden Unternehmens angehörten. In so einem Fall würde gemeinsam entschieden werden, dass die Person nicht für eine Führungsposition infrage kam. Hier war es jedoch anders gelagert. Zum einen ging es hier nicht um eine Leitungsstelle, sondern darum, einen Spitzel zu enttarnen und zum anderen musste Rebecca allein entscheiden, wen sie auswählte.

„Wir machen jetzt eine Viertelstunde Pause, Sie können sich etwas zu essen nehmen oder eine Zigarette rauchen, danach machen wir weiter."

Blackjack, Harrison und Hall gingen hinaus. Parker blieb sitzen.

„Rauchen Sie nicht?", fragte Rebecca.

Er schüttelte den Kopf. „Ich habe keine Lust darauf, elendig zu verrecken wie mein Vater. Den hat mit Ende fünfzig der Lungenkrebs geholt. Darauf kann ich verzichten."

Rebecca schenkte sich eine Tasse Kaffee ein.

„Sie suchen bestimmt nicht nach einem Vertreter für Tony. Ich hatte von Anfang an recht", sagte er.

Rebecca zuckte mit den Achseln. „Mein Auftrag lautet, einen geeigneten Stellvertreter für Tony Bricks zu empfehlen. Ob die Person, die ich am Ende vorschlage, von Mister Bricks als Nachfolger in Betracht gezogen wird oder ob er etwas anderes mit der Person vorhat, liegt nicht in meinem Verantwortungsbereich."

Die Augen des Buchhalters wurden klein. „Sie wissen schon, mit wem Sie es hier zu tun haben, oder? An Ihrer Stelle wäre ich vorsichtig. Machtverhältnisse in Organisationen wie dieser können sich rasch umkehren. Wir spielen hier nicht nach den Regeln, die Sie aus der Wirtschaft kennen. Und manche hier haben ein langes Gedächtnis. Ich würde Ihnen also raten, respektvoll mit uns umzugehen."

Rebecca erwiderte nichts. Sie nippte an ihrem Kaffee und war froh, dass die anderen wieder zurückkehrten.

„Wir kommen nun zu unserem letzten Programmpunkt für heute. Einem Rollenspiel."

In Ermangelung eines Schauspielers hatte Rebecca sich dazu entschlossen, die Gangster untereinander zu paaren. Es hatte sich bewährt, die Paarungen durch Losentscheid zusammenkommen zu lassen. Die erste Losung hatte Blackjack Hall zugeteilt.

„Sie sind der leitende Angestellte eines Supermarkts", sagte Rebecca an Hall gewandt. „Ihr Mitarbeiter wurde von einem Kollegen des Diebstahls bezichtigt. Es gibt keinen Beweis dafür, dass die Anschuldigung korrekt ist. Ihre Aufgabe ist es, nun mit dieser Situation angemessen umzugehen."

Auf dem Gesicht des Waffenhändlers erschien ein breites Grinsen, das nichts Gutes für den Ertappten verheißen ließ. Er rieb sich die Hände und trat in die Mitte. Blackjack stellte sich in etwa zwei Metern Abstand vor ihn.

„Du wurdest gestern dabei beobachtet, wie du Geld aus der Kasse genommen hast. Das ist Diebstahl. Du weißt, was das bedeutet."

Blackjack legte den Kopf schief.

„Nein, so genau weiß ich das nicht."

Diese Antwort hatte Hall ganz bestimmt nicht erwartet. Er runzelte die Stirn. Sichtlich aus dem Konzept gebracht, sagte er: „Du hast etwas gestohlen. Ich werde dich daher anzeigen und dich feuern."

Jack schüttelte den Kopf.

„Das sind schwere Anschuldigungen", sagte er. „Dürfte ich erfahren, wer dahintersteckt, und welche Beweise es dafür gibt? Hat mich vielleicht eine Kamera aufgezeichnet?"

Sichtlich erfreut darüber, einen Köder zugeworfen zu bekommen, sagte Hall: „Ja, wir haben Videomaterial."

Rebecca überlegte, ob sie einschreiten sollte, denn das hatte nicht ihren Vorgaben entsprochen. Allerdings fragte sie sich, wie Jack auf diese Situation reagieren würde.

„Dieses Videomaterial würde ich gerne mal sehen. Sie werfen mir also vor, ich hätte in die Kasse gegriffen? Dann rufen Sie doch einmal die Abrechnung auf Ihrem PC auf."

Hall sah ihn verständnislos an. Jack verließ nun seine Rolle und sagte: „Wir tun jetzt einfach mal so, als ob du das Programm auf dem PC öffnen würdest."

Er deutete auf einen imaginären Bildschirm und sagte: „Hier, das ist die Abrechnung. Schauen Sie mal. Meine Kasse hat gestimmt. Die Kollegin hat nachgezählt. Das machen wir immer so. Sie haben das Vieraugenprinzip ja schließlich eingeführt, und zwar genau für Situationen wie diese. Meine Kasse hat gepasst. Wo soll das Geld also hin sein, das ich angeblich gestohlen habe?"

Auf der Stirn des Waffenhändlers erschienen Schweißperlen.

„Wir haben noch das Videomaterial", sagte er.

„Aber es fehlt doch kein Geld. Das ist wirklich seltsam."

Hall schnaubte.

„Wahrscheinlich steckt die Kollegin mit Ihnen unter einer Decke", knurrte er.

Jack zuckte mit den Achseln.

„Wenn Sie mir nicht einmal nachweisen können, dass Geld fehlt, können Sie mich auch nicht beschuldigen, dass ich es genommen hätte."

Hall wollte etwas erwidern, doch Rebecca hob die Hand.

„Die Zeit ist um. Danke schön."

Die Männer setzten sich und das nächste Paar erhob sich. Aus den Augenwinkeln sah Rebecca, dass Hall ihr einen Blick zuwarf, der so gehässig war, dass ihr ein Schauer über den Rücken lief.

# Kapitel 33

Omar sah auf sein Handy. Die Karten-App zeigte an, dass er von dem Parkhaus im Zentrum von Nottingham einen Fußweg von etwa fünf Minuten zurückzulegen hatte. Er trat aus dem Gebäude und blickte die lange, gerade Lenton Road entlang, die am Rand der Altstadt bis zu dem Hügel führte, auf dem sich das berühmte Schloss befunden hatte, in dem zu Zeiten von Richard Löwenherz der berüchtigte Sheriff gewütet hatte. Leider hatte er keine Muße für Sightseeing.

Er ging die Straße entlang und überlegte, welche Strategie er für das Treffen mit der echten Rebecca Williams wählen sollte. Auf der Hinfahrt hatte er sich zwei Optionen zurechtgelegt. Er konnte sein bewährtes Spiel versuchen, seinen Charme aufstrahlen lassen, sich mit der Frau anfreunden und dadurch ihr Vertrauen gewinnen, wodurch sie wahrscheinlich geneigt wäre, ihm seine Fragen zu beantworten. Oder er konnte mit der Tür ins Haus fallen. Das Problem war nur, dass er wenig Zeit hatte. Er musste am Abend wieder in London sein. Daher tendierte er zur zweiten Option, auch wenn ihm dieses Vorgehen nicht behagte.

Omar war so in Gedanken versunken, dass er die Konditorei beinahe übersehen hätte. Die Fassade des Ladens war etwa drei Meter breit und schmiegte sich in eine lange Reihe ähnlich aussehender Geschäfte, die vor ein paar Jahren noch ziemlich heruntergekommen gewesen waren, nun aber durch ein Programm zur

Stadtverschönerung deutlich aufgewertet worden waren.

Er sah in die Auslage des Schaufensters. Diese wurde von einer enormen Schwarzwälder Kirschtorte dominiert, die von weiteren Torten eingerahmt wurde, von denen eine köstlicher aussah als die andere. Omar strich sich gedankenverloren über den Bauch. Ob er der Versuchung widerstehen konnte, mehr als eine zu essen? Er sah auf das Schild, das über der Tür hing. Es handelte sich um eines dieser alten Gildezeichen, die an Pubs zu finden waren. Darauf war eine stilisierte, kupferne Sahnetorte abgebildet, über der in emaillierten Lettern stand: *Rebecca und Michael de Vries, Konditorei und Café.* Die Psychologin hatte offenbar nicht nur beruflich umgesattelt, sie hatte auch den Namen ihres Mannes angenommen. Wenn es sich hier tatsächlich um einen Identitätsdiebstahl handelte, hatte sich die falsche Rebecca Williams wohl sehr sicher gefühlt. Auf eine Rebecca de Vries würde man nur bei ausgedehnten Recherchen stoßen.

Omar drückte die Türklinke herunter und trat ein. Ein Glöckchen erklang. Hinter der Theke stand ein rotblonder Mann, dessen helles Gesicht von Sommersprossen übersät war. Er schnitt gerade ein Stück von einer lecker aussehenden Torte ab, die mit einem giftgrünen Guss überzogen war. Das musste Michael de Vries sein.

„Sie sehen hungrig aus“, sagte der Konditor und lächelte ihn freundlich an.

Nun musste Omar sich entscheiden. Sein Bauch sagte ihm, dass er ein Stück Torte bestellen, sich an einen Tisch setzen und versuchen sollte, ein Gespräch mit dem Bäcker zu beginnen. Normalerweise traute Omar seinem Bauchgefühl auch. In diesem speziellen Fall war das allerdings etwas anderes, denn sein Magen war so sehr von diesen Süßigkeiten eingenommen, dass ihm jegliches Urteilsvermögen abhandengekommen war. Er seufzte und zückte seinen Dienstausweis. Als er ihn de Vries unter die Nase hielt, wirkte dieser keineswegs erschrocken, sondern sah ihn nur aufmerksam an.

„Was kann ich für Sie tun?"

„Ich möchte gerne mit Ihrer Frau sprechen. Rebecca de Vries."

Der neugierige Gesichtsausdruck wich einer wachsamen Vorsicht.

„Darf ich erfahren, worum es geht?", hörte er eine Frauenstimme hinter sich sagen. Er drehte sich um und erkannte die Person, die er bereits auf der Facebook-Seite der Konditorei und dem Foto aus dem Jahrbuch der Universität in Leeds gesehen hatte. Sie trug eine Schürze und ihre dunkelbraunen Locken standen in alle Richtungen ab.

„Können wir uns vielleicht irgendwo hinsetzen?", fragte Omar. „Vielleicht in eine Ecke, wo wir ungestört sind und nicht gehört werden können?"

Das Ehepaar wechselte einen Blick. Dann sagte Rebecca: „Kommen Sie mit." Und an ihren Mann gewandt: „Bring dem Herrn ein Stück Torte. Er sieht nämlich wirklich hungrig aus."

Die Schwarzwälder Kirschtorte schmeckte himmlisch. Omar ließ den feinen Biskuit auf der Zunge zergehen und biss genüsslich auf eine Kirsche, deren schnapsgetränkter Saft sofort seinen Gaumen zu kitzeln begann.

„So etwas Feines habe ich schon lange nicht mehr gegessen. Was ist Ihr Geheimnis?", fragte Omar.

Rebecca lächelte. „Sie haben meinem Mann wohl nicht Ihren Polizeiausweis unter die Nase gehalten, um das zu erfahren."

Omar schüttelte den Kopf. „Haben Sie Ihren Namen schon einmal gegoogelt?"

„Nein, sollte ich das?"

Omar schluckte den Bissen hinunter und legte die Gabel an den Rand des Tellers.

„Ich bin zu Ihnen gekommen, weil es Anlass zu der Vermutung gibt, dass Ihre Identität gestohlen wurde."

Die Augen der Frau weiteten sich. „Meine Identität? Meinen Sie Datenklau? Muss ich mir Sorgen machen wegen meiner Bankkonten oder meiner Kreditkarte?"

Omar schüttelte den Kopf. „Nein, es ist eine andere Art von Datenklau. Möglicherweise aber noch deutlich perfider."

Er berichtete Rebecca de Vries von den Details, die er über die Zielperson herausgefunden hatte, insbesondere deren Angaben im Lebenslauf, unter dem Namen Rebecca Williams an der Uni in Leeds studiert zu haben.

„Also vom Alter her würde es natürlich passen", sagte die Konditorin. „Aber ich bin mir sicher, dass an der Hochschule damals keine andere Person mit meinem Namen war. In meinem Studiengang sowieso nicht. Das hätte ich doch gewusst."

Omar nickte. „Es war tatsächlich nur eine Frau unter diesem Namen eingeschrieben, und deren Spur habe ich in diese Konditorei verfolgt. Kennen Sie diese Person?"

Er holte ein Foto der falschen Rebecca aus seiner Tasche und legte es auf den Tisch. Aufmerksam beobachtete er die Reaktion der Konditorin. Diese betrachtete das Porträt ausführlich, dann schüttelte sie den Kopf.

„Es tut mir leid, aber ich habe diese Person noch nie gesehen."

„Sind Sie sich sicher?"

Rebecca nickte. „Ganz sicher. Schau mal Michael, kennst du diese Frau?" Ihr Mann trat gerade an den Tisch heran, um ein weiteres Stück Torte für Omar zu bringen. Michael schüttelte den Kopf.

„Wer ist das?“, fragte er.
„Das ist die große Frage“, sagte Omar und versenkte die Gabel im zweiten Tortenstück.

# Kapitel 34

Rebecca klopfte an die Tür von Vickys Apartment. Sie hatte lange überlegt, ob sie diesen Schritt gehen sollte, aber sie hatte keine andere Wahl, denn mit irgendjemandem musste sie sich über ihren Auswahlprozess austauschen, und sich vergewissern, dass sie mit ihren Schlussfolgerungen richtig lag, die sie über die vier Gangster gezogen hatte. Mit Marc konnte sie darüber nicht sprechen, denn der wusste von nichts und das war auch besser so. Außerdem gab es da noch eine andere Sache, die ihr schwer auf den Magen geschlagen hatte. Wenn es jemanden gab, der ihr dabei helfen konnte, dann Vicky.

Als sich die Tür öffnete, erwartete sie schon, Georgios vor sich zu sehen, doch stattdessen war es Vicky, die in einen Bademantel gehüllt, ein Weinglas in der Hand vor ihr stand. Ihre Freundin musterte sie von oben bis unten.

„Du siehst aus, als ob du ein Gläschen vertragen könntest. Ja, ich weiß, du versuchst schwanger zu werden, aber ein Gingerale wird dir bestimmt auch guttun. Komm rein."

Rebecca folgte Vicky ins Wohnzimmer.

„Wo ist Georgios?", fragte sie.

„Der sieht gerade in seinem neuen Sonnenstudio nach dem Rechten. Es gibt Probleme mit der Konkurrenz. Das scheint ein ebenso hart umkämpfter Markt zu sein, wie der, in dem Daddy seine Geschäfte macht.

Danach geht er mit Marc in den Pub, um das Spiel anzusehen. Ich habe mich ausgeklinkt. Migräne."

Rebecca lag es auf der Zunge, zu antworten, dass dann ein Rotwein wahrscheinlich eher kontraproduktiv wäre, aber sie verkniff es sich.

„Du bist doch garantiert nicht hergekommen, um mit mir über Georgios zu reden, oder?", meinte Vicky. Sie ließ sich auf einem der Ohrensessel nieder und bedeutete Rebecca, es ihr gleich zu tun. Sie nahm Platz und lehnte sich zurück. War das bequem! Sie spürte, wie die Anspannung, die in den letzten Tagen von ihr Besitz ergriffen hatte, sie verließ, als sie in das weiche Kissen sank, das ihren Kopf und ihren Rücken stützte.

„Diese Sessel sind herrlich", sagte sie.

Sie hörte Vicky lachen.

„Die haben auch eine Stange Geld gekostet. Also, schieß los."

Rebecca atmete tief ein. „Ich weiß nicht, wie viel dein Vater dir darüber gesagt hat, was ich heute und morgen mit seinen Leuten veranstalte."

„Du nimmst sie in die Mangel. Ein Assessment-Center. Hut ab. Dass du meinen Daddy davon überzeugen konntest, ist schon eine Leistung. Aber ich wusste, was in dir steckt. Hast du schon eine Ahnung, wer der Spitzel ist?"

Rebecca seufzte. „Ich habe einen starken Verdacht, aber ich bin mir noch nicht sicher."

„Wer ist es?", fragte Vicky hastig.

„Ich weiß nicht, ob ich dir das schon sagen möchte, denn noch bin ich nicht zu einhundert Prozent davon überzeugt, dass die Person, die ich im Auge habe, der Maulwurf ist."

„Was lässt dich daran zweifeln?"

„Vielleicht ist es die Fragestellung. Wenn es tatsächlich darum ginge, einen Vertreter für deinen Vater zu finden, wäre die Sache klar. Blackjack schlägt die anderen um Längen. Er ist flexibel, empathisch, intelligent und weiß um seine Stärken aber auch um seine Grenzen. Ganz im Gegensatz zu Harrison, der sich für den Größten hält, aber ziemlich lange braucht, um Aufgabenstellungen zu erfassen, und sich dann eher an den anderen orientiert. Hall ist wahrscheinlich unübertroffen in seinem Fachgebiet, aber für eine Führungsposition fehlen ihm ganz klar die sozialen Kompetenzen. Parker dreht sich nur um sich selbst und verachtet alle anderen. Er ist ein Kotzbrocken."

Vicky lachte. „Du triffst den Nagel echt auf den Kopf. Respekt. Ich gebe dir recht, Blackjack wäre eine gute Wahl für eine befristete Stellenvertretung. Aber wir suchen nach einem Maulwurf."

Rebecca nickte. „Ja, ich weiß. Ich habe vor dem Assessment-Center ein ausführliches Anforderungsprofil für die Position des Spitzels erstellt. Im Grunde genommen suchen wir nach einer Person wie Marston. Jemanden, dessen Ego darunter leidet, dass dein Vater ihm nicht genügend Aufmerksamkeit zukommen lässt. Ich habe hier zwei Kandidaten in der engeren Auswahl. Einer davon ist unschuldig, und das macht mir zu schaffen."

Vicky lachte erneut. „Also unschuldig würde ich die nicht nennen. Wenn man es realistisch betrachtet, sind alle vier Teilnehmer an deinem Assessment-Center gestandene Schwerkriminelle."

„Ich weiß, so habe ich das auch nicht gemeint. Mir macht nur Sorgen, was dein Vater mit dem Mann anstellen wird, dessen Namen ich ihm nennen werde."

„Na ja, ich glaube, dass er nicht lange fackeln wird. Er wird kurzen Prozess mit dem Typen machen. Ein schneller Kopfschuss und das war es."

Rebecca starrte Vicky fassungslos an. Ihre Freundin zuckte mit den Achseln.

„Das musste dir doch spätestens klar gewesen sein, seit du mitbekommen hast, wie mein Vater mit Leuten umgeht, die ihn enttäuschen. Der Dealer, dem er die Kniescheiben gebrochen hat, ist ein kleiner Fisch. Der Maulwurf ist ein ganz anderes Kaliber und dementsprechend wird auch seine Strafe ausfallen."

Rebecca lief es eiskalt über den Rücken. „Dein Vater wird ihn töten?"

„Ganz genau. Aber er hat es verdient. Er wusste, welches Risiko er eingeht. Wer auch immer es ist."

Rebecca schlug beide Hände vors Gesicht.

„Ich kann das nicht. Ich kann keinen Mann zum Tode verurteilen."

„Hey, jetzt bekomm dich mal wieder in den Griff. Die Zeit für Skrupel ist vorbei. Das hättest du dir vorher überlegen sollen."

Rebecca nahm die Hände vom Gesicht und funkelte Vicky wütend an.

„Vorher überlegen? Ich habe mir gar nichts überlegt. Ich wurde dazu gezwungen, mich auf die Suche nach dem Maulwurf zu begeben. Ich werde dazu gezwungen, einen Namen zu nennen. Ob ich will oder nicht. Es hat nichts mit freier Wahl zu tun."

Vicky schüttelte den Kopf. „Ganz am Anfang, hast du frei gewählt. Du hast dich dafür entschieden, mir diesen Marston zu empfehlen und dafür bist du gut entlohnt worden. Das war deine Entscheidung."

„Aber das hat keinen Mann zum Tode verurteilt."

Vicky zuckte wieder mit den Achseln. „Wenn dein Marston wirklich aufgeflogen ist, wird auch er ins Gras beißen. Das lässt sich leider nicht vermeiden. Wir müssen uns schützen."

„Nicht, wenn ich es verhindern kann", knurrte Rebecca.

„Indem du deinen Informanten auf die Skanderberg-Bande ansetzt, um die Met auf eine falsche Spur zu lenken? Das wird nicht funktionieren."

„Das werden wir noch sehen. Ich fühle mich verantwortlich für Marston. Durch meine Empfehlung ist er an deinen Vater geraten. Ich werde nicht zulassen, dass meinetwegen jemand stirbt."

„Wir drehen uns im Kreis. Was willst du denn tun? Daddy keinen Namen nennen? Du weißt, was dann passieren wird. Dir würde er nichts tun, aber Marc wäre dann dran, und ich kann dir versichern, dass das kein Zuckerschlecken wird. Wahrscheinlich würde er Marc nicht töten, aber er würde ihm sehr weh tun."

„Und wenn ich einfach schweige?"

Vicky legte die Stirn in Falten. „Wie meinst du das?"

„Es ist simple Mathematik. Gleichgültig, wie ich mich entscheide, wird ein Mensch zu Schaden kommen. Wenn ich mich weigere und dein Vater Marc foltert, um mich zu zwingen, den Namen zu nennen, würde er danach den Maulwurf töten. Dann haben wir einen Verletzten und einen Toten. Wenn ich den Maulwurf nenne, wird er ihn töten. Ein Toter. Wenn ich mich weigere, den Namen des Informanten zu nennen, obwohl dein Vater Marc etwas antut, haben wir nur einen Verletzten."

Vickys Augen weiteten sich.

„Das ist nicht dein Ernst. Du würdest Marc opfern?"

Rebecca spürte, wie sich ihr Blick verschleierte, weil ihr Tränen in die Augen traten.

„Ich will nicht, dass irgendjemand stirbt oder dass irgendjemand Schmerzen leiden muss, aber wenn ich verhindern kann, dass dein Vater einen Menschen tötet, muss ich diesen Weg gehen."

„Aber Daddy kann gar nicht anders. Er muss den Maulwurf töten. Schon um ein Zeichen zu setzen."

„Nein, er muss den Maulwurf nicht töten. Er kann ihn einsperren oder was weiß ich mit ihm machen. Er kann ihn aus dem Weg räumen, ohne ihm wehzutun. Je länger wir darüber sprechen, desto sicherer bin ich mir: Das ist meine Bedingung dafür, dass ich deinem Vater den Namen nenne. Er darf den Spitzel nicht töten."

Vicky schüttelte den Kopf. „Darauf wird mein Daddy niemals eingehen."

„Dann sorgst du eben dafür, dass er es doch tut."

# Kapitel 35

Omar rieb sich die Augen. Seit seiner Rückkehr aus Nottingham saß er vor seinem Dienst-PC und grübelte darüber nach, wie zum Teufel er an Informationen über die Person gelangen sollte, die sich als Rebecca Williams ausgab. Er konnte nicht auf die üblichen Informationsquellen zugreifen. Da ihre Identität offensichtlich gestohlen war, wusste er nicht, woher sie stammte, oder wo ihre Eltern, ihre Geschwister, ihre Schulfreunde lebten, die ihm Auskunft darüber hätten geben können, wer ihre Zielperson wirklich war.

Plötzlich kam ihm eine Idee. Er klickte sich durch die Meldelisten der Stadt London und suchte nach dem Eintrag zu Rebecca Williams. Bingo! Die Psychologin wohnte nicht allein. Ein gewisser Marc Otumono lebte bei ihr. Das musste ihr Lebensgefährte sein. Omar hatte Glück, denn Informationen über Marc Otumoto waren wesentlich einfacher zugänglich. Er arbeitete in einem Feinkost-Import-Geschäft im Osten Londons und war sehr rege auf den sozialen Netzwerken aktiv.

Insbesondere sein Instagram-Kanal erwies sich als ein wahrer Schatz. Ihm war zu entnehmen, dass er sich seit nunmehr drei Jahren in einer Beziehung mit Rebecca Williams befand. Das Paar hatte sogar mehrere Fotos dort gepostet, die aussahen wie Urlaubsselfies vor dem Hintergrund von blauem Himmel und einem noch blaueren Meer.

Besonderes Augenmerk legte Omar auf die Hobbys des Mannes. Er brauchte einen Ansatzpunkt, wie er mit diesem in Kontakt treten konnte, ohne dass er ahnte, dass Omar ihn über seine Freundin aushorchen wollte.

Er scrollte durch die Posts und stellte fest, dass sich beinahe jeder zweite Beitrag um Fußball drehte. Eine genaue Analyse ergab, dass Marc offenbar ein großer Fan von Arsenal war.

Mehrere Bilder zeigten ihn in einem Pub umgeben von anderen Fans, wie er mit angespannter Miene auf einen Bildschirm starte. Glücklicherweise hatte Marc den Ort getagt. Es handelte sich um das *Duke of Marlborough*, das Omar sogar kannte, da es auf dem Weg von seiner Wohnung zur U-Bahn-Station Aldgate East lag. Er glich die Spielpläne von Arsenal mit den Fotos ab und stellte fest, dass Marc nicht jedes Match dort angesehen hatte. Offenbar waren es nur die entscheidenden Spiele gewesen, Pokalspiele oder auch europäische Wettbewerbe. Ein Blick auf den aktuellen Kalender verriet ihm, dass an diesem Abend Arsenal gegen Manchester United in der Champions League spielte. Das englische Derby hatte schon seit Tagen die Zeitungen beherrscht. Arsenal hatte im Hinspiel nur ein Unentschieden erreicht und musste nun gewinnen, um ins Achtelfinale einziehen zu können. Omar lehnte sich zurück. Diese Gelegenheit würde sich Marc bestimmt nicht entgehen lassen.

Er stand auf und ging zum Büro seines Chefs.

„Ist es okay, wenn ich versuche, über den Freund der Psychologin etwas über sie herauszubekommen? Der Besuch bei der echten Rebecca Williams in Nottingham hat mich leider nicht wirklich weitergebracht."

„Solange Sie ihn dafür nicht in den Tower locken und mit irgendwelchen mittelalterlichen Folterinstrumenten bearbeiten, ist das vollkommen in Ordnung. Haben Sie sonst nichts über sie herausgefunden?", erwiderte Hecker.

„Nein. Sie ist ein Phantom. Ich habe ihr Foto in eine Rückwärtssuche bei Google eingegeben und keinen einzigen Treffer erzielt. Das ist mehr als seltsam. Sie hat keine Profile bei Social Media. Über ihr Privatleben ist nichts bekannt. Vielleicht erfahre ich etwas über ihren Freund."

Hecker nickte. „Dann quetschen Sie ihn aus. Aber seien Sie vorsichtig."

Omar ging hinaus und zog seine Jacke an. Er hatte beschlossen, schon einige Zeit vor dem Anpfiff in den Pub zu gehen, da sein Fenster für eine Kontaktaufnahme relativ eng war. Während des Spiels konnte er nicht mit Marc reden. Am besten würde ihm das wohl gelingen, wenn er sich davor mit ihm anfreundete und dann nach dem Spiel ein Gespräch suchte. Je nach Ergebnis konnten Trauer oder Freude vielleicht Marcs Zunge lösen.

Omar nahm dieselbe U-Bahn, die ihn jeden Abend nach Hause brachte und stieg in Aldgate East aus. Es war siebzehn Uhr. Das Spiel würde erst in vier Stunden beginnen. Trotzdem ging er schon in das Lokal und bestellte sich einen Teller Fish&Chips, den er mit Appetit verspeiste. Dann holte er sich eine Cola und beschäftigte sich mit seinem Handy. Er versuchte, so viele Informationen wie nur möglich über die aktuelle Mannschaft von Arsenal in sein Gehirn einzupflegen. Omar war kein großer Fußballfan, aber heute war es wichtig, wie einer zu wirken.

Gegen zwanzig Uhr erschien eine Person in der Tür, in der Omar eindeutig den Freund von Rebecca Williams zu erkennen glaubte. Doch er war nicht allein. Ein muskulöser Kerl mit einer bronzefarben-glänzenden Haut begleitete ihn. Omar fluchte innerlich.

Die Männer sahen sich um und gingen dann geradewegs auf den Tresen zu, wo sie eine Bestellung aufgaben. Omar war froh, dass er seinen Sitzplatz so gewählt hatte, dass er sich zwischen zwei freien Tischen befand, denn Marc und sein Begleiter setzten sich an den Tisch zu seiner Rechten. Er stellte ein dunkles Bier mit wenig Schaum vor sich auf einen Untersetzer, vermutlich ein Guinness. Sein Begleiter öffnete eine Dose, die wahrscheinlich einen Energy-Drink enthielt. Ein süßlicher Duft nach Weingummi waberte in Omars Nase.

„Bin gleich wieder da", sagte der Sonnengebräunte. Er erhob sich und ging in Richtung Toilette davon. Marc nippte an dem Bier und ließ ein angenehmes Seufzen ertönen. Dann sah er zu dem Bildschirm hinauf, den man von diesem Platz aus gut im Blick hatte.

„Und, was glauben Sie?", fragte Omar, der die Chance gekommen sah, in Kontakt zu treten. „Wie hoch wird Arsenal heute gewinnen?"

Marc wandte sich ihm zu, sah ihn zunächst irritiert an, dann grinste er breit und: „Na ja, es wird schon ein drei zu null werden."

„Ihre Zuversicht möchte ich haben", sagte Omar und prostete ihm zu. „Ich bin übrigens Rajiv."

„Und ich Marc. Sind Sie öfter hier?"

Omar verdrehte die Augen.

„Ich bin letzte Woche mit meiner Freundin zusammengezogen. Davor habe ich allein gewohnt und wenn ein Spiel kam, habe ich es angeschaut. Nun hat sich herausgestellt, dass meine Freundin es nicht so toll findet, wenn ich daheim Spiele schaue, weil sie mit Fußball überhaupt nichts anfangen kann. Deshalb haben wir vereinbart, dass ich dafür in den Pub gehe. So ist das wohl, wenn man zusammenlebt. Da muss man Abstriche machen."

Marc nickte. „Meine Freundin ist zwar toleranter, aber ich gehe trotzdem ganz gern aus dem Haus. Sie arbeitet viel und da will ich sie nicht stören mit meinen Jubelschreien oder meinem Haare raufen."

„Das klingt, als ob Ihre Freundin deutlich entspannter wäre als meine. Wohnen Sie schon lange zusammen?"

„Es dürften jetzt schon knapp zweieinhalb Jahre sein. Es ist ein Unterschied, wenn man mit jemandem zusammenlebt. Aber bei uns klappt das ganz gut. Wie gesagt, meine Freundin arbeitet viel. Sie ist Unternehmensberaterin. Da hat sie auch ihr eigenes Büro, in das sie sich oft zurückzieht."

„Dann sehen Sie sich gar nicht oft?"

Mark lachte. „Na ja, wir wohnen zusammen, aber wir haben unsere eigenen Jobs."

Omar versuchte, eine nachdenkliche Mine aufzusetzen.

„Ich dachte immer, dass man mehr Zeit miteinander verbringt, wenn man zusammenwohnt, aber bei Ihnen klingt das so, als ob Sie sich seltener sehen würden. Das macht mir schon ein bisschen Sorgen."

Marc schüttelte den Kopf. „Es ist trotzdem ein ganz anderer Schritt für eine Beziehung, wenn man sich dazu entschließt, gemeinsam zu wohnen. Es ist viel verbindlicher. Wir sehen uns zwar nicht oft, aber die Qualität ist es, die wichtig ist. Sie können auch vierundzwanzig Stunden am Tag aufeinandersitzen und sich dennoch anschweigen."

„Da haben Sie recht."

„Was machen Sie denn so beruflich?", fragte Marc.

„Ich bin Postbote", sagte Omar. „Und nein, ich nehme keine Beschwerden entgegen, weil Ihr Brief letzte Woche nicht ordnungsgemäß zugestellt wurde."

Marc lachte und prostete ihm zu.

„Das ist garantiert kein einfacher Job. Ich möchte nicht mit Ihnen tauschen."

„Was arbeiten Sie denn?"

„Ich bin in einer Firma angestellt, die Feinkost aus der EU importiert. Seit dem Brexit ist das ein Riesenchaos."

„Das kann ich mir vorstellen."

Aus dem Augenwinkel sah Omar, dass der Braungebrannte zurückkehrte.

„Das ist übrigens Georgios", sagte Marc. Er deutete auf Omar und sagte: „Rajiv. Seine Freundin hat ihn auch ausquartiert."

„Ein Leidensgenosse sozusagen", sagte Georgios und hielt Omar seine Rechte hin, die ebenso bronzefarben glänzte wie der sichtbare Rest seines Körpers.

„Wir haben uns gerade über unsere Jobs unterhalten", sagte Marc. „Rajiv ist Briefträger."

„Ah, du lebst also noch im analogen Zeitalter. Ich bin eher online unterwegs. Vielleicht kennst du mich ja. Ich bin der Tanfluencer."

Omar sah ihn fragend an.

„Georgios hat den reichweitenstärksten Instagram-Account zum Thema Bräunung", erklärte Marc. „Aber wir hatten gerade von unseren Partnerinnen gesprochen. Was macht denn Ihre Freundin so?"

„Die ist Friseurin", erfand Omar spontan und hoffte, dass Gwyneth ihm diese kleine Notlüge verzeihen würde.

„Ein krisensicherer Job. Haare werden die Leute immer haben. Feinkost kann sich nicht jeder leisten und ich fürchte, das wird in nächster Zeit auch immer schlimmer werden."

„Na ja, aber Ihre Freundin ist Unternehmensberaterin. Das sollte doch ein sicherer Job sein."

Marc verzog das Gesicht.

„Schlechtes Thema. Da läuft es nämlich auch nicht mehr so besonders. Die Firmen überlegen sich, ob sie externer Berater einstellen. Sie können sich ja kaum noch die Löhne für ihre Angestellten leisten. Und das Leben in London ist nicht gerade billig."

„Wem sagen Sie das!"

Die beiden Männer tauschten einen wissenden Blick.

„Ach, Papperlapapp", sagte Georgios. „Das ist doch Jammern auf hohem Niveau. Becca hat einen krisensicheren Job, und notfalls schießt ihr Vicky eben ein paar Aufträge zu."

„Wer ist Vicky?", fragte Omar.

„Das ist meine bessere Hälfte", sagte Georgios und nippte an seinem Energy-Drink.

„Wie haben Sie beide sich kennengelernt?", fragte Omar. Sein Herz klopfte schnell. Sie waren nun an dem Punkt, auf den er hingearbeitet hatte. Bislang war es erstaunlich gut gelaufen, doch nun könnte es schwierig werden.

„Wir sind Nachbarn", erklärte Georgios. „Und unsere Mädels haben sich angefreundet. Die sind richtig eng miteinander. Wir zwei gehen ab und zu zum Fußballschauen."

Omar wollte etwas erwidern, doch in diesem Moment wurde der Ton des Fernsehers laut gestellt. Die Mannschaften liefen ein. Das Spiel würde gleich angepfiffen werden.

„Oh, es geht los!"

Omar sah, dass die Aufmerksamkeit der beiden Männer nun voll und ganz auf dem Bildschirm lag. Er prostete ihnen zu.

„Auf ein gutes Spiel!"

# Kapitel 36

Rebecca atmete tief durch. Der Tag war furchtbar anstrengend gewesen. Normalerweise waren sie mindestens zu zweit, wenn sie ein Assessment-Center durchführten, doch da es Bricks naturgemäß schwergefallen war, eine weitere Psychologin einzustellen, die sie cotherapeutisch begleitete, hatte sie alles allein machen müssen.

Es waren viele Eindrücke zu verarbeiten. Sie musste vier Personen gleichzeitig im Blick behalten, ihre Äußerungen, aber auch ihre Mimik, ihre Gestik und ihr Interaktionsverhalten. Das war eine Menge an Informationen und Rebeccas Kopf fühlte sich an, als ob ein Bienenschwarm darin tobte.

Blackjack und seine Kumpane hatten die Halle bereits verlassen. Rebecca lehnte sich gegen eine der Paletten. Sie schloss die Augen und ließ die Ereignisse des Tages Revue passieren. Ein Brummen riss sie aus ihren Gedanken. Ihr Handy!

Sie kramte in ihrer Tasche und holte das Gerät heraus. Auf dem Display wurden die Initialen TM angezeigt. Marston.

Sie sah sich in alle Richtungen um und als sie sicher war, dass niemand außer ihr in der Halle war, nahm sie den Anruf an.

„Ja?“

„Ich war an dem Ort, den Sie mir genannt haben“, begann der Spitzel. „In der alten Fabrik draußen in Mile

End. Ich habe die Skanderberg-Leute gesehen. Die schwirren da herum wie die Ameisen."

„Laut Tonys Informationen nutzen die das Gebäude als Zwischenlager für ihre Drogengeschäfte. Wenn Sie eine Spur dorthin legen, wird die Met eine Zeit lang beschäftigt sein", sagte Rebecca.

„Das ist ganz schön gefährlich. Die sehen ziemlich aggressiv aus."

„Dann seien Sie vorsichtig. Sobald Sharif-Holbrook den Köder geschluckt hat, machen Sie sich aus dem Staub."

„Und was ist mit den Ermittlungen gegen mich? Wissen Sie da schon Näheres?"

Rebecca seufzte. „Er scheint sich nicht mehr so sehr auf Sie als vielmehr auf mich zu konzentrieren. Offenbar ist er Ihnen zu unserem Treffen bei Tony gefolgt und hat Fotos geschossen."

„ *Wie bitte?* Das ist eine Katastrophe!"

„Beruhigen Sie sich", zischte Rebecca. „Ich kümmere mich schon darum. Sorgen Sie nur dafür, die Spur zu legen. Die Beweise werde ich verschwinden lassen."

„Und wie wollen Sie das anstellen?"

„Das lassen Sie mal mein Geheimnis sein."

Er schwieg, doch sie hörte ihn atmen. Schließlich sagte er:

„Das passt mir nicht! Woher wissen Sie das mit den Fotos?"

„Ich habe meine Quellen. Vertrauen Sie mir."

„Warum sollte ich das tun?"

„Weil es Ihre einzige Option ist. Herrgott noch mal, ich versuche, Ihren Arsch zu retten. Versuchen Sie dann doch im Gegenzug einfach mal, nicht immer den Besserwisser zu spielen."

Er schnaubte.

„Ich hasse es, keine Wahl zu haben", sagte er.

„Da haben wir ja was gemeinsam. Also, Sie überlegen sich, wie Sie Sharif-Holbrook nach Mile End lotsen und ich kümmere mich um die Beweise."

Er murmelte ein „Okay" und legte auf.

„Alles in Ordnung?", hörte sie plötzlich eine Stimme hinter sich fragen. Es war Callahan.

„Ja, ich habe nur mit dem Spitzel telefoniert. Wir haben einen Plan, wie wir die Met auf die Fährte der Skanderberg-Bande lenken können."

Der Bodyguard runzelte die Stirn. „Sie glauben immer noch, dass Sie Ihren Informanten retten können?"

„Ja, Tony wird ihn am Leben lassen, wenn die Cops sich auf die Konkurrenz konzentrieren."

„Ihren Optimismus hätte ich gern", brummte Callahan. „Kommen Sie, ich fahre Sie nach Hause."

Rebecca trat durch das Tor. Über sich hörte sie ein schabendes Geräusch. Sie blickte nach oben und entdeckte den Ventilator einer uralten Klimaanlage, der sich gefährlich nach unten neigte.

„Vorsicht!", hörte sie Callahan noch rufen, dann sah sie, wie der Ventilator weiter kippte. Eigentlich hätte sie weglaufen sollen, doch ihre Beine schienen mit dem Boden verwachsen zu sein. Der Schock lähmte sie. Sie starrte auf das schwere Metallteil, das aus seiner Verankerung riss und auf sie herunterfiel. Alles bewegte sich wie in Zeitlupe. Sie überlegte, ob sie die Augen besser schließen sollte, doch das wäre gleichgültig, denn ihr Kopf würde ohnehin gleich zermalmt werden. Da spürte sie plötzlich kräftige Arme um ihren Oberkörper. Sie fühlte einen Zug, wurde weggerissen und danach rauschte die Klimaanlage haarscharf an ihr vorbei.

# Kapitel 37

Omar hatte geschlafen wie ein Stein. Das Hochgefühl, mit dem er am Vorabend sehr spät ins Bett gegangen war, hielt auch am Morgen noch an. Er hatte einen entscheidenden Durchbruch erzielt. Die Indizien, die er inzwischen gesammelt hatte, waren so eindeutig, dass er bereit war, Hecker vorzuschlagen, den nächsten Schritt zu gehen und DCI Laurel darüber zu informieren, dass seine externe Beraterin gemeinsame Sache mit Tony Bricks machte. Dann konnten sie Rebecca Williams und Tom Marston einbestellen und befragen.

Gegen zwei Uhr morgens war er todmüde aber mit einem Grinsen auf dem Gesicht ins Bett gefallen, um nur vier Stunden später immer noch grinsend von seinem Wecker aus dem Schlaf gerissen zu werden. Er war sofort hellwach. Mit federnden Schritten ging er in die Küche, wo Gwyneth am Tisch saß und den *Guardian* las. Sie sah ihn über den Rand der Zeitung hinweg an.

„Was ist denn mit dir los?"

Omar lachte. „Ich glaube, mir ist gestern Abend der Durchbruch in dem Fall gelungen, in dem wir gerade ermitteln. Ich habe mich mit dem Lebensgefährten meiner Zielperson angefreundet. Der war mit einem Begleiter im Pub. Ein Influencer für Sonnenbräune."

„Was es nicht alles gibt", murmelte Gwyneth.

„Na ja, jedenfalls hat der Bräunungspapst fallen lassen, dass seine Freundin und meine Zielperson richtig dick miteinander sind ... und jetzt rate mal, wer die Lebensgefährtin des Tanfluencers ist."

Gwyneth sah ihn verständnislos an.

„Victoria Bricks! Die Tochter von Tony Bricks, dem Gangsterboss aus dem East End. Ich habe den Missing Link gefunden, der meine Zielperson mit der Organisation von Bricks verbindet."

Gwyneth ließ die Zeitung sinken. „Das ist ja großartig", sagte sie. Sie sprang auf und umarmte ihn. Ihren warmen Körper so nah an seinem zu spüren, verstärkte die Euphorie, die Omar empfand, nur noch mehr.

„Ich habe dir doch gesagt, dass du auch in der Internen Ermittlung der Richtige bist", flüsterte ihm Gwyneth ins Ohr. Sie küssten sich und lösten sich dann wieder voneinander.

Omar nickte. „Ja, sieht ganz so aus, als ob du recht gehabt hättest."

Die Stirn seiner Frau legte sich in Falten. „Du bist gestern Abend sehr spät ins Bett gekommen", sagte sie.

„Oh, ich hoffe, ich habe dich nicht geweckt."

„Nein, ich war schon wach. Mein Schlaf ist nicht der beste. Du warst erst um zwei Uhr wieder daheim. Hat das etwas mit dem Durchbruch zu tun?"

Omar nickte. „Ich musste noch meinen Bericht fertig schreiben. Das war mir wichtig. Wenn ich meine Eindrücke frisch eintippe, vergesse ich nichts. Das ist entscheidend. Gerade in so einer Situation, wo es auf jedes Detail ankommt."

„Ich hoffe aber, dass das nicht zur Regel wird", sagte Gwyneth. „Du brauchst deinen Schlaf, und ich bevorzuge es, wenn du neben mir liegst. Vor allem, wenn ich kalte Füße habe. Natürlich ist die Arbeit wichtig, aber alles hat seine Grenzen."

„Keine Sorge, ich achte schon auf mich. Die Abteilung ist ohnehin ein Traum. Ich habe keinen Wochenenddienst, keine Schichtarbeit. Ich kann mir die Arbeit vollkommen frei einteilen. Ab und zu wird es bestimmt schon Tage geben, an denen ich einmal länger arbeiten muss, aber meistens komme ich so heim, dass ich genug Schlaf und auch genug zu essen bekomme."

Gwyneth lächelte. „Ja, das ist mir auch schon aufgefallen. Du bist häufiger zu Hause, und das ist schön. Wir können uns öfter unterhalten, oder an unserer Familienplanung arbeiten."

Omar sah auf seine Uhr. „Oh, aber jetzt muss ich wirklich los. Ich bin schon spät dran. Wir reden heute Abend weiter, in Ordnung?"

Omar trank hastig den Tee aus, den Gwyneth ihm eingeschenkt hatte. Auf ein Frühstück verzichtete er. Er musste Hecker sprechen, ehe dieser sich mit anderen Dingen beschäftigte. Er eilte zur Tube und kaufte sich auf dem Weg ein Stück Fettgebäck, das er im Gehen aß. Schon fünf Minuten später bereute er seine Wahl, denn ein unangenehmes Sodbrennen stieg seine Speiseröhre empor. Er musste immer wieder aufstoßen, was insbesondere in der U-Bahn äußerst peinlich war, weil er dort viele Blicke auf sich zog. In Momenten wie diesen vermisste er die Uniform. Da hatten ihn die Leute meist mit Respekt angesehen oder ihn einfach ignoriert. Nun war er nur ein dunkelhäutiger Mann mit Schnurrbart, der verzweifelt darum bemüht war, sein Rülpsen zu unterdrücken.

Als er wieder an die Oberfläche trat, schlug Big Ben gerade acht Uhr. Er sah hinüber zum Parlament und dem Turm mit der gewaltigen Uhr. Er marschierte am Themseufer entlang bis zum Hauptgebäude von Scotland Yard. Heute drehte sich sogar die Skulptur davor. So als ob sie von seiner guten Laune angesteckt, beschlossen hätte, sich wieder einmal in Bewegung zu setzen. Der Anblick beschwingte ihn noch mehr. Er pfiff leise vor sich hin und betrat seinen Arbeitsplatz.

Er grüßte den Beamten an der Pforte und ging schnurstracks zum Aufzug, wo er eine Kollegin aus der Abteilung für Kapitalverbrechen traf, die ihn erstaunt ansah. Offenbar hatte sie nicht damit gerechnet, dass ein Mitarbeiter der Internen Ermittlung jemals gut gelaunt zur Arbeit erschien.

Selbst das fensterlose Büro war heute ein heller und schöner Ort für ihn. Walter Greenfield ließ sich allerdings nicht von seiner guten Laune anstecken. Der Kollege murmelte nur etwas vor sich hin und starrte weiterhin auf seinen Bildschirm, als Omar ihn grüßte.

Er setzte sich vor seinen PC und fuhr ihn hoch.

„Ist Hecker schon da?", fragte er Walter.

Greenfield schüttelte den Kopf. „Nein, der hat eine Sitzung der Abteilungsleiter. Die dürfte wahrscheinlich bis zehn dauern."

Das war der erste kleine Dämpfer für Omars gute Laune. Wenn er gewusst hätte, dass der Chef erst später ins Büro kam, hätte er länger schlafen können. Andererseits hatte er so mehr Zeit, seine Notizen noch einmal durchzugehen und zu prüfen, ob auch wirklich alle Indizien, die er zusammengetragen hatte, so nahtlos ineinandergriffen, wie er hoffte.

Der Computer brauchte ewig zum Hochfahren. Als er schließlich die blaue Benutzeroberfläche vor sich hatte, stöhnte er leise.

„Das darf doch nicht wahr sein!", rief er.

„Was ist los?", fragte Greenfield.

„Der Link zu meinen persönlichen Ordnern ist mal wieder verschwunden."

Der Kollege zuckte mit den Achseln.

„Dann musst du dich wohl an die IT-Abteilung wenden."

Omar beschloss, das Problem selbstständig zu lösen. Da sich auf seinem Desktop nur ein Link zu seinem persönlichen Bereich befunden hatte, konnte er diesen selbst erstellen. Er brauchte nur zu den entsprechenden Ordnern im Netzwerk zu gehen und eine neue Linkdatei generieren.

Doch als er versuchte, auf den Server zuzugreifen, wurden ihm zwar viele Dateien angezeigt, was jedoch komplett fehlte, war der Ordner, den er über Rebecca Williams angelegt hatte. Was war da geschehen?

Er griff nach dem Telefonhörer und rief in der IT-Abteilung an.

„Ja?“, fragte eine unfreundliche Männerstimme.

„Sie müssen mir dringend aus den Sicherungskopien einen Ordner wiederherstellen“, sagte er aufgeregt.

Der Mann ließ sich den Pfad durchgeben, dann tippte er eine Weile auf seiner Tastatur herum, was Omar als lustloses Klappern wahrnahm. Schließlich sagte er: „Wo soll das sein?“

Er gab den Pfad noch einmal durch.

„Da ist nichts.“

„*Wie*, da ist nichts?“

„Soll ich es Ihnen buchstabieren? Da ist kein Ordner unter diesem Pfad, und da war auch noch nie einer. Ich finde in keiner der Sicherungsdateien der letzten zwei Wochen einen Hinweis darauf.“

Omar war so verblüfft, dass er nicht antworten konnte. Der Mann interpretierte dies offenbar als Verabschiedung und legte auf.

Die Erkenntnis, dass hier etwas schiefgelaufen war, bildete einen gewaltigen Kloß in seinem Magen. Schließlich löste sich jedoch ein Gedanke aus dem Chaos in seinem Kopf und strahlte hell auf. Die Papierakte! Er eilte zu dem Schränkchen, wo er alles, was er über den Fall Williams bisher gesammelt hatte, als Papierkopie aufbewahrte. Selbst den Bericht, den er gestern Abend erstellt hatte, hatte er trotz der späten Stunde noch ausgedruckt und ordentlich abgeheftet.

Er öffnete den Schrank. Die Akte war nicht da! Der Kloß in seinem Magen wurde heißer und brannte seine Kehle empor. Das Sodbrennen meldete sich wieder. Omar hatte das Gefühl, gleich erbrechen zu müssen.

Er ging alle Hängeordner noch einmal durch, doch die Ermittlungsakte war verschwunden, und mit ihr auch die Kopien der Fotos ... die einzigen physischen Beweise für seine These, dass Rebecca Williams, Tom Marston und Tony Bricks unter einer Decke stecken.

# Kapitel 38

Rebecca öffnete die Tür des SUV und nahm auf dem Rücksitz Platz. Am Steuer saß Callahan.

„Danke", sagte sie. „Wenn Sie mich gestern nicht vom Fleck weggerissen hätten, wäre ich sicher von dem Teil erschlagen worden."

Er zuckte mit den Achseln. „Tony Bricks hat mir den Auftrag gegeben, Sie sicher nach Hause zu bringen. Das beinhaltet nicht nur das Fahren. Ich bin auch Ihr persönlicher Bodyguard. Wenn Ihnen irgendjemand nach dem Leben trachtet, habe ich das zu verhindern."

Rebecca schluckte. So hatte sie es noch gar nicht gesehen.

„Denken Sie denn ... denken Sie, dass das ein Anschlag auf mein Leben gewesen sein könnte?"

Er zuckte wieder mit den Achseln. „Möglicherweise. Sagen wir es einmal so: Die Infrastruktur in dieser Halle ist nicht mehr im besten Zustand. Es könnte sein, dass die Klimaanlage sich von selbst gelöst hat. Aber es ist auch nicht auszuschließen, dass jemand nachgeholfen hat. Es ist schon seltsam, dass Sie ausgerechnet nach diesem Assessment-Center beinahe erschlagen worden wären. Ich glaube nicht an Zufälle."

„Und wenn jemand mich umbringen wollte? Wem würden Sie es am ehesten zutrauen?"

„Das ist doch klar, oder nicht? Der Maulwurf steckt dahinter. Wer sonst?"

Rebecca nickte. Das war auch ihr Gedanke gewesen. Allerdings hatte sie noch einen anderen Verdacht. Sie scheute aber davor zurück, diesen mit Callahan zu teilen, denn obwohl er ihr Bodyguard war und ihr das Leben gerettet hatte, war er doch durch und durch Tonys Mann.

Der Gedanke, wer ihren Tod gewollt haben könnte, war ihr kurz vor dem Einschlafen gekommen. Sie hatte lange wach gelegen, weil immer noch Adrenalin durch ihre Adern flutete. Wenn sie die Augen schloss, spürte sie den Herzschlag in ihrem Kiefer als ein heftiges und schnelles Pochen. Sie versuchte, den Puls mittels des Atems zu regulieren, was ihr mehr schlecht als recht gelang. Während sie ihre Atemzüge zählte, war dieser Gedanke auf einmal aufgetaucht. Was, wenn nicht der Maulwurf hinter diesem Anschlag steckte? Wenn es stattdessen eine Person war, die Rebecca aus dem Weg räumen wollte, weil sie sie als Gefahr für die Nachfolge von Tony Bricks ansah? Für Rebecca war es immer nur darum gegangen, den Maulwurf zu entlarven. Von den vier Männern konnte nur einer der Spitzel sein. Die drei anderen durfte sie aber trotzdem nicht vernachlässigen, denn sie hatten eigene Interessen. Für sie war entscheidend, wer in Bricks Abwesenheit und nach seinem Ableben herrschte. Und jeder, Blackjack vielleicht einmal ausgenommen, auch wenn sie seinen diesbezüglichen Beteuerungen nur bedingt Glauben schenkte, strebte danach, selbst das Steuer zu übernehmen. So gesehen bestand für jeden Bewerber maximal eine Chance von eins zu drei und das Ergebnis hing ganz erheblich davon ab, ob und wie Rebecca sich entscheiden würde. War es da nicht naheliegend, das Problem dadurch aus der Welt zu schaffen, dass man die Psychologin aus dem Weg räumte?

Während dieser Überlegungen war ihr klar geworden, dass sie an diesem Morgen Klartext reden musste. Es war nicht mehr aufzuschieben. Bricks würde wissen wollen, wer der Maulwurf war. Sie musste einen Namen liefern ... und sie hatte einen Kandidaten gefunden.

Auf der Fahrt ins East End ging sie noch einmal ihre Notizen durch. Sie hoffte, dass Tony Bricks ihre Gedankengänge nachvollziehen konnte und dass er ihr so weit vertraute und ihrem Urteil Glauben schenkte, dass er es über sich bringen würde, diesen Mann aus seiner Organisation zu entfernen. Sie hoffte außerdem darauf, dass es Vicky gelingen würde, ihren Vater davon zu überzeugen, dass er den Spitzel nicht tötete.

Also zog sie ihr Handy hervor und rief wie verabredet Marston an. Sie telefonierten kurz und Rebecca entspannte sich ein wenig. Immerhin schien hier alles nach Plan zu verlaufen.

Der SUV hielt vor der Halle. Rebecca zog sich die Maske übers Gesicht und stieg aus. Ehe sie das Tor passierte, sah sie nach oben, wo die leere Halterung der Klimaanlage in einen grauen Himmel ragte. Die Spuren am Boden waren beseitigt worden, nur leichte Dellen im Asphalt zeigten, wo das schwere Gerät aufgeschlagen war. Sie trat ein.

Tony Bricks stand oben am Geländer seines Büros. Er wartete bereits auf sie. In seinem Mundwinkel steckte eine Zigarette. Offenbar hatte er seinen Vorsatz, mit dem Rauchen aufzuhören, heute nicht einhalten können. Seltsamerweise beruhigte sie das ein wenig, da sein Stresslevel sich nicht allzu sehr von ihrem zu unterscheiden schien. Sie sah sich um. Von seinen Männern war nichts zu sehen. Sie eilte die Treppe hinauf. Oben angekommen reichte er ihr die Hand.

„Wo sind Ihre Leute?“

„Die kommen später. Ich wollte zuerst mit Ihnen allein reden.“

Sie nickte. Das war ihr durchaus recht. Der Gangsterboss setzte sich hinter seinen Schreibtisch und bot Rebecca einen Platz an.

Er sah sie erwartungsvoll an.

„Parker", sagte sie nur.

Bricks runzelte die Stirn.

„Parker?", wiederholte er. Sie las aus seinem grimmigen Gesichtsausdruck, dass er mit ihrer Antwort nicht zufrieden war.

„Darf ich Ihnen erklären, wie ich zu dieser Schlussfolgerung komme?"

Er nickte.

„Ich muss ehrlich zu Ihnen sein. Nach meinem ersten Gespräch mit Parker hatte ich ihn eigentlich ausgeschlossen, denn im Gegensatz zu allen anderen Kandidaten hat er eine Position, in der er sich ausschließlich um sich selbst drehen kann. Von all Ihren Angestellten ist er der unabhängigste, weil niemand sich so gut mit Zahlen und Gesetzen auskennt wie er."

„Er ist mein absoluter Spezialist. Deshalb wäre es sehr schmerzhaft, wenn ich auf ihn verzichten müsste."

„Das kann ich gut nachvollziehen. Leider sind meine Schlussfolgerungen jedoch zwingend. Ich habe meinem Profil des Verräters zugrunde gelegt, dass der Maulwurf ein tief greifendes Motiv dafür haben muss, Sie zu verraten, und das gängigste Motiv ist Geld."

„Nein, Martin braucht kein Geld. Er schwimmt darin."

Rebecca nickte. „Ganz genau. Außerdem würde er sich ins eigene Fleisch schneiden, wenn er Sie verraten würde, da dadurch auch seine Geldquelle versiegt. Ihm als Einzigen von Ihren Mitarbeitern ging es daher nicht ums Geld. Deshalb musste ich mich fragen, ob auch ein anderes Motiv infrage kommen würde."

Sie machte eine Pause.

„Im Rahmen des Assessment-Centers wurde deutlich, dass Parker nicht allzu gut auf Sie zu sprechen ist ... genauso wenig wie auf Blackjack, Hall oder Harrison. In seiner Selbstdarstellung hat er sich als das große Genie hinter Ihrer Organisation inszeniert. Ohne ihn würde nichts laufen. Alle anderen seien von ihm abhängig. Er hat sich auch geweigert, im Team zu arbeiten. Ich habe zuerst nicht verstanden, warum. Aber dann hat er mir klargemacht, dass er die Teilnahme am Assessment-Center als zutiefst verletzend empfunden hat."

Bricks legte den Kopf schief. „Sie wollen also sagen, dass er in seiner Eitelkeit gekränkt wurde?"

Sie nickte. „Das mag auf den ersten Blick als ein seltsames Motiv erscheinen, aber jemand, dessen Selbstwert sehr stark vom Lob anderer Menschen abhängt, ist in einem noch viel höheren Maße anfällig für negatives Feedback. Parker hat mir in einem Nebensatz erzählt, dass Sie vor etwa zwei Jahren einen Steuerberater angeheuert haben, um ihn dabei zu unterstützen Gelder in sichere Drittstaaten zu transferieren."

Tony nickte. „Ja, ich wollte ihn dadurch entlasten."

Sie schüttelte den Kopf. „Ich befürchte, Sie haben ihn dadurch der Polizei in die Hände getrieben. Indem Sie ihm jemanden zur Seite gestellt haben, haben Sie seine Kompetenz angezweifelt. So wie seine Persönlichkeit strukturiert ist, muss er das als riesige Verletzung empfunden haben ... ein Vertrauensbruch ohnegleichen."

„Aber warum hat er nichts gesagt?"

„Er ist zwar ein Mann vieler Worte, aber er würde niemals einen Fehler zugeben oder ein Bedürfnis äußern. Das sollten Sie inzwischen doch wissen."

Tony seufzte. „Das klingt schlüssig. Ich weigere mich dennoch, es zu glauben. Was ist mit Blackjack, Harrison oder Hall? Warum scheiden die aus?"

„Harrison ist zufrieden. Er hat das Gefühl, der starke Mann in der zweiten Reihe hinter Ihnen zu sein, und das befriedigt seinen Ehrgeiz vollkommen. Hall hingegen ist ein Technokrat. Ihm fehlen die sozialen Kompetenzen, um über einen derart langen Zeitraum ein doppeltes Spiel aufrecht zu erhalten. Blackjack hat zu viele Skrupel und ist außerdem noch jung. Er verdankt Ihnen seinen Aufstieg. Er kann sich noch beweisen und aus eigener Kraft in Ihrem Unternehmen weiterkommen. Warum sollte er das aufs Spiel setzen?"

Tony fuhr sich mit der Hand über den Schädel.

„So ein Mist. Wie soll ich Martin denn ersetzen?"

Es klopfte an der Tür. Callahan steckte den Kopf herein und sagte: „Sie sind da."

Tony schloss für einen Moment die Augen, dann nickte er.

„Kommen Sie mit!" Sie folgte ihm die Treppe hinab. Parker, Harrison, Hall und Blackjack bildeten einen Halbkreis in der Mitte der Halle. Erwartungsvolle Blicke waren auf ihn gerichtet. Rebecca sah sich um. Wo war Vicky? Sie hatten doch verabredet, dass sie dazustieß, um ihren Vater davon abzuhalten, den Maulwurf zu töten. Bricks musterte jeden seiner Männer ausgiebig. Dann, völlig unvermittelt, zog er eine Pistole aus dem Hosenbund und hielt sie Parker an den Kopf.

# Kapitel 39

Omar war so wütend wie noch nie zuvor in seinem Leben. Er hatte sich so darüber gefreut, einen Durchbruch erreicht zu haben. Doch nun waren all seine Indizien, all seine Aufzeichnungen, alles, wofür gearbeitet hatte, verschwunden.

„Das ist Marstons Werk!", knurrte er. „Keine Ahnung, wie er das angestellt hat, aber es kann kein anderer gewesen sein."

Hecker sah ihn lange an. „Ich kann verstehen, dass Sie frustriert sind."

„Frustriert ist gar kein Ausdruck!"

„Wie auch immer", erwiderte Hecker. „Ihre Aufzeichnungen sind verschwunden. Die Frage ist nun, was wir daraus machen."

„Limonade, oder?"

„Was meinen Sie?"

„So heißt es doch immer: Wenn einem das Leben Zitronen gibt, soll man Limonade daraus machen. Ich habe das Gefühl, dass mir das Leben gerade eine LKW-Ladung Zitronen geschenkt hat. Das reicht für eine ganze Menge Limonade."

„Ich bin nicht so der Typ für Metaphern, aber ich verstehe, was Sie meinen. Nun gut, dann wollen wir mal überlegen, was in unserem Fall Limonade bedeuten könnte."

Sie schwiegen, aber es war kein unangenehmes Schweigen. Omar hatte nicht den Eindruck, dass er sofort mit einer Lösung um die Ecke kommen musste.

Auch Hecker schien ratlos zu sein. Er hatte seinen Chef sofort nach dessen Rückkehr aus der Besprechung informiert. Sie hatten gemeinsam den Aktenschrank durchsucht und Walter Greenfield befragt, dem allerdings nichts Ungewöhnliches aufgefallen war. Er war etwa eine halbe Stunde vor Omar ins Büro gekommen. Es war ordentlich abgeschlossen gewesen und es hatte nicht so gewirkt, als ob jemand den Raum durchforstet hätte.

„Da muss ein Profi am Werk gewesen sein“, sagte Omar schließlich. „Jemand, der Zugang zu den Räumen hat.“

„Das schließt Marston aus“, erwiderte Hecker. „Denn er hat keine Zugangsberechtigung zu unseren Dateien und ich wüsste auch nicht, wie er an einen Schlüssel für unsere Abteilung gelangen könnte. Aber wer sollte es sonst gewesen sein?“

Omar zuckte mit den Schultern.

„Mrs. Williams muss einen Verbündeten bei Scotland Yard haben, aber ich wüsste nicht, wer das sein sollte. Es wird wohl kaum der Chef der Personalabteilung sein.“

„Der wichtigste Grundsatz in der Internen Ermittlung lautet, niemanden kategorisch auszuschließen. Aber DCI Laurel ist einer der ehrenhaftesten Menschen, die ich kenne. Ich kann mir nicht vorstellen, dass er eine Akte verschwinden lassen würde, selbst wenn er einer geschätzten Kollegin einen vermeintlichen Freundschaftsdienst damit erweisen wollte.“

„Das bringt uns wieder auf Marston zurück. Er ist unsere einzige Spur. Vielleicht ist er der Handlanger der Person, die hier im Haus ihre schützenden Hände über die Psychologin hält.“

„Damit könnten Sie recht haben. Was schlagen Sie vor?“

„Ich werde Marston beschatten, um herauszufinden, wem er zuarbeitet."

Hecker seufzte. „Eine Beschattung kann langwierig sein, und sie sollte von mehreren Leuten übernommen werden. Wir sind personell aber so schlecht ausgestattet, dass ich Ihnen niemanden zur Seite stellen kann, und ich selbst kann nicht weg von meinem Schreibtisch. Sie glauben gar nicht, wie viel Papierkram zu erledigen ist."

„Ich denke nicht, dass ich mich lange an seine Fersen heften muss. Wir haben ihn aufgescheucht. Fürs Erste hat er einen Sieg errungen, aber er kann sich nicht in Sicherheit wiegen, weil er weiß, dass wir ihm auf der Spur sind. Er wird bald einen Fehler machen, da bin ich mir sicher."

„Das klingt nach Wunschdenken, und das gefällt mir nicht."

Omar zuckte mit den Achseln. „Das mag sein. Mir gefällt es auch nicht, aber irgendwo müssen wir schließlich ansetzen."

„Na gut, dann beschatten Sie ihn. Aber passen Sie auf. Wer auch immer dafür gesorgt hat, dass die Akten verschwinden, kennt offenbar keine Skrupel. Ich möchte nicht, dass er Sie auch verschwinden lässt."

Omar verabschiedete sich, schnappte sich seine Jacke und brach auf. Auf der Fahrt in Richtung East End hing er seinen düsteren Gedanken nach. Natürlich war es naiv gewesen, anzunehmen, dass die Ermittlungen so geradlinig verlaufen würden. Aber dass Marston so rasch Wind davon bekommen hatte, dass Omar ihm auf der Spur war, war ein harter Schlag für ihn gewesen. Tony Bricks wusste, dass die Met hinter seinen Leuten her war. Möglicherweise würde er Gegenmaßnahmen treffen. Insofern war Heckers Warnung durchaus begründet. Omar musste sich in Acht nehmen.

Er nahm wieder seine Beobachtungsposition in dem Café gegenüber des Fahrzeugdepots ein. Dieses Mal musste er länger warten. Geschlagene vier Stunden saß er auf seinem Posten und war nahe daran, den Einsatz abzubrechen, doch dann sah er die bekannte Gestalt des Polizisten aus dem Depot kommen. Er war wieder in Zivil. Omar hängte sich an seine Fersen. Er hatte dieses Mal keine Kamera dabei. Wozu auch? Wenn er Fotos machte, würden diese ohnehin wieder verschwinden. Er musste wissen, was Marston vorhatte, und mit wem er sich traf, und dazu musste er ihm folgen.

Omar achtete erneut darauf immer etwa dreißig Meter Abstand zu seinem Ziel zu halten. Wenn Marston in eine Seitenstraße einbog, eilte er ihm rasch hinterher, hielt aber an der Ecke an und spähte ihm nach, bevor er ihm langsam folgte und die alte Distanz wieder herstellte.

So ging es eine ganze Weile, bis sie an einem kleinen Platz ankamen, der schon bessere Zeiten gesehen hatte. Die Fenster, der ihn einrahmenden Gebäude, waren entweder blind oder lagen in Scherben und der Boden war mit Zigarettenkippen und Bierdosen übersäht. Omar fluchte innerlich. Das Gelände war vollkommen frei. Das hieß, er konnte sich nirgendwo verstecken, und wenn Marston wieder aufbrach, musste er ihm mehr als dreißig Meter Vorsprung geben, was dazu führen konnte, dass der Spitzel ihm entwischte.

Doch Omar hatte Glück. Marston setzte sich auf eine Bank unter einem Baum. Er holte ein Päckchen aus seiner Jackentasche und zündete sich eine Zigarette an. Omar sah sich um. Niemand war zu sehen. Was wollte der Kollege hier? Dann entdeckte er etwa fünf Meter von Marstons Position entfernt einen Busch, der sich an eine Hauswand schmiegte. Omar duckte sich und eilte auf das Gesträuch zu. Er schaffte es gerade noch, sich dahinter zu verbergen, als Marston den Kopf drehte. Er sah sich nach allen Seiten um. Omar hielt den Atem an. Äste stachen ihm in die Seite und zerkratzen sein Gesicht, doch er rührte sich nicht und ließ es geschehen. Erst als der Kollege sich wieder seiner Zigarette widmete, entspannte sich Omar ein wenig und schob einen Zweig zur Seite, der gefährlich nahe vor seinem rechten Auge hing.

Ein Handy klingelte. Omar schrak zusammen. War das seines? Es würde ihn verraten, und alle Mühe wäre umsonst gewesen. Doch dann erkannte er, dass es nicht sein Handy war, das läutete.

„Ja, hallo?“, sagte Marston.

Omar atmete tief aus. Das war gerade noch einmal gut gegangen.

„Sie haben das Problem gelöst?“, fragte Marston. „Super, dann werden die uns so schnell nicht mehr auf die Nerven gehen. Schon traurig, wie die Met sich manchmal selbst im Weg steht. Die sollten uns einfach machen lassen. Aber die werden sich noch wundern, wenn wir ihnen die Skanderberg-Bande auf dem Silbertablett servieren.“

Omars Augen weiteten sich. Hatte er da eben richtig gehört? Die Skanderberg-Bande? Was hatte Marston mit denen zu schaffen?

„Ich weiß inzwischen, wo die ihre Drogen zwischenlagern. Das schaue ich mir gleich noch ein bisschen genauer an. Ich melde mich dann.“

Marston legte auf und erhob sich.

Omar war so sehr mit seinen rasenden Gedanken beschäftigt, dass er es beinahe verpasst hätte, dem Kollegen zu folgen. Vorsichtig kroch er aus dem Gestrüpp und hängte sich an Marstons Fersen.

# Kapitel 40

Rebecca starrte auf die Szene, die sich gerade vor ihr abspielte. Tony hielt Parker die Pistole an die Stirn, auf der jetzt kleine Schweißtropfen glänzten. Die Augen des Buchhalters waren weit aufgerissen und seine Lippen zitterten. Tonys Finger krümmte sich am Abzug. Gleich würde er abdrücken, und sie hätte ein Menschenleben auf dem Gewissen.

„Halt!", hörte sie eine Stimme rufen. Alle Augen wandten sich dem Eingang zu. Auch der Gangsterboss sah zu der Gestalt, die durch die kleine Tür im Metalltor trat. Er hielt jedoch die Waffe weiterhin auf Parker gerichtet.

„Was willst du hier?", fragte er.

„Ich bin gekommen, um dich vor einem Fehler zu bewahren", erwiderte Vicky und trat zu ihm.

„Parker hat mich verraten, deshalb muss er sterben."

„Töte ihn nicht", sagte Vicky. „Ich habe Rebecca versprochen, dass du das Leben des Maulwurfs verschonen wirst."

„Es steht dir aber nicht zu, so etwas zu versprechen."

„Ja, das mag sein, aber es gibt gute Gründe, Parker nicht zu erschießen. Er ist lebendig viel nützlicher als tot. Der Maulwurf stand die letzten beiden Jahre in enger Verbindung mit den Bullen. Was meinst du, was der uns für Informationen geben kann. Wenn wir die Beamten kennen, mit denen er zusammengearbeitet hat, können wir diese entweder gezielt ausschalten oder dafür sorgen, dass unsere Leute einen großen Bogen um sie machen."

Tonys Augen wurden klein.

„Dafür muss ich ihn nicht am Leben lassen. Diese Informationen kann ich auch einfach aus ihm rausprügeln."

Er holte mit seiner Waffe aus und schlug den Knauf gegen Parkers Schläfe. Der Buchhalter stöhnte auf und sackte zu Boden.

„Fesseln!", rief Tony und zwei seiner Bodyguards eilten herbei, um den Mann an einen Stuhl zu binden.

Bricks wandte sich Rebecca zu.

„Sie sind die Psychologin hier", sagte er. „Ihr Seelenklempner sollt doch ein Talent dafür haben, Leute zum Reden zu bringen, selbst gegen ihren Willen. So war das zumindest bei meiner Ex-Frau. Die war am Schluss von ihrem Psychotherapeuten so gegen mich aufgewiegelt, dass sie beinah zu den Bullen gegangen wäre. Es hat mich eine Stange Geld gekostet, ihr Schweigen zu versilbern."

Rebecca hob abwehrend die Hände. „Ich bin keine Verhörspezialistin."

„Sie sind aber Psychologin. Können Sie Parker nicht in Hypnose versetzen und die Informationen aus ihm rausholen?"

Sie unterdrückte ein Stöhnen. „Nein, so geht das nicht. Ich kann niemanden hypnotisieren. Das würde auch gar nicht funktionieren. Warum versuchen Sie es nicht einmal auf eine positive Art? Sie könnten Parker sein Leben anbieten im Austausch für die Informationen."

Ihr Herz schlug ihr bis zum Hals. Die Augen des Gangsterbosses wurden wieder klein. Plötzlich brach er in dröhnendes Gelächter aus.

„Das ist ja zu drollig. Ich soll ihm sein Leben anbieten? Und dann wird er reden? Auf welchem Planeten sind Sie denn groß geworden? So wird das ganz bestimmt nichts."

„Mit Druck und Gewalt wird es aber auch nichts", sagte Rebecca. Sie war selbst erstaunt darüber, wie kräftig ihre Stimme klang. „Geständnisse, die unter Folter erpresst werden, sind wertlos. Es gibt nur eine Möglichkeit. Geben Sie ihm eine realistische Chance, dann wird er auch kooperieren. Das wissen wir aus der psychologischen Forschung."

Inzwischen hatten die Bodyguards den Mann an den Stuhl gefesselt. Einer von ihnen hielt einen Eimer Wasser in der Hand. Auf Tonys Signal hin schüttete er diesen über Parkers Kopf aus. Dieser erwachte zuckend aus seiner Ohnmacht. Mit weit aufgerissenen Augen starrte er Tony an.

„Ich bin unschuldig! Ich war das nicht. Was auch immer ihr mir zur Last legt."

„Halt die Fresse!", schrie ihn Bricks an. Parker riss die Augen weit auf und verstummte.

„Ich hätte dir schon längst das Licht ausgeblasen, wenn Mrs. Williams nicht der Ansicht wäre, dass ich dir einen Deal anbieten sollte. Also ... versuchen wir's mal. Wenn ich dich am Leben lasse, verrätst du mir dann, wer deine Kontaktleute bei der Polizei sind? An wen du mich verraten hast?"

„Ich habe dich nicht verraten. Wirklich nicht", stammelte Parker. Rebecca biss sich auf die Unterlippe. Warum stellte sich der Mann bloß so dämlich an?

„Sagen Sie ihm, was Sie wissen", flehte sie.

„Aber ich weiß nichts."

Tony seufzte. „Sehen Sie, es funktioniert nicht. Dann machen wir es eben auf die altmodische Art." Er gab seinen Bodyguards ein Zeichen. Einer von ihnen riss dem Buchhalter das Hemd vom Leib. Parkers Oberkörper glänzte weiß im Licht der Deckenleuchte. Ein anderer trug einen Gegenstand heran, bei dessen Anblick Rebecca ein kalter Schauer über den Rücken lief. Nein, das durfte nicht sein. Der Mann stellte die Autobatterie auf den Boden und reichte die beiden Kabel an Tony weiter.

„Wie rum war das noch mal? Der Minuspol zuerst? Er ergriff die blaue Klemme und knipste sie an die linke Brustwarze des Mannes. Der Buchhalter schrie laut auf.

„Und dann den Pluspol, oder?“ Tony nahm die rote Klemme und hielt sie an Parkers rechte Brustwarze. Es zischte und ein ekelhafter Geruch nach verbranntem Fleisch zog durch den Raum. Rebecca wurde übel. Der Buchhalter brüllte.

„So, und jetzt sagst du mir, wem du Informationen zugesteckt hast.“

„Ich bin unschuldig“, stieß Parker zwischen zusammengebissenen Zähnen hervor.

Tony seufzte.

„Na, da müssen wir wohl noch ein bisschen nachhelfen“, sagte er und brachte das Metall erneut in Kontakt mit Parkers Haut.

# Kapitel 41

Es erforderte Omars ganzes Geschick, sich an Marstons Fersen zu hängen. Der Kollege navigierte mit einer bewundernswerten Sicherheit durch die Nebenstraßen und Gassen von Mile End. Omar war nie eine Brieftaube gewesen und froh um elektronische Hilfsmittel wie Google Maps. Er hatte keine Ahnung, wo genau sie sich befanden.

Marston bog um eine weitere Ecke. Omar holte sein Handy aus der Tasche und öffnete die Karten-App. Sie waren inzwischen in Bow und würden bald den River Lea erreichen. So weit war er schon lange nicht mehr aus der Stadt herausgekommen.

Am Ufer des Flusses führte ein Fußgängerweg entlang. Hier fiel es ihm schwerer, unentdeckt zu bleiben. Immer, wenn Marston sich umdrehte, schlug Omar sich rasch in einen der Büsche am Wegesrand. Er verharrte einige Sekunden darin und spähte dann wieder hervor. Wenn er sich sicher war, dass der Kollege seine Aufmerksamkeit wieder nach vorne gerichtet hatte, folgte er ihm. Dieses Spiel wiederholte sich ein halbes Dutzend Mal, ehe sie ein weitläufiges Fabrikgelände erreichten. In der Ferne hörte Omar den Lärm von Hämmern, die auf Metall schlugen. Er sah einen Kran, an dessen Ausleger eine schwere Last baumelte. Die Fabrikhalle, der sie am nächsten standen, machte einen verwahrlosten Eindruck. Die Fensterscheiben waren eingeschlagen und an der Ziegelwand wuchs Efeu empor.

Marston zwängte sich durch ein Loch in dem rostigen Maschendrahtzaun, der das Fabrikgelände vom Radweg trennte. War dies das Gebäude, in dem sich das Zwischenlager der Skanderberg-Bande befand? Wahrscheinlich wäre es vernünftig gewesen, an dieser Stelle die Kollegen der Drogenfahndung zu informieren, aber dadurch hätte Omar riskiert, seine Zielperson zu verlieren. Er zog sein Handy aus der Tasche und schickte seinen Standort an Hecker. Dann wusste dieser wenigstens, wo er sich aufgehalten hatte, falls er verloren gehen sollte. Omar eilte zu dem Loch im Zaun und zwängte sich durch die Öffnung.

In etwa zwanzig Metern Entfernung sah er Marston an einer Ecke des Gebäudes kauern. Omar suchte sich ein Versteck. Er fand es erneut in Gestalt eines Busches. Gesträuch und er schienen sich magisch anzuziehen. Dieses Mal waren die Zweige jedoch relativ weich und er riskierte nicht, dass ihm ein Dorn die Augen ausstach. Er beobachtete Marston eine Weile, und fragte sich, was dieser vorhatte. Warum um Himmels willen spähte er die Skanderberg-Bande aus? Das ergab doch überhaupt keinen Sinn.

Marston erhob sich jetzt und verschwand um die Ecke. Omar fluchte leise. Nun musste er sein Versteck verlassen. Er eilte zu dem Standort, an dem der Kollege eben noch gekauert hatte, und spähte um die Ecke. Omar erstarrte ... denn er sah direkt in den Lauf einer Pistole.

„Aufstehen!“, knurrte Marston.

Omar tat, wie ihm geheißen wurde. Sein Herz raste wie wild. Wie war der Spitzel nur auf ihn aufmerksam geworden, und was hatte er jetzt vor? Würde er ihn töten? So wollte er bestimmt nicht sterben. Er hatte noch so viel vor. Das Wort *Familienplanung* kam ihm in den Sinn und er spürte einen bitteren Geschmack im Mund.

Marston bedeutete Omar, ein Stück an der Mauer entlangzugehen, dann hielt er an.

„So sieht man sich wieder“, sagte er.

„Ja“, murmelte Omar. „Als wir uns damals bei dem Auswahlverfahren kennengelernt haben, hätte ich nicht gedacht, dass meine erste Amtshandlung im gehobenen Dienst darin bestehen würde, gegen Sie zu ermitteln.“

Marston lachte. „Sie hätten sich auch ein besseres Ziel aussuchen können. Gegen mich zu ermitteln, ist reine Ressourcenverschwendung.“

„Das sehe ich anders“, sagte Omar. „Sie drehen hier ein ganz krummes Ding.“

Marston lachte. „Sie haben keine Ahnung. Was auch immer Sie sich zusammengereimt haben, vergessen Sie es schnell wieder. Die Dinge sind ganz anders, als Sie denken.“

Omar spürte, wie sein Mund austrocknete. Die Waffe war weiterhin auf ihn gerichtet. Trotzdem wirkte der Kollege nicht so, als ob er im nächsten Moment schießen würde. Außerdem irritierte ihn die Unterhaltung. Worauf lief das Ganze hinaus?

„Gut, dann erklären Sie mir doch, was hier los ist. Warum verschwinden Sie immer wieder von Ihrem Arbeitsplatz? Warum treffen Sie sich mit Tony Bricks und Rebecca Williams? Und was haben Sie mit der Skanderberg-Bande zu schaffen?“

„Ich habe keine Zeit, Ihnen das alles zu erklären. Aber einen Rat kann ich Ihnen geben: Lassen Sie die Finger von der Psychologin oder Sie werden sich verbrennen!“

„Wie meinen Sie das?“

Marston wollte etwas erwidern, doch im selben Augenblick ertönte ein Ruf. Hinter dem Kollegen tauchten mehrere Gestalten auf. Junge Kerle in Designerklamotten, die halb automatische Waffen in den Händen hielten.

„Was ist hier los?“, herrschte einer der Männer Marston an.

„Laufen Sie!“, rief Marston. Er richtete seine Pistole auf die Kerle und drückte ab. Der Knall war so laut, dass Omars Trommelfelle sich nach innen wölbten. Es klingelte in seinen Ohren. Er sah, wie von der Ecke der Wand Ziegelscherben wegspritzten. Offenbar hatte Marston sein Ziel verfehlt. Der Spitzel sprintete auf das Loch im Zaun zu. Omar, der bisher noch wie angewurzelt dagestanden hatte, tat es ihm gleich. Sein Weg war kürzer. Hinter ihm setzte jetzt ein Rattern ein. Etwas zischte an seinem Ohr vorbei. Die schossen auf ihn! Er war noch zwei Meter von dem rettenden Durchlass entfernt. Neben ihm schlug eine Kugel in den Asphalt ein, ein Stein spritzte auf und traf seine Wade. Der Schmerz ließ ihn kurz zusammenzucken, doch er sprintete weiter. Da! Das Loch im Zaun. Er zwängte sich hindurch und gelangte auf den Fahrradweg. War er nun in Sicherheit? Er drehte sich um. Marston schickte sich an, ebenfalls durch die Lücke zu klettern. Omar streckte ihm die Hand entgegen. Der Kollege wollte danach greifen, doch in diesem Moment zerriss eine weitere Salve aus einer halb automatischen Waffe die Stille. Marstons Körper zuckte. Seine Augen weiteten sich. Sein Mund öffnete sich, als wollte er etwas sagen, doch anstatt Worten quoll ein Schwall Blut hervor. Marston kippte nach vorne. Omar sah durch das Loch im Zaun. Die Verfolger waren nicht mehr zu sehen. Er kniete sich neben den Kollegen und drehte ihn um. Seine Pupillen blickten starr und leer in Richtung Himmel. Er fühlte den Puls. Vergebens. Marston war tot.

# Kapitel 42

Rebecca träumte schlecht, aber sie glaubte nicht daran, dass Träume eine tiefere Bedeutung hatten. Das hatte man ihr an der Uni ausgetrieben. Wie viele Psychologiestudentinnen, die mit der festen Vorstellung ihr Studium begonnen hatten, dass dabei vor allem Sigmund Freud und seine Theorien behandelt würden, hatte sie rasch erfahren, dass der Wiener Psychoanalytiker von der akademischen Psychologie regelrecht verachtet wurde. Seine Theorien seien nicht verifizierbar, vieles sei falsch, und es gebe auch keine Belege dafür, dass seine Therapiemethode wirksam sei. So hatte sie schließlich akzeptiert, dass Träume nur Phänomene waren, die sich nachts einfach so ereigneten. Warum sie auftraten, war nebensächlich. Natürlich beschäftigten sie sich mit aktuellen Themen, aber sie verrieten nichts Tieferes über den Träumer. Deshalb erkannte auch der vernünftige Teil ihres schlafenden Bewusstseins, dass das, was sie träumte, mit ihren Alltagserfahrungen der letzten Tage zusammenhängen musste. Sie war in einer leeren Fabrikhalle. Die Wände waren mit roten Spritzern übersät. Eine weißliche Masse klebte am Betonboden. Sie ging umher und es knirschte. Als sie hinuntersah, erkannte sie, dass überall Knochensplitter lagen. Sie spürte die Angst und die Aufregung; ein Echo dessen, was sie in der realen Situation empfunden hatte.

Schon vor dem Einschlafen hatte sich die Szene immer wieder in ihr Bewusstsein gedrängt. Parkers unmenschliche Schreie. Der Geruch nach verbranntem Fleisch ... und Tony, der die Geduld verlor, in einer fließenden Bewegung die Waffe zog und sie auf Parker richtete. Wie dessen Stirn zu explodieren schien und eine Blutfontäne aus seinem Hinterkopf schoss, gefolgt von eben den kleinen Knochensplittern und den weißlichen Fragmenten von Gehirn, die in ihrem Traum am Boden klebten. Wie Blackjack, Harrison, Hall und Vicky schreiend auseinanderstieben. Wie Tony auf den Leichnam hinab blickte, die Waffe senkte und in kaltem Ton sagte: „Verräter sterben den Tod, den sie verdienen."

Ihr Traum wandelte die Szene ab. Sie sah weder Parker noch Tony, sie sah nur das Ergebnis ... die Folge ihrer Handlungen. Sie hatte dem Gangsterboss einen Namen genannt und dieser hatte sich selbst von Vicky nicht zurückhalten lassen. Rebecca musste sich eingestehen, dass sie damit hatte rechnen müssen. Aber sie hatte weggeschaut und darauf gehofft, dass sie niemanden zum Tode verurteilte, wenn sie Tony den Verräter auslieferte. Nicht, dass es etwas geändert hätte. Insgeheim vermutete sie, dass Tony einen anderen seiner Getreuen verdächtigt und getötet hätte, wenn sie sich geweigert hätte, für ihn zu arbeiten. Trotzdem fühlte sie sich schuldig an Parkers Tod. Hätte sie anders handeln sollen oder können? Diese Frage presste sich kalt gegen ihre Stirn. Seltsam. Wie konnte sich eine Frage gegen die Stirn pressen?

„Ruhig bleiben!"

*Wer hatte da gesprochen?* Der Traum verblasste, das Bild der Halle mit den Knochensplittern und den Blutspritzern verpuffte. Rebecca öffnete die Augen. Sie lag in ihrem Bett. Marc neben ihr. Doch sie waren nicht allein. Drei Männer standen am Fußende. Schwarz gekleidet, dunkle Masken über dem Gesicht, Pistolen auf sie gerichtet. Einer der drei hielt ihr den Lauf direkt gegen die Stirn. Daher also das Gefühl der Kälte.

„Was ist los?“, hörte sie Marc fragen. Seine Stimme klang verwaschen, gesättigt mit Schlaf.

„Halt die Fresse!“, zischte einer der Männer. Dann wandte er sich an Rebecca: „Ziehen Sie sich etwas an und kommen Sie mit!“ Marc wollte etwas erwidern, doch Rebecca legte ihm die Hand auf den Arm.

„Es ist schon okay“, sagte sie.

„Okay?“ Marc schüttelte den Kopf. „Was soll denn hier bitte schön okay sein?“

Sie wandte sich an den Kerl, der ihr die Pistole an die Stirn hielt.

„Ich komme ja schon.“

„Beeilen Sie sich! Der Chef wartet ungern.“

Sie sagte zu Marc: „Es ist alles in Ordnung. Ich bin bald wieder da. Versuch, noch ein bisschen zu schlafen.“

Sie folgte den Männern hinaus ins Wohnzimmer.

„Meine Sachen sind im Bad, ich werde mich kurz anziehen.“

Der Anführer der drei nickte. Sie vermutete, dass es sich um Callahan handelte, denn er hatte die gleiche Statur und seine Stimme klang vertraut, wenngleich verfremdet durch die Maske.

Sie zog sich hastig an, putzte sich kurz die Zähne und folgte ihren Kidnappern dann hinaus ins Treppenhaus. Sie fragte nicht, wie diese es geschafft hatten, am Portier vorbeizukommen. Die Antwort war relativ offensichtlich. Vicky musste ihnen freie Fahrt verschafft haben. Draußen wartete der schwarze SUV. Callahan öffnete die Tür. Sie setzte sich in die Mitte des Rücksitzes, zwei Maskierte nahmen neben ihr Platz. Der Bodyguard stieg auf der Fahrerseite ein, startete den Motor und gab Gas. Auf der kurzen Fahrt zur Fabrikhalle, in der aller Wahrscheinlichkeit nach Tony Bricks auf sie warten würde, ratterten die Gedanken fieberhaft durch Rebeccas Gehirn. Was wollte er von ihr? Warum schickte er seine Leute mitten in der Nacht zu ihr? Und warum auf diese brutale Art und Weise? Es hätte doch gereicht, sie anzurufen. Sie wäre sofort gekommen. Offenbar wollte er ein Zeichen setzen, und das beunruhigte Rebecca nur noch mehr.

Tony Bricks wartete in seinem Büro auf sie. Die Ader an seiner Stirn pochte, sein Gesicht war knallrot. Er war wütend. Scheißwütend.

„Marston ist tot!", schrie er.

Rebecca riss die Augen weit auf.

„Marston? Aber wie ..."

„Die Skanderberg-Bastarde haben ihn umgelegt, als er bei ihnen rumspioniert hat."

Sie spürte, wie ihre Knie zu zittern begannen. Das konnte nicht sein.

„Er hat mich gestern Nachmittag angerufen und mir gesagt, dass er das Zwischenversteck der Skanderberg-Bande ausforschen wollte. Wir hatten geplant, dass er seinen Verfolger aus der Internen Ermittlung so auf eine falsche Fährte führen sollte."

„Das ist offenbar gründlich schief gelaufen", knurrte Bricks.

„Ich verstehe das nicht", sagte Rebecca. Ihre Kehle fühlte sich eng an. Noch ein Menschenleben, das sie auf dem Gewissen hatte.

Tony funkelte sie wütend an. „So schwer ist das nicht zu verstehen. Die haben offenbar nur darauf gewartet, dass Marston bei ihnen auftaucht."

„Aber woher sollten sie davon erfahren haben?"

„Verraten Sie es mir?"

In Tonys Tonfall hatte sich etwas Drohendes geschlichen. Eine eiskalte Gänsehaut breitete sich auf Rebeccas Rücken aus.

„Ich ... ich habe keine Ahnung. Wer wusste denn überhaupt von Marston?"

„Ich habe vor ein paar Tagen Blackjack informiert. Er sollte es wissen, schließlich ist er für das Drogengeschäft verantwortlich. Mit Harrison habe ich auch darüber gesprochen. Callahan wusste Bescheid ... und Sie natürlich."

„Ich habe Marston nicht an die Skanderberg-Bande verraten."

„Und warum sollte ich Ihnen das glauben?"

Rebecca meinte, eine zügellose Paranoia in seinen Augen glänzen zu sehen.

„Weil ich niemals zugelassen hätte, dass er getötet wird", erwiderte sie. „So, wie ich auch versucht habe, Parkers Leben zu retten. Bis zuletzt."

Tony schnaubte. „Stimmt, Sie sind die mit den Skrupeln. Um Parker ist es nicht schade, aber leider sieht es so aus, als ob er nicht der einzige Maulwurf in meiner Organisation gewesen wäre."

„Sie meinen, dass auch die Skanderberg-Bande jemanden bei Ihnen eingeschleust hat?"

„Ich glaube eher, dass die jemanden umgedreht haben. Blackjack, Callahan oder Harrison. Einer der drei muss es sein, und Sie werden mir sagen, wer es ist."

„Aber ..."

Tony schlug mit der Faust auf den Tisch.

„Ich dulde kein Aber. Sie werden mir dabei helfen, meine Organisation endgültig von diesen Verrätern zu reinigen, oder Ihr Freund wird den Tag verfluchen, an dem er Sie kennengelernt hat."

# Kapitel 43

Omar stand wie betäubt am Ufer des River Lea. Um ihn herum waren die weiß gekleideten Kriminaltechniker damit beschäftigt, Spuren zu sichern. Das Blaulicht des Streifenwagens, der auf dem Radweg parkte, tauchte sein Gesicht jede halbe Sekunde in grelles Licht, ehe es dann wieder im Dunkel verschwand.

Auf dem Boden lag Marstons Leiche. Sie war mit einer weißen Plastikplane abgedeckt. Diese war jedoch nicht groß genug, um die Blutlache zu verbergen, die sich unterhalb des Körpers ausgebreitet hatte.

„Sie haben uns gerufen?", hörte er eine Stimme fragen.

Er wandte sich dem Sprecher zu. Es war Bayes von der Mordkommission. Er hatte ihn kennengelernt, als er dort sein Praktikum absolviert hatte. Omar nickte schwach.

„Was hatten Sie hier zu suchen?"

Der Tonfall des Kollegen war feindselig, was Omar missfiel.

„Ich bin Marston gefolgt."

„Warum?"

Omar kämpfte gegen den Widerwillen an, den es ihm bereitete, die ganze Geschichte zu erzählen.

„Ich bin bei der Internen Ermittlung. Wir hatten Hinweise darauf, dass dieser Mann Informationen über Polizeiaktionen weitergibt. Deshalb habe ich ihn beschattet. Ich habe ein Telefonat belauscht, in dem er angekündigt hat, ein Zwischenlager der Skanderberg-Bande auskundschaften zu wollen. Danach bin ich ihm hierher gefolgt. Er hat mich entdeckt und mich mit seiner Pistole bedroht. Danach sind mehrere Kerle mit Maschinenpistolen aufgetaucht und haben auf uns geschossen. Ich konnte entkommen. Marston leider nicht."

„Haben Sie eine Ahnung, wer die Männer waren, die das Feuer auf Sie beide eröffnet haben?"

„Vermutlich Angehörige der Skanderberg-Bande."

Der Kollege nickte. „Da werden wir wohl das Dezernat für Organisierte Kriminalität einschalten müssen", sagte er.

Es war schon dunkel, als Omar in das Büro zurückkehrte. Er fand Hecker hinter seinem Schreibtisch. Zu seiner Überraschung war jedoch eine weitere Person anwesend. Inspector Willis.

„Setzen Sie sich", sagte Hecker.

Er stand auf und holte eine Karaffe aus einem Schränkchen. Er stellte ein Glas vor Omar hin und goss einen Daumen breit einer goldfarbenen Flüssigkeit hinein.

„Trinken Sie!"

Omar leerte den Whisky in einem Zug. Das Getränk brannte sich seine Speiseröhre hinab und setzte seinen Magen in Flammen. Er schnappte nach Luft.

„Ein zwanzig Jahre alter Ardbeg weckt Tote auf", sagte Hecker.

„Bei Marston wird das leider nicht funktionieren", murmelte Omar.

„Was ist passiert?"

Widerwillig berichtete er seinem Chef noch einmal von den Ereignissen des Nachmittages.

„Und er hat Ihnen gesagt, dass Sie die Finger von der Psychologin lassen sollen?", fragte Willis, als er fertig war.

„Ja, ich würde mich ansonsten daran verbrennen."

„Wissen Sie etwas von der Sache?", fragte Hecker die Kollegin. „Hat Marston vielleicht für das Drogendezernat gearbeitet und in deren Auftrag die Skanderberg-Bande ausgeforscht?"

Willis schüttelte den Kopf. „Nein, davon weiß ich nichts. Wir haben eine Quelle bei Tony Bricks, die Skanderberg-Leute konnten wir bisher jedoch noch nicht infiltrieren, und ganz sicher haben wir keinen Mitarbeiter eines Fahrzeug-Depots mit dieser Aufgabe betraut."

„Vielleicht hat Tony Bricks Marston den Auftrag erteilt, Nachforschungen anzustellen", schlug Omar vor.

Willis seufzte. „Das wollen wir nicht hoffen, denn ansonsten wird es im Osten Londons bald Krieg geben zwischen Bricks Leuten und der Skanderberg-Bande. Das ist dann aber nicht mehr Ihr Aufgabengebiet. Damit dürfen wir uns dann im Drogendezernat rumschlagen. Ihre Akte können Sie jetzt schließen. Ihr Hauptverdächtiger ist schließlich tot."

„Nein", sagte Omar. „Es gibt immer noch die Psychologin."

Hecker nickte. „Es wird aber schwer sein, dieser nun etwas nachzuweisen. Außer, wir finden etwas in Marstons Hinterlassenschaften. Ich rufe mal bei der Mordkommission an. Die sollen mich in seine Wohnung lassen."

„Ich begleite Sie", sagte Omar.

Hecker schüttelte den Kopf. „Sie gehen nach Hause."

Omar wollte etwas erwidern, doch Hecker hob die Hand.

„Das ist eine dienstliche Anweisung. Schlafen Sie sich aus. Morgen sehen wir weiter."

Omar verabschiedete sich von den Kollegen und machte sich auf den Heimweg.

„Hast du getrunken?", fragte Gwyneth, als sie ihn zur Begrüßung umarmte. Er schüttelte den Kopf, unfähig zu sprechen. Ihre Nähe löste die Anspannung, in der er sich seit dem Nachmittag befunden hatte. Die Tränen begannen zu fließen.

„Hey, was ist denn passiert?", flüsterte sie ihm ins Ohr.

Er erzählte zum dritten Mal an diesem Tag, was geschehen war. Sie lösten sich nicht voneinander und Omar war froh, dass er seiner Frau nicht in die Augen sehen musste, als er ihr schilderte, wie er im Kugelhagel der Skanderberg-Bande geflohen war. Als er fertig war, hielt sie ihn einfach weiter im Arm und wiegte ihn sanft hin und her, wie seine Mutter es getan hatte, als er ein kleines Kind gewesen war.

„Das ist furchtbar", sagte sie. Ihre Stimme klang belegt und Omar spürte, dass seine Wange an einer Stelle feucht wurde, an die seine Tränen nicht gelangen konnten.

Er löste sich von ihr. Ihre Augen glänzten.

„Ich ... das macht mir Angst", sagte sie. „Ich will dich nicht verlieren. Ich dachte, bei der Internen Ermittlung wärst du sicher."

Er schüttelte den Kopf. „Ich bin Polizist. Da ist der Tod ein Berufsrisiko, aber ich gebe auf mich Acht, versprochen."

„Wie willst du auf dich Acht geben, wenn da draußen Typen mit Maschinenpistolen rumlaufen? Was, wenn dich einer von denen auf der Straße erkennt?"

„Die waren eher an Marston interessiert. Sonst hätten sie mich verfolgt, nachdem sie ihn getötet hatten."

„Dann haben sie ihn erwartet?"

Gwyneths Worte trafen Omar wie ein Hammerschlag.

„Was meinst du damit?"

„Sie wussten offenbar, dass er kommt. Es war eine gezielte Tötung. Das ist doch klar. Sie haben dich entkommen lassen, weil ihr Ziel erfüllt war."

„Aber wie konnten sie das wissen?"

Gwyneth zuckte mit den Achseln. „Keine Ahnung, und ich weiß auch nicht, ob es an dir liegt, das herauszufinden. Euer Verdächtiger ist tot. Schließ den Fall ab."

„Das habe ich heute schon einmal gehört", sagte Omar. „Aber das stimmt nicht. Solange ich nicht weiß, welche Rolle die Psychologin in dem Ganzen spielt, kann ich nicht loslassen."

„Und was willst du jetzt tun? Sie ebenfalls beschatten und dich wieder in Gefahr begeben?"

Er schüttelte den Kopf. „Nein, ich muss mir ihr reden."

Sie sah ihn lange an, dann sagte sie: „Okay, tu das, wenn du damit deinen Frieden findest, aber jetzt komm ins Bett. Lass uns an unserer Familienplanung arbeiten."

# Kapitel 44

Rebecca war erstaunt darüber, wie lange sie es schaffte, ihre Anspannung zu verbergen. Nach dem Treffen mit Tony erwartete Callahan sie im Wagen. Er sagte kein Wort. Aber Rebecca hatte auch nicht das Bedürfnis, mit ihm zu sprechen. Sein Eindringen in ihr Schlafzimmer hatte ihr gezeigt, dass bei aller Freundlichkeit im Kern dieses Mannes eine loyale Kreatur des Gangsterbosses steckte. Wahrscheinlich hätte er nicht einen Augenblick gezögert, sie zu töten, wenn Tony es ihm befohlen hätte.

Sie wollte Callahan nicht zeigen, wie sehr sein Auftreten sie bis ins Mark erschüttert hatte, deshalb zwang sie sich, so ruhig wie möglich aus dem Fenster zu sehen und die vorbeiziehenden Straßenzüge des Londoner Ostens zu betrachten. Als er vor dem Wohnkomplex hielt, stieg sie aus, ohne sich von ihm zu verabschieden. Auch von seiner Seite hörte sie keinen Gruß. Was hätte er auch sagen sollen? *„Einen schönen Tag noch, hoffentlich endet er besser, als er begonnen hat"*?

Sie war froh, als die Tür an der Portiersloge hinter ihr ins Schloss fiel, auch wenn ihr bewusst war, dass selbst die besten Sicherheitsvorkehrungen den Bodyguard nicht davon abhalten würden, jederzeit wieder in ihre Privatsphäre vorzudringen.

Marc saß auf der Couch im Wohnzimmer. Sie trat ein, doch er stand nicht auf. Er sah sie nur stumm an.

„Hi", sagte sie. „Ich bin wieder da."

Es hörte sich surreal an, sich diese Worte sagen zu hören, aber sie wusste nicht, was in dieser Situation passender gewesen wäre. Hätte sie sagen sollen: „Ein Gangsterboss hat seine Leute vorbei geschickt, um mich zu einer Unterredung zu holen. Das ist normal in diesen Kreisen, mach dir keine Sorgen?"

„Das sehe ich", erwiderte Marc. „Ich bin froh, dass du gesund wieder zurückgekehrt bist. Ich habe mir solche Sorgen um dich gemacht."

„Ich glaube, wir müssen reden", sagte Rebecca.

Marc nickte. „Dann fang mal an."

„Du weißt, dass ich vor ein paar Monaten schon einmal mit Vicky zusammengearbeitet habe. Ich habe ihr Informationen über einen Informanten bei der Met weitergeleitet, den ihr Vater dann angeworben hat. Er hat mir fünfzehntausend Pfund in Bitcoin dafür bezahlt."

Marcs Augen weiteten sich. „Fünfzehntausend Pfund? Wow, ich dachte nicht, dass es solche Ausmaße angenommen hätte. So wie du mir das damals erklärt hast, klang es so, als ob du aus purer Freundschaft ein paar kleine Interna weitergegeben hättest. Was es in der Kantine bei Scotland Yard zum Mittagessen gab oder etwas Ähnliches."

Rebecca schüttelte den Kopf. „Nein, Tony Bricks weiß genau, welche Informationen er möchte, und nur dafür bezahlt er. Der Spitzel war sein Geld wert. Deshalb hatte er mir über Vicky ein neues Angebot unterbreiten lassen."

Marc nickte. „Ja, davon weiß ich, und dieses Angebot hast du abgelehnt. Das hast du mir versprochen."

Sie mied seinen Blick. „Ich habe mein Versprechen gebrochen. Ich habe für Tony Bricks gearbeitet. Ich habe in seinem Auftrag versucht, einen Maulwurf in seiner Organisation zu finden. Es ist mir auch gelungen. Ich hatte gehofft, dass Tony mich danach vom Haken lässt, aber gestern wurde der Informant, den ich ihm vermittelt hatte, von einer rivalisierenden Bande getötet. Es muss also einen weiteren Verräter in Tonys Reihen geben, und den soll ich ihm nun auch nennen."

Während sie gesprochen hatte, waren Marcs Augen immer größer geworden. „Das ist nicht wahr, oder? Wenn du dich nur reden hören könntest. Das klingt absolut verrückt. Wie kommt dieser Verbrecher denn auf die Idee, dass ausgerechnet du ihm den Stall ausmisten sollst?"

„Den Floh hat Vicky ihm ins Ohr gesetzt. Sie hat sozusagen Werbung für mich gemacht. Mich als die fähigste Headhunterin in ganz London bezeichnet, und ganz offenbar scheint ihr Vater davon überzeugt zu sein, dass ich tatsächlich einiges auf dem Kasten habe."

„Warum bist du nicht zur Polizei gegangen?"

Rebecca schüttelte den Kopf. „Weil das nicht nur mich, sondern auch dich in Lebensgefahr gebracht hätte. Bricks kennt meine Schwachstelle. Er weiß genau, dass ich nicht damit leben könnte, wenn er dir etwas antut."

„Das ist doch Schwachsinn. Wenn du zur Polizei gegangen wärst und alles offengelegt hättest, hätten die uns schützen können."

„Dafür ist es jetzt zu spät."

Marc runzelte die Stirn. „Was soll das heißen?"

„Das heißt, dass Tony mir gedroht hat, dich zu töten, wenn ich ihm nicht den Namen des Maulwurfs nenne, der für die gegnerische Organisation arbeitet."

Sie sah, dass Marc eine Spur bleicher wurde. „Das hat er so gesagt?"

Sie nickte. „Ich bin mir sicher, dass ich auf Schritt und Tritt überwacht werde, und du auch. Wenn einer von uns beiden zur Polizei geht, wird das das Todesurteil für den anderen bedeuten."

Marc raufte sich die Haare. „Und nun? Was hast du vor?“

„Was bleibt mir schon übrig? Ich werde versuchen, den Spitzel zu finden. Das ist die einzige Möglichkeit, wie ich mich aus Tonys Griff befreien kann.“

„Du glaubst doch nicht im Ernst, dass er dich danach in Ruhe lässt. Wenn du ihm ein weiteres Beispiel für deine Fähigkeiten lieferst, wird er nur noch mehr fordern. Du wirst immer tiefer reinrutschen. Das muss aufhören!“

Rebecca spürte, wie ihre Kehle enger wurde.

„Ja, es muss aufhören, aber es liegt nicht in unserer Hand. Darüber entscheidet Tony Bricks.“

„Wie konntest du das nur tun? Wir hatten doch ein schönes Leben. War es wegen des Geldes? Dafür hätten wir doch eine legale Lösung finden können.“

Rebecca sah zu Boden. „Es tut mir leid. Das wollte ich alles nicht.“

Marc lachte. Es war ein freudloses Lachen.

„Ich dachte, ich kenne dich. Ich dachte, ich könnte dir vertrauen.“

Rebecca sah ihn an. Sein Gesicht war vor Wut verzerrt.

„Es tut mir leid“, sagte sie.

Marc schüttelte den Kopf. Sie wollte weitersprechen, wollte ihn anflehen, ihr zu verzeihen, ihr eine Chance zu geben, alles wieder gut zu machen, doch in diesem Augenblick klingelte ihr Handy. Sie holte es aus der Tasche. Eine unbekannte Nummer. Wer konnte das sein? Sie nahm ab. „Williams?“

„Sie hören mir jetzt einfach nur zu“, sagte eine bekannte Stimme. „Ich bin mir sicher, dass Ihre Wohnung abgehört wird, deshalb sagen Sie nichts. Ich möchte Ihnen einen Vorschlag machen, wie wir das Problem Tony Bricks ein für alle Mal aus der Welt schaffen können. Kommen Sie in einer Stunde zum

Haupteingang von Old Bailey. Aber seien Sie vorsichtig. Versuchen Sie, mögliche Verfolger abzuhängen. Wenn Sie am Treffpunkt angelangt sind, werde ich prüfen, ob es sicher ist und Ihnen dann weitere Anweisungen geben. Die Zeit läuft. Eine Stunde ab jetzt."

Es tutete. Der Anrufer hatte aufgelegt.

„Wer war das?", fragte Marc.

„Ich muss los", sagte Rebecca.

# Kapitel 45

Omar erwachte um kurz nach sieben aus einem traumlosen Schlaf. Er öffnete die Augen und sah Gwyneths Gesicht nur Zentimeter vor seinem. Seine Frau schnarchte leise vor sich hin. Er grinste. Dann fielen ihm die Ereignisse des gestrigen Tages ein und seine Mundwinkel wanderten wieder nach unten. Vorsichtig, darum bemüht, Gwyneth nicht zu wecken, stand er auf und ging ins Bad, um sich die Zähne zu putzen. Als er ins Schlafzimmer zurückkehrte, saß sie im Bett und sah ihn an.

„Gut geschlafen?", fragte sie.

„Wie ein Baby", erwiderte er. „Danke."

Sie lachte. „Wofür?"

„Dass du da bist."

Er zog sich an, während Gwyneth ins Bad ging. Eine Viertelstunde später saßen sie gemeinsam am Frühstückstisch.

„Hast du immer noch vor, diese Psychologin zu konfrontieren?", fragte Gwyneth.

Er nickte und nippte an seinem Tee. „Ich sehe keinen anderen Weg, um die ganze Sache aufzuklären. Rebecca Williams ist im Zentrum dieser Geschichte, bei ihr laufen alle Fäden zusammen. Ich fahre gleich zu ihr. Sie wohnt nicht weit von hier. Vielleicht erwische ich sie noch zu Hause, ehe sie zu ihrem Büro aufbricht."

Gwyneth nickte. „In Ordnung, aber pass auf dich auf. Unsere Familienplanung ist noch nicht abgeschlossen."

Er grinste und küsste sie auf die Wange, ehe er aufbrach.

Rebecca eilte an Vickys Wohnungstür vorbei, ein Stoßgebet auf den Lippen, dass ihre Freundin nicht in genau diesem Moment auf den Flur treten würde. Doch die Tür blieb geschlossen und das Glück war ihr insofern hold, als der Aufzug bereits nach wenigen Sekunden in ihrem Stockwerk ankam. Sie fuhr ins Erdgeschoss, winkte dem Portier hinter seinem Tresen zu und eilte auf die Straße hinaus. Sie sah sich nach beiden Seiten um, doch weder Callahans schwarzer SUV noch der Bodyguard selbst waren zu sehen. Sie fügte sich in den Menschenstrom ein, der während der Rush Hour in Richtung City unterwegs war, und hoffte, dass mögliche Verfolger sie unter all den Passanten aus den Augen verlieren würden.

Als er die Psychologin aus dem Wohnkomplex treten sah, war Omar erschüttert. Wie gehetzt sie aussah! Von der gelassenen Coolness, die er bei ihrem ersten Treffen damals beim Trainee-Auswahlverfahren an ihr wahrgenommen hatte, war nichts mehr übrig geblieben. Sie wirkte wie ein gejagtes Tier, das kurz vor dem Ende seiner Kräfte stand. Sie eilte in Richtung City davon. Omar beschloss, sich an ihre Fersen zu hängen.

Als Rebecca die Rolltreppe zur U-Bahn-Station hinunterfuhr, hatte sie das Gefühl, dass jemand hinter ihr stand und sie beobachtete. Sie wartete, bis sie den Absatz erreicht hatte, und drehte sich dann kurz um. Tatsächlich. In der Mitte der Rolltreppe sah sie ein bekanntes Gesicht. Constable Sharif-Holbrook! Sie fluchte leise vor sich hin. Das hier wurde immer mehr zu einem Agentendrama. Nun waren schon zwei Parteien hinter ihr her. Der junge Polizist wirkte entschlossen. Er sah nicht weg, als sein Blick ihrem begegnete. So ein Mist, er würde versuchen, Kontakt zu ihr aufzunehmen. Vielleicht wollte er sie sogar verhaften. Sie musste ihn abschütteln. Aber wie?

Omar hielt den Blick weiterhin auf den Kopf der Psychologin gerichtet, der zwischen den zahlreichen Passanten immer wieder auftauchte und dann kurzzeitig verschwand wie eine Boje bei starkem Seegang. Sie hatte ihn gesehen, sie wusste also, dass er hinter ihr her war. Vielleicht würde sie versuchen, ihn abzuschütteln. Das durfte nicht geschehen. Er erreichte den Absatz der Rolltreppe und sah sie in einem Gang verschwinden.

Kurzentschlossen ging Rebecca zum Bahnsteig für die Züge, die nach Süden fuhren. Die Anzeige wies darauf hin, dass der nächste Zug in drei Minuten einfahren würde. Die Leute standen in dichten Reihen vor der Kante zum Gleisbett. Sie kämpfte sich zum hinteren Ende des Bahnsteigs durch, sodass sie in den letzten Wagen einsteigen könnte. Aus dem Augenwinkel sah sie, dass ihr Verfolger sie beinahe erreicht hatte, nun aber nicht an einer Gruppe asiatischer Touristen vorbeikam. Trotzdem war er schon so nahe, dass er denselben Waggon nehmen würde wie sie. Sie würden sich im selben Abteil befinden, allerdings gut fünf Meter voneinander getrennt. Auf einmal hatte sie eine Idee. Sie hoffte, dass ihr Plan aufgehen würde. Sie sah auf die Anzeige. Noch eine Minute. Sie spürte, wie ihr Mund trocken wurde und sich ihr ganzer Körper anspannte. Sie hörte schon das Kreischen der Bremsen, das Rattern der Räder auf den Schienen und dann spürte sie den warm feuchten Luftschwall, der aus dem Tunnel schoss.

Der Zug fuhr ein. Omar drängte in Richtung der Abteiltür. Es war wichtig, dass sie im selben Wagen landeten, sonst würde er verpassen, wenn sie ausstieg. Angesichts der Menschenmassen war es unmöglich, während der Fahrt zu ihr vorzudringen. Er musste sie weiterverfolgen, bis sich eine bessere Gelegenheit bot. Mit einem Quietschen der Bremsen kam der Zug zum Stehen.

Die Türen öffneten sich und ein Schwall von Passanten wurde ausgespuckt. Rebecca wartete kurz, dann trat sie ein. Sie stand ganz am Rand und musste sich am Griff festhalten, um nicht wieder aus der offenen Tür auf den Bahnsteig zu fallen. Mit gerecktem Kopf spähte sie nach ihrem Verfolger. Da war er. Er war eine Abteiltür weiter eingestiegen. Hinter ihm drängte sich eine Frau mit Kinderwagen herein und er wurde ins Innere des Waggons gestoßen. Das war gut. Noch zwei Leute schoben sich an ihr vorbei. Sie achtete darauf, dass sie ihren Platz verteidigte. Ein Piepsen ertönte und die Flügel der Tür begannen, sich zu schließen.

Omar kämpfte um sein Gleichgewicht. Der Kinderwagen hatte ihn mit voller Wucht am rechten Knöchel getroffen und er war ins Stolpern gekommen. Während er sich an der Rückenlehne eines Sitzes festklammerte, sah er aus dem Augenwinkel die Psychologin, die neben der noch geöffneten Tür stand, eine Hand an der Haltestange. Ihr Anblick machte ihn nervös. Da schrillte das Warnsignal durch den Waggon. Der Zug würde gleich losfahren. Die Türflügel begannen, sich zu schließen.

Im selben Moment sprang Rebecca zurück auf den Bahnsteig. Die Türen krachten zu. Sie sah, wie der Polizist sie durch das Fenster anstarrte, doch es war zu spät.

Der Zug hatte sich bereits in Bewegung gesetzt. Sie eilte zu dem Durchgang zur nordwärts führenden Plattform. Auf dem Anzeigeschild sah sie, dass der Zug in einer Minute eintreffen würde. Das bedeutete, dass ihr Verfolger nicht bei der nächsten Haltestelle in diesen Zug wechseln konnte. Sie hörte ihn schon und spürte den warmen Luftzug, der die Einfahrt ankündigte. Rebecca schloss die Augen und atmete tief durch. Das war gerade noch einmal gut gegangen.

# Kapitel 46

Rebecca sah an dem beeindruckenden viktorianischen Gebäude empor. Die Spitze der gewaltigen Kuppel wurde von der Figur einer blinden Frau gekrönt, die eine Waage in der Hand hielt. Justitia. Wie passend. Ob der Anrufer den Treffpunkt ausgewählt hatte, weil sich Tonys Schergen nicht bis hierher vorwagen würden? Neben dem Eingangsportal prangten die Worte *Central Criminal Court*. Ob man dem Gangsterboss hier einmal den Prozess machen würde? Sie hoffte es. Ihr Handy klingelte.

„Ist Ihnen jemand gefolgt?"

„Ja, ein Polizist, aber ich habe ihn abgehängt."

„Ein Polizist?"

„Das erkläre ich Ihnen später. Wo sind Sie?"

„Gehen Sie zu dem Coffeeshop am Fleet Place."

Er hatte wieder aufgelegt.

Sie ging in Richtung Süden und bog in die Limeburner Lane ein. Nach wenigen Metern hatte sie den Fleet Place erreicht. Ihr Handy klingelte erneut.

„Gehen Sie zur Old Seacoal Lane und biegen Sie in die Old Farringdon Street ein. An der Ecke zum Ludgate Hill ist ein veganes Restaurant. Ich warte an einem Tisch hinten bei den Toiletten auf Sie."

Fünf Minuten später betrat Rebecca das Lokal. Der Treffpunkt war gut gewählt, da sich der Tisch in einer Nische befand, die man vom Eingang aus nicht einsehen konnte. Blackjack begrüßte sie mit einem Nicken.

„Sie haben Ihren Verfolger also abgehängt?“, fragte er.

„Ja, vorerst schon, aber ich befürchte, dass er mich nicht in Ruhe lassen wird. Der Mann ist hartnäckig.“

Er lächelte. „Ich kümmere mich darum.“

„Wie wollen Sie das anstellen?“

„Lassen Sie das meine Sorge sein. Wir sind hier, um miteinander zu reden.“

„Worüber wollen Sie reden?“, fragte Rebecca.

„Darüber, dass Tony Bricks Parker gefoltert hat, vor unseren Augen.“

„Warum wollen Sie mit mir darüber reden?“

„Weil ich glaube, dass er es Ihretwegen getan hat. Ihre Aufgabe war es nicht, einen Vertreter für Tony zu finden. Sie sollten einen Spitzel für ihn aufdecken, und Sie haben auf Parker getippt.“

Rebecca saugte die Unterlippe ein. „Und wenn es so wäre?“

„Wenn es so wäre, hätten Sie ihm den falschen Namen genannt.“

Rebecca riss die Augen auf. „Wie kommen Sie darauf?“

Blackjack lachte. „Das Ganze ist nicht so einfach. Es gibt nämlich mindestens zwei Maulwürfe in Tonys Unternehmen. Einer gibt immer wieder Informationen an die Polizei durch. Der andere scheint aber mit der Skanderberg-Bande zusammenzuarbeiten. Er ist dafür verantwortlich, dass der Spitzel, den Sie bei der Met angeworben haben, getötet wurde.“

Rebecca hielt den Atem an und sah den jungen Mann an.

„Sie sind der Polizeispitzel!“

Es war eine Feststellung keine Frage.

Blackjack lächelte und zuckte mit den Achseln. „Wenn Sie es so nennen wollen. Ich würde mich eher als einen Informanten bezeichnen.“

Rebecca schüttelte den Kopf. „Das macht keinen Sinn. Warum kommen Sie dann zu mir? Warum offenbaren Sie mir Ihre Identität?"

„Weil ich Ihnen einen Vorschlag machen will", sagte er.

Rebecca legte den Kopf schief. „Einen Vorschlag?"

Er nickte. „Das Problem ist Tony selbst. Er muss aus dem Weg geräumt werden."

Rebecca schüttelte den Kopf. „Ich kann mich doch nicht mit Tony Bricks anlegen."

Blackjack zuckte mit den Achseln. „Warum denn nicht? Er ist auch nur ein Mensch, und Menschen machen Fehler. Menschen können vor Gericht gestellt werden ... und Menschen können sterben."

Seine Miene hatte sich verändert. Er sah nicht mehr leicht amüsiert aus, stattdessen blickte er sie finster an.

„Warum arbeiten Sie für die Polizei? Was treibt Sie dazu?"

Sie sah, dass sein Kiefer mahlte. „Tony Bricks hat meinen Vater getötet. Ich war noch ein ganz kleiner Junge. Drei Jahre alt. Ich habe kaum eine Erinnerung an meinen Vater. Nur, dass er mich häufig auf seinen Schultern getragen hat und dass ich mit meinem Kinn an seinen Haaren entlang gefahren bin. Das hat gekitzelt und wenn ich versuche, mich an ihn zu erinnern, spüre ich tatsächlich noch dieses Gefühl an meinem Kinn. Seltsam, nicht wahr?"

„Ja, das Gedächtnis ist schon ein mysteriöses Phänomen."

„Tony weiß nicht, wer mein Vater war. Wahrscheinlich ist es für ihn auch nicht wichtig. Er war nur jemand, der ihm im Weg gestanden hat. Wahrscheinlich erinnert er sich gar nicht an all die Menschen, die er auf dem Gewissen hat. Glücklicherweise erinnert sich auch keiner der Leute in seinem Umfeld daran. So konnte ich in seine Dienste treten."

„Haben Sie von Anfang an geplant, ihn zu sabotieren?“

Er nickte. „Ich habe niemanden mehr. Meine Mutter starb, als ich fünfzehn Jahre alt war. Herzinfarkt. Sie musste mich und meine älteren Brüder allein großziehen. Hat sich zu Tode gearbeitet, hatte keine Freude mehr nach Vaters Tod. Ich bin dann zu meinem Onkel gekommen, der sich nicht für mich interessiert hatte, sondern nur für das Geld, das das Jugendamt ihm dafür bezahlt hat. Ich fand das ungerecht. Meine Eltern waren gute Leute. Die Jungs, mit denen ich abgehangen habe, haben alle von Tony Bricks geschwärmt. Jeder von ihnen wollte Teil der Bande werden, Drogen verticken, Geld verdienen. Ich hingegen wollte nur eines: Bricks zur Rechenschaft ziehen. Ich habe hart dafür gearbeitet und bin von ganz unten aufgestiegen. Anfangs musste ich Mutproben über mich ergehen lassen. Bricks Leute haben mich drei Tage lang in einen dunklen Keller gesperrt. Aber ich habe all das überlebt und bin Schritt für Schritt meinem Ziel nähergekommen. Es war Tony selbst, der mich vor gut drei Jahren zu einem Aufseher ernannt hat. Das ist die zweithöchste Stufe in der Hierarchie seiner Drogengeschäfte. Damals habe ich Kontakt mit der Met aufgenommen. Nicht mit einem kleinen Fisch, sondern mit einem DCI, einem alten Freund meines Vaters. Ich wusste, dass Bricks teilweise Beamte schmiert. Wenn ich an so einen geraten wäre, wäre ich jetzt tot. Ich habe meine Infos immer nur an den DCI weitergegeben, und immer nur punktuell. Seitdem habe ich Bricks großen Schaden zugefügt. Ich habe keine Spuren hinterlassen. Er wäre niemals in der Lage gewesen, mich aufzuspüren, doch dann sind Sie gekommen. Ich glaube, wenn Sie genügend Zeit gehabt hätten, hätten Sie mich auch entlarvt. Dem wollte ich zuvorkommen. Lassen Sie uns stattdessen zusammenarbeiten. Lassen Sie uns Tony zur Rechenschaft ziehen."

„Und wie wollen Sie das anstellen?"

Seine Augen glänzten. Er stand ganz offenbar mit jeder Faser seines Daseins hinter dem, was er gerade gesagt hatte. Seine Mission war es, Bricks zu Fall zu bringen. Aber wie sollte das gelingen? Sie hatten so wenig Zeit.

Er holte sein Handy aus der Tasche, tippte darauf herum und hielt ihr dann das Display hin. Als Rebecca erkannte, was dort angezeigt wurde, lief ihr ein Schauer über den Rücken.

„Sie haben ein Video von Parkers Folterung?"

Er nickte. „Ja. Ich habe schon vor ein paar Monaten Kameras in Tonys Hauptquartier versteckt und bereits ein paar interessante Momente gefilmt. Aber das hier wird Tony hinter Schloss und Riegel bringen. Es ist meine Lebensversicherung, falls er mir auf die Spur kommen sollte. Ich habe einen Plan, wie wir ihn und die Skanderberg-Bande festnageln können, aber wir müssen schnell handeln."

Rebecca nickte. „Das kommt mir sehr entgegen. Also ... schießen Sie los. Wie lautet Ihr Plan?"

# Kapitel 47

Omar musste sich daran hindern, mit der Faust gegen die Scheibe zu schlagen. Er stieß einen lauten Fluch aus und die Mitreisenden, die sich dicht an ihn herandrängten, sahen ihn mit einer Mischung aus Verblüffung und Abscheu an. Er blickte aus dem Fenster. Ganz am Ende des Bahnsteigs stand Rebecca Williams. Dann war sie plötzlich verschwunden. Sie hatte ihn in eine Falle gelockt. Wie dämlich konnte man nur sein? Er schlug sich gegen die Stirn. An der nächsten Station stieg er aus und eilte zum benachbarten Bahnsteig, doch der Zug in die Gegenrichtung war gerade eben abgefahren. Sie würde ihn garantiert nehmen und er wusste nicht, an welcher Haltestelle sie aussteigen würde. Es war also sinnlos, ihr zu folgen. Er raufte sich die Haare. Was sollte er nur tun?

Sein Handy läutete. Er bemerkte es zuerst gar nicht, weil der Lärm eines einfahrenden Zuges, es übertönte. Was er spürte, war ein Vibrieren in seiner Tasche. Er nahm das Gerät heraus. Eine Nummer, die er nicht kannte, wurde ihm angezeigt.

„Ja?“, meldete er sich.

„Wir kennen uns nicht“, sagte die Stimme. „Aber wir sollten dringend einmal miteinander sprechen.“

„Wer sind Sie?“

Omar vermutete, dass es sich um einen jüngeren Mann handeln musste.

„Sie machen einen Fehler, wenn Sie Rebecca Williams verfolgen.“

„Wer sind Sie?“, wiederholte Omar.

„Kommen Sie um Punkt zwölf Uhr auf die Tower Bridge. Wir treffen uns in der Mitte. Auf der Seite, die dem Tower zugewandt ist. Seien Sie pünktlich.“

Omar starrte auf den Bildschirm. Was hatte das zu bedeuten? Steckte der Anrufer mit Rebecca Williams unter einer Decke? Hatte die Psychologin ihn darüber informiert, dass Omar ihr folgte? Er sah sich um. Auf dem Bahnsteig standen Hunderte von Menschen. Vielleicht war einer davon ja der Anrufer. Er beschloss, an die Oberfläche zu gehen.

Oben angelangt, atmete er die frische Luft tief in seine Lungen ein. Er sah auf die Uhr. In einer Stunde sollte er bei der Tower Bridge sein. Die konnte er zu Fuß erreichen. Die Frage war nur, welche Vorsichtsmaßnahmen er ergreifen musste. Er rief Hecker an.

„Was gibt es?“

Omar schilderte ihm, wie er die Psychologin verfolgt, dann aber aus den Augen verloren hatte, und berichtete ihm von dem Anruf.

Am anderen Ende der Leitung wurde es still. Inzwischen kannte Omar seinen Chef gut genug, um ihn nicht zu drängen oder, wie anfangs einmal geschehen, zu befürchten, dass dieser aufgelegt hatte, weil Omar ihn langweilte oder ihm etwas Überflüssiges mitgeteilt hatte.

„Ich denke, Sie sollten zu dem Treffen gehen“, sagte Hecker. „Es ist schließlich an einem öffentlichen Ort. Die Tower Bridge überqueren Tausende von Menschen. Da dürfte Ihnen nichts zustoßen. Halten Sie aber Abstand zu dem Mann, kommen Sie ihm nicht zu nahe, falls er Sie angreifen sollte. Und versuchen Sie, herauszufinden, was er weiß und wie diese Rebecca Williams in dieser ganzen Sache drinhängt.“

Omar dankte seinem Chef und legte auf. Er schlug den Weg nach Süden im Schatten der Hochhäuser der

Londoner City ein, bis er schließlich vor einer grauen Festungsmauer zum Stehen kam, die sich hinter einer mit Tausenden von Mohnblüten gesprenkelten Grünfläche erhob. Die alte Festung des Towers wirkte wie ein Fremdkörper zwischen all den Glashochhäusern, und doch hatte sie zuerst hier gestanden. Schon seit beinahe tausend Jahren. Er ging an der Ostfassade des Gebäudes entlang und betrachtete die Türmchen. Als Kind war er einmal in der Festung gewesen bei einem Klassenausflug. Sie hatten die Kronjuwelen bestaunt, und sie hatten einen der seltsamen Raben gefüttert, die mit gestutzten Flügeln im Hof des Towers lebten und, so wollte es die Sage, wichtige Garanten für das Fortbestehen der britischen Monarchie waren.

Vor ihm erhob sich der Nordturm, der nach der alten Festung benannten Brücke. Davor hatte sich ein kleiner Stau gebildet. Er passierte die wartenden Autos und erreichte den Pfeiler. Nachdem er diesen umrundet hatte, ging er auf die Mitte der Brücke zu. Er blickte auf die Uhr. Es war kurz vor zwölf.

Omar sah den Mann schon von Weitem dort stehen. Er schätzte ihn auf Mitte zwanzig. Unter einer ausladenden Baseball Cap drängte sich ein Schwall schwarzer Haare hervor. Er lehnte mit bunt tätowierten Unterarmen auf dem Geländer und sah scheinbar verträumt über die Themse in Richtung der alten Festung, weiter bis zur HMS Belfast, einem Kriegsschiff aus dem Zweiten Weltkrieg, das am Ufer der Themse vertäut war und bis zur London Bridge und dem großen Riesenrad in der Ferne. Omar schlenderte auf ihn zu und stellte sich in etwa zwei Metern Abstand neben ihn. Er imitierte dessen Pose, indem er die Unterarme aufstützte und auf den Fluss hinabblickte.

„Schöner Tag heute, nicht wahr?“, fragte der Mann.

Omar kam sich vor wie in einem schlechten Agentenfilm.

„Sie haben mich wohl nicht hierherbestellt, um mit mir über das Wetter zu reden, oder?“

Der Mann stieß ein kurzes, beinahe grunzendes Lachen aus.

„Nein, ich muss mit Ihnen sprechen, weil Sie einen Fehler begehen, wenn Sie versuchen, Rebecca Williams aufzuhalten.“

„Ich bin gespannt auf Ihre Erklärung. Bisher sieht es für mich eher so aus, als ob Mrs. Williams dringend aufgehalten werden müsste.“

Der Kerl grinste. Er drehte zum ersten Mal den Kopf in Omars Richtung.

„Ich muss mich jetzt echt bremsen, um mich nicht über die Polizei lustig zu machen. Aber nach dem, was Sie sagen, haben Sie wenig bis gar keine Ahnung, was hier läuft, oder?“

Omar spürte, wie sich seine Wangen röteten.

„Ich weiß nur, dass es gestern Nachmittag zu einer Schießerei im Osten Londons gekommen ist. Ich weiß das aus eigener Erfahrung, denn ich war dabei. Ich habe einen Mann beschattet, der als Spitzel für die Organisation von Tony Bricks gearbeitet hat. Den kennen Sie wahrscheinlich, oder?“

„Natürlich. Ich bin selbst Teil von Tonys Bande.“

Omar zog die Augenbrauen nach oben. Er hätte nicht gedacht, dass der Mann so freimütig seine Mitgliedschaft in einer kriminellen Vereinigung gestehen würde.

„Sie geben es also zu?“

„Natürlich, und wenn Sie die richtigen Leute in Ihrem Laden fragen, werden die Ihnen das auch bestätigen.“

Omar sah ihn irritiert an.

Der Mann seufzte.

„Vielleicht hätten die Typen in der Personalabteilung Mrs. Williams darum bitten sollen, nicht nur neue

Leute einzustellen, sondern ihnen gleichzeitig auch beizubringen, wie sie effektiv zusammenarbeiten können. Bei euch weiß der Kopf nicht, was die Hand macht und umgekehrt. Haben Sie sich jemals mit dem Drogendezernat abgesprochen, oder mit der Abteilung für Organisierte Kriminalität?"

„Sie scheinen sich bei Scotland Yard aber gut auszukennen", sagte Omar, dem auf die Schnelle keine bessere Erwiderung einfiel. Die Worte trafen ihn wie Ohrfeigen.

„In meinem Beruf ist es wichtig, immer Bescheid zu wissen. Ich gebe Ihnen einen Tipp. Fragen Sie Ihren Chef einmal, ob er Jack kennt. Vielleicht kann er Sie davon überzeugen, dass meine Worte Gewicht haben, und, dass Sie mir vertrauen können, wenn ich Ihnen sage, dass Sie die Finger von Rebecca Williams lassen sollen."

„Meinen Chef? Was haben Sie mit der Internen Ermittlung zu schaffen?"

Der Mann verdrehte die Augen. „Mehr als Sie denken. Aber wir haben keine Zeit für weiteren Small Talk. Sie wissen gar nicht, wie viel ich riskiere, weil ich mich hier mit Ihnen treffe. Jeder Kontakt zwischen einem Mitglied der Organisation und einem Cop ist ein Risiko. Die modernen Kommunikationsmittel waren da immer praktisch. Handys, die man nach dem Anruf entsorgen kann ... E-Mails, verschlüsselte Nachrichten. Wirklich heikel sind persönliche Treffen. Ich bin dieses Risiko heute aber eingegangen, weil ich nicht will, dass Mrs. Williams durch Sie in noch größere Schwierigkeiten gerät. Fragen Sie DCI Hecker nach Jack. Glauben Sie mir, es ist besser, wenn Sie Rebecca Williams in Ruhe ihre Arbeit erledigen lassen."

Der Mann nickte ihm zu und wandte sich um. Omar stand da wie festgefroren. Was sollte er jetzt tun? Sollte er dem Informanten folgen? Er hatte so viele Fragen.

Bestimmt konnte dieser Jack ihn auch über die Rolle von Tom Marston in diesem ganzen Drama aufklären. Er trat einen Schritt nach vorne und legte eine Hand auf Jacks Schulter. Im selben Augenblick ertönte ein Knall. Tauben stoben auf, Touristen zogen die Köpfe ein, und Jacks Schädel explodierte in einer gewaltigen Fontäne aus Blut und Knochen.

# Kapitel 48

Rebecca war sofort zur nächsten U-Bahn-Station geeilt und hatte einen Zug in Richtung Osten genommen. Sie sah auf den Zettel, den Blackjack ihr gegeben hatte. Darauf hatte er eine Adresse in Bow notiert.

„Ich bin kein Fan von Tonys Methoden", hatte er gesagt. „Aber die Art und Weise, wie er mit dem armen Schwein umgegangen ist, das zu wenig Profit erwirtschaftet hat, hat meine Leute offenbar sehr beeindruckt. Einer von ihnen hat privat Nachforschungen angestellt und dabei herausgefunden, dass sich das Hauptquartier der Skanderberg-Bande höchstwahrscheinlich dort befindet." Er hatte ihr den Zettel gegeben und gesagt: „Fahren Sie hin und überprüfen Sie, ob mein Mann recht hatte."

Rebecca hatte sofort verstanden, worauf Jack hinauswollte, und sie war ihm dankbar dafür gewesen. Er hatte ihr die Möglichkeit gegeben, zuerst ihren und Marcs Kopf aus der Schlinge zu ziehen, indem sie Tony mit einer entscheidenden Information besänftigte. Danach würde er das Video von Parkers Ermordung an die Polizei weitergeben und wenn der Gangsterboss verhaftet war, würden sie in Sicherheit sein.

In Bow stieg Rebecca aus und öffnete die Karten App auf Ihrem Handy. Sie gab die Adresse ein und ließ sich von dem Programm dorthin leiten. Sie hatte vermutet, dass es sich wohl um eine Fabrikhalle oder eine ausgediente Lagereinrichtung handeln musste, die Art von

Immobilien, auf die Tony Bricks für seine Deals zurückgriff. Doch sie war überrascht, vor einem fünfstöckigen Gebäude zu stehen, in dem mehrere Geschäfte und Dienstleister residierten. Neben der Eingangstür waren diese auf einer Plakette aufgelistet. Das Erdgeschoss wurde von einer Rehaeinrichtung sowie einer ergotherapeutischen Praxis eingenommen. Das klang nicht gerade nach Bandenkriminalität. Im ersten Stock befand sich eine Anwaltskanzlei. Das ging nun schon eher in die kriminelle Richtung. Im dritten Stock waren ein Reisebüro, eine Änderungsschneiderei und ein Wettbüro untergebracht. Letzteres ließ sie kurz innehalten, dann fiel ihr Blick jedoch auf den vierten Stock und sie erstarrte. Plötzlich ergab alles einen Sinn. Ihre Hände zitterten, als sie ein Foto von dem Schild machte. In diesem Augenblick klingelte ihr Handy. Es zeigte Blackjacks Nummer an. Rebecca nahm sofort ab.

„Ja? Wie ist es gelaufen?"

„Mrs. Williams? Rebecca Williams?"

Eine eiskalte Hand legte sich um Rebeccas Kehle. Sie erkannte die Stimme, trotzdem fragte sie: „Wer sind Sie?"

„Constable Omar Sharif-Holbrook von der Internen Ermittlung. Spreche ich mit Rebecca Williams?"

Sie zögerte einen Moment lang, dann sagte sie: „Ja, die bin ich. Hat Jack Ihnen das Handy gegeben?"

„Jack ist tot! Er wurde vor meinen Augen ermordet."

„*Was?*" Rebecca wurde übel. Das durfte nicht wahr sein.

„Er hat mir gesagt, dass ich Sie in Ruhe lassen soll. Das fällt mir allerdings schwer, denn ich vermute, dass Sie ebenfalls in Gefahr sind. Wir könnten uns bei der Met treffen. Da werden Sie sicher sein."

In diesem Augenblick sah Rebecca, wie ein schwarzer SUV in die Straße einbog. Die Erkenntnis durchfuhr sie wie ein Blitzschlag. Das musste Callahan sein. Aber wie hatte er in Erfahrung bringen können, wo sie sich befand?

Sie schlug sich gegen die Stirn. Das Handy, das sie von Tony bekommen hatte! Es diente offenbar nicht nur dazu, dass der Gangsterboss mit ihr kommunizieren konnte, er konnte damit auch ihren Standort feststellen.

„Zu spät“, sagte sie, legte auf und knallte das Telefon mit voller Wucht auf den Gehsteig.

Der schwarze Wagen hielt direkt auf sie zu. Rebecca rannte los. Sie hörte Bremsen quietschen, dann öffnete sich eine Tür. Sie drehte sich kurz um. Der Bodyguard hatte den SUV einfach auf der Straße stehen lassen und war ausgestiegen. Er war direkt hinter ihr. Sie schätzte den Abstand auf etwa dreißig Meter. Callahan war massig, aber er war auch fit. Sie bog um eine Ecke und verlor sofort die Orientierung. Sie konnte nur hoffen, dass der Bodyguard sich genauso wenig in dem Gassengewirr dieses Stadtteils auskannte, wie sie selbst. Sie hörte Schritte hinter sich und bog in eine schmale Gasse ein. Vor ihr stand eine Tür offen. Sie eilte kurzerhand hinein und fand sich in einem chinesischen Restaurant wieder. Ein Glockenspiel bimmelte. Eine junge Frau in einem seidenen Kimono trat auf sie zu und fragte, ob sie einen Tisch wolle. Rebecca rannte an ihr vorbei. Die Frau rief ihr etwas hinterher, dann hörte sie das Glockenspiel an der Tür erneut. Callahan war ihr gefolgt. Rebecca eilte in die Küche, in der Hoffnung, dass sich dort Personal befand, das ihr helfen würde. Oder, dass sie wenigstens ein scharfes Messer finden würde, mit dem sie sich verteidigen konnte. Sie entdeckte jedoch etwas viel Besseres, als sie den dampfenden Raum betrat. Eine Hintertür! Sie stürmte darauf zu, begleitet von den fassungslosen Blicken der Mitarbeiter und trat hinaus ins Freie. Ohne sich zu orientieren, rannte sie nach rechts in einen kleinen Park hinein.

Sollte sie sich hier verstecken? Sie verwarf die Idee gleich wieder. Callahan würde garantiert jeden Busch durchsuchen, und dann saß sie in der Falle. Sie durchquerte den Park nicht auf dem Weg, der sich um den Rasen herum schlängelte, sondern direkt über die Grünfläche, auch wenn dort Schilder standen, dass diese nicht betreten werden sollte. Als sie die andere Seite erreicht hatte, drehte sie sich um und sah, dass ihr Verfolger gerade in den Park stürmte. Sie hatte nun einen etwas größeren Vorsprung, aber sie gab sich keinen Illusionen hin. Er war stark und schneller als sie und würde sie bald einholen. Schließlich gelangte sie zur Hauptstraße. Dort waren viele Menschen. Würde ihr das Sicherheit bieten? Wahrscheinlich nicht. Offenbar hatte der Bodyguard Blackjack getötet. Zumindest vermutete sie, dass er es gewesen war. Er würde auch sie mitten auf der Straße umbringen, selbst, wenn sie sich inmitten von Passanten befand. Da sah sie plötzlich in etwa fünfzig Metern Entfernung ein Taxi rechts ranfahren. Die Tür öffnete sich und ein alter Mann stieg aus. Sie hielt direkt auf das Fahrzeug zu, drehte sich noch einmal um und sah, dass Callahan den Abstand verringert hatte. Er war nur noch dreißig Meter hinter ihr. Im Laufen kramte er in der Innentasche seines Jacketts. Rebecca spürte, wie Adrenalin ihren Körper flutete. Die Angst verlieh ihr Flügel. Sie rannte weiter. Der alte Mann stand auf der Straße und war gerade dabei, den Taxifahrer zu bezahlen. Dieser reichte dem Kunden das Wechselgeld. Rebecca erreichte den Wagen im selben Augenblick und schwang sich auf den Rücksitz. Sie schlug die Tür zu.

„Fahren Sie los!“, rief sie.

Der Taxifahrer sah sie irritiert an.

„Wohin?“

„Ganz egal, nur fahren Sie schnell los. Ich werde verfolgt.“

Die Augen des Taxifahrers weiteten sich und Rebecca befürchtete schon, dass er nun fragen würde, von wem. Sie sah in den Seitenspiegel. Der Bodyguard war nur noch zehn Meter entfernt ... und er hielt jetzt eine Pistole in der Hand.

„Geben Sie Gas!“

Der Fahrer drückte aufs Gaspedal und das Taxi machte einen Satz nach vorne. In diesem Augenblick ertönte ein Knall. Der Außenspiegel zerplatzte.

Rebecca befürchtete, dass der Mann reflexartig bremsen würde. Sie duckte sich. Doch das Taxi beschleunigte. Ein weiterer Knall ertönte. Die Heckscheibe zersplitterte. Sie wagte es nicht, nach hinten zu schauen, und hielt den Kopf unten. Dann war sie in Sicherheit. Zumindest vorerst.

# Kapitel 49

Omar hatte das Gefühl, ein Deja Vu zu erleben. Wieder befand er sich an einem Tatort. Wieder hatten seine Kollegen alles abgesperrt. Dieses Mal war es allerdings kein Hinterhof. Es war die Tower Bridge. An beiden Pfeilern drängten sich Menschenmengen, die der Spurensicherung dabei zusahen, wie diese auf der Brücke ihre Arbeit verrichteten. Auch Inspector Willis war vor Ort. Sie stand vor Jacks Leiche und schüttelte den Kopf.

„So ein verdammter Mist! Das muss unsere Quelle bei Bricks gewesen sein. So einen Informanten bekommen wir wahrscheinlich nie wieder."

Omar atmete tief durch. „Er hat also wirklich für uns gearbeitet?"

„Vermutlich. Ihm haben wir es zu verdanken, dass wir der Organisation von Tony Bricks in den letzten Monaten einige empfindliche Schläge versetzen konnten. Aber das war es jetzt."

Der Beamte der Mordkommission gesellte sich zu ihnen.

„Wir gehen davon aus, dass der Schütze sich am anderen Ufer in der Nähe des Hotels dort drüben positioniert hat. Das sind gut hundertfünfzig Yards. Er muss sein Handwerk verstanden haben. Scharfschützengewehr, würde ich schätzen. Das war ein gezielter Anschlag."

„Gibt es irgendwelche Zeugen? Wurde der Schütze gesehen?", fragte Willis.

Der Kollege von der Kriminalpolizei schüttelte den Kopf.

„Ein Profi, sage ich doch. Er muss den Auftrag innerhalb weniger Minuten ausgeführt haben und dann wieder verschwunden sein. Anhand Ihrer Aussagen“, er nickte Omar zu, „versuchen wir nun, den Schusswinkel zu rekonstruieren. So können wir ziemlich exakt feststellen, wo der Standort des Schützen gewesen ist. Das machen wir heutzutage mittels einer Computersimulation. Dann können wir den Standort absuchen und dort eventuell noch Spuren sichern. Ich bin aber skeptisch, dass wir da etwas finden, da das Ganze nach einem Profi aussieht.“

Omar schüttelte den Kopf. „Ich verstehe das nicht. Wie konnte der Schütze wissen, dass er uns hier finden würde? Der Informant hat mich eine Stunde davor angerufen und vorgeschlagen, dass wir uns auf der Tower Bridge treffen, weil diese so stark besucht ist und deswegen sicher sein sollte.“

Der Kriminalbeamte zuckte mit den Schultern.

„Offenbar ist in London kein Ort sicher. Sie hätten sich besser in einem Pub getroffen. Da ist es laut, man hört nicht, was die Leute am Nachbartisch reden, weil die Musik oder der Fernseher alles übertönt und es ist viel schwerer, dort mit einem Scharfschützengewehr zu hantieren.“

Omar war nicht nach Lachen zumute. Er hatte den seltsamen Humor, den die Mitarbeiter der Kriminalpolizei an den Tag legten, schon während seines Praktikums nicht nachvollziehen können. Sie hatten es meistens mit Leichen zu tun oder zumindest mit Menschen, die schwer verletzt worden waren. Darüber Späßchen zu machen, war in Omars Augen würdelos.

„Brauchen Sie ihn dann noch?“, fragte Willis.

Omar runzelte die Stirn. *Wie meinte sie das?*

„Nein, ich weiß ja, wo ich ihn finde.“

„Gut, dann nehme ich ihn mit."

Willis sah Omar an.

„Kommen Sie mit. Das Weitere besprechen wir am besten in der Zentrale."

Sie führte ihn von der Brücke und durch die wartende Menschenmenge. Die Leute sahen ihn mit einer Mischung aus Neugier und Abscheu an, was wahrscheinlich daran lag, dass sein Hemd mit Blut und Hirnmasse bespritzt war.

Sie gelangten zu einem etwas klapprig aussehenden Volvo. Omar stieg auf der Beifahrerseite ein und Willis fuhr los. Sie schaltete das Radio ein und pfiff leise mit, während die Musik, alles Hits der Achtziger, vor sich hin dudelte. Eine Fahrt durch London war Omar noch niemals so lange vorgekommen. Er hatte das Gefühl, einmal mehr vollständig versagt zu haben. Was war nur geschehen? Er konnte sich nicht erklären, wie Bricks Leute herausgefunden hatten, dass Jack sich mit ihm treffen wollte. Aber selbst, wenn einer von ihnen schon seit Längerem beschattet worden wäre ... wie hatten sie es geschafft, innerhalb kürzester Zeit einen Scharfschützen in Stellung zu bringen? Hoffentlich hatte er wenigstens die Psychologin warnen können. Es war der erste Gedanke gewesen, der ihm durch den Kopf gegangen war, als er Jacks Leiche vor sich gesehen hatte. Das Handy des Informanten hatte er in dessen Jackentasche gefunden. Es war eines der neuen Geräte mit Gesichtserkennung und da die Kugel des Attentäters nur die Hinterseite von Jacks Kopf zerstört hatte, gelang es ihm, den Bildschirm zu entsperren, indem er das Handy vor das Gesicht des Toten hielt. In der Liste der letzten Anrufe hatte er die Bezeichnung *Psychotante* gefunden. Kurzentschlossen hatte er die Nummer angerufen und Rebecca Williams erreicht. Leider hatte sie aufgelegt, ehe er sie dazu hatte bewegen können, ihn zu treffen, und weitere Anrufe waren direkt auf eine Mailbox weitergeleitet worden. Hoffentlich war sie noch am Leben!

Sie fuhren in die Tiefgarage der Zentrale und stiegen in den Aufzug, der sie in den fünften Stock brachte, wo sich die Räume das Drogendezernats befanden. Willis führte ihn durch ein Großraumbüro in einen Befragungsraum. Sie schloss die Tür, deutete auf den Tisch, setzte sich Omar gegenüber und startete das Aufnahmegerät.

„Dann fangen Sie mal an“, brummte sie. Ihr Tonfall war unfreundlich und beinahe vorwurfsvoll. Omar konnte es ihr nicht verübeln. Schließlich hatte er ihr seinen wahrscheinlich besten Informanten gekostet. Aber war es wirklich seine Schuld gewesen?

„Warum wollte dieser Jack sich mit Ihnen treffen?“

„Um mich dazu zu drängen, Rebecca Williams in Ruhe zu lassen.“

„Die Psychologin? Ist es Ihnen gelungen, mit ihr zu sprechen?“

Omar schüttelte den Kopf.

„Und Sie hatten keine Ahnung, dass Jack der Spitzel war, der uns die letzten Jahre über mit Informationen über Tony Bricks Organisation versorgt hat?“

„Nein. Woher hätte ich das denn wissen sollen? Sie wussten es doch auch nicht.“

Willis schloss die Augen und stöhnte.

„Die interne Kommunikation ist echt für den Eimer hier. Da hatte der Informant schon recht. Bitter, dass das seine letzten Worte waren.“

Omar runzelte die Stirn. Gerade war ihm ein Gedanke gekommen.

„Kann es sein, dass diese Psychologin auch für Sie arbeitet?“

Willis runzelte die Stirn.

„In diesem Laden ist nichts unmöglich. Ich kann Ihnen auch nicht sagen, warum diese Rebecca Williams und unser Informant so engen Kontakt miteinander hatten. Ich weiß nicht, ob sie eine gemeinsame Aktion gegen Tony Bricks geplant haben. Ich habe auch keine Ahnung, ob diese Rebecca Williams für eine unserer anderen Abteilungen arbeitet. Wir wurden jedenfalls nicht darüber informiert, dass ein weiterer Spitzel bei Bricks eingeschleust worden wäre. Wie gesagt, die Kommunikation ist eine Katastrophe."

Sie verabschiedeten sich und Omar ging zurück zur Internen Ermittlung. Er trat durch die Tür ins Großraumbüro. Hecker stand mitten im Raum. Sein Blick blieb kurz auf Omars mit Blut bespritztem Hemd hängen.

„Was ist passiert?", fragte er geschockt.

„Ich habe mich mit dem Anrufer getroffen. Wie sich herausgestellt hat, schien dieser Sie zu kennen. Sagt Ihnen der Name Jack etwas?"

Heckers Gesicht wurde eine Spur bleicher.

„Was ist passiert?", fragte er noch einmal. Seine Stimme bebte leicht.

„Jack hat mir geraten, die Finger von Rebecca Williams zu lassen. Dann hat ihn eine Kugel in den Kopf getroffen. Vor meinen Augen."

Hecker stieß einen Laut aus, der nach einem Würgen klang. Seine Hand griff nach dem Bürostuhl, neben dem er stand. Er wankte.

Omar eilte auf seinen Chef zu und packte dessen Arm, um ihn zu stützen.

„Was ist los?", fragte er.

Hecker sah ihn aus blutunterlaufenen Augen an. Ein feuchter Film lag über seinen Pupillen.

„Sie haben Jack getötet. Ich wusste, dass es eines Tages so enden würde."

„Es stimmt also? Sie kannten Jack?"

Hecker nickte. „Jack war der Sohn eines ehemaligen Kollegen. Wir waren zusammen im Streifendienst, als wir in eine Schießerei mit der Bricks-Bande geraten sind. Herman wurde von fünf Kugeln getroffen. Mit seinen letzten Worten hat er mich darum gebeten, dass ich ein Auge auf seinen kleinen Sohn haben soll. Doch ich habe versagt. Nach dem Tod seiner Mutter ist Jack in die Kriminalität abgerutscht. Er hat eine klassische Dealer-Karriere begonnen. Vor knapp drei Jahren kam er dann zu mir und hat mir gesagt, dass er sich an Tony Bricks rächen wolle. Er hat mir Informationen über Deals zugesteckt, die ich an das Drogendezernat weitergeleitet habe. Wir haben seinen Aufstieg geplant, indem wir gezielt auf die Verhaftung des bisherigen Leiters von Bricks Drogengeschäften hingearbeitet haben. Das haben Sie ja dann erledigt. Doch Jack wollte mehr. Er wollte Tony zu Fall bringen. Als er mitbekommen hat, dass Bricks einen Spitzel bei der Met angeworben hat, hat er mich gebeten, ihm diese Bedrohung vom Hals zu schaffen. Deshalb habe ich Sie auf den Fall angesetzt. Marston ist tot, doch trotzdem hat es Jack erwischt. Das Ganze ist so furchtbar."

Hecker hielt sich beide Hände vor das Gesicht. Tränen quollen zwischen seinen Fingern hervor. Omar war wie vom Schlag getroffen. Sowohl der Wortschwall als auch der emotionale Ausbruch seines Chefs waren schwer zu verarbeiten.

„Und Rebecca Williams?", fragte er zaghaft. „Welche Rolle spielt sie bei der ganzen Geschichte?"

Hecker ließ die Hände sinken.

„Ich habe keine Ahnung. Aber wenn Jack ihr vertraut hat, sollten wir das auch tun. Wenigstens ist Ihnen nichts passiert."

Omar schüttelte den Kopf. „Die hatten es nicht auf mich abgesehen. In diesem Fall war es eine gezielte Tötung. Die Gefahr bei der Aktion gestern Abend war viel größer. Da hätte ich allein schon durch einen Querschläger sterben können."

Hecker seufzte. „Haben Sie eine Ahnung, wie das passiert sein könnte? Ist Ihnen jemand gefolgt?"

Omar zuckte mit den Schultern. „Ich habe die Augen offengehalten. Gesehen habe ich niemanden. Aber da Jack von meiner Existenz wusste und sogar meine Handynummer herausbekommen hat, gehe ich davon aus, dass zumindest er mich beobachtet hat."

Hecker senkte den Blick. „Ihre Handynummer habe ich ihm gegeben ... damit er Sie orten konnte, falls Sie ihm auf die Spur kommen sollten."

Omars Unterkiefer klappte nach unten. „Okay, das erklärt einiges. Ich weiß nicht, ob noch jemand hinter mir her war. Keine Ahnung. Ich glaube es allerdings nicht. Ich vermute eher, dass jemand Jack beschattet hat."

„Wie kommen Sie darauf?"

„Er hat den Treffpunkt ausgewählt. Entweder hat jemand sein Handy gehackt oder jemand hat ihn beschattet und dabei das Telefonat mit mir mitgehört. Das Handy!"

Er schlug sich gegen die Stirn und holte das Mobiltelefon aus seiner Jackentasche.

„Das hatte ich ganz vergessen. Ich habe damit Rebecca Williams angerufen, um sie zu warnen. Seitdem erreiche ich sie aber nicht mehr."

„In Ordnung", sagte Hecker. „Das schicken wir in die Asservatenkammer. Sie ziehen sich ein frisches Hemd an und danach machen wir beide uns auf den Weg zur Wohnung dieser Psychologin. Wir müssen sie abfangen, bevor Tony Bricks Leute es tun."

# Kapitel 50

Rebecca klingelte Sturm an Vickys Wohnungstür. Es war jedoch Georgios, der öffnete. Er trug eine Sonnenbrille und einen Stringtanga. Sein Oberkörper war in eine Decke gehüllt.

„Sorry, ich war gerade auf der Sonnenbank."

Rebecca zwang sich, ihm in die Augen zu sehen und nicht auf die kleinen Fältchen an seinem Hals zu starren, die ganz sicher nicht prominent in seinem nächsten Instagram Post hervorstechen würden.

„Ist Vicky zu Hause?"

„Ja, sie sitzt auf der Terrasse und telefoniert. Geh doch raus."

Rebecca atmete tief durch. Sie durchquerte die Wohnung. Georgios verschwand wieder in Richtung des Zimmers, in dem, wie Rebecca wusste, eine mehrere Zehntausend Pfund teure Sonnenbank stand, die nach den neuesten Erkenntnissen der Bräunungswissenschaften konzipiert worden war. Sie wunderte sich schon längst nicht mehr über den Beruf des Freundes ihrer Freundin.

Vicky legte gerade ihr Handy beiseite und sah Rebecca lächelnd an.

„Das ist ja eine schöne Überraschung!"

Sie stand auf, trat auf Rebecca zu, umarmte sie und drückte ihr jeweils rechts und links ein Küsschen auf die Wange.

„Es tut mir leid, dass ich dich störe, aber es ist dringend."

Der freudige Gesichtsausdruck verschwand. Rebecca, die ansonsten ziemlich gut darin war, Mimik zu deuten, wusste nicht, was sie nun in Vickys Zügen vorfand. War das Sorge? Ein kleines bisschen Ärger war auch dabei, oder nicht? Von Neugier allerdings keine Spur.

„Was ist los?"

Rebecca atmete tief durch.

„Ich brauche deinen Schutz. Dein Vater hat Callahan losgeschickt, um mich zu töten!"

Vicky starrte sie mit großen Augen an. „*Was?*"

„Ja, und Blackjack ist schon tot! Offenbar glaubt dein Vater, dass wir uns alle gegen ihn verschworen haben."

„Aber das habt ihr nicht, oder?", fragte Vicky.

Rebecca verdrehte die Augen. „Nein, natürlich nicht. Dein Vater hat mich damit beauftragt, den Maulwurf zu finden, der die Skanderberg-Bande über seine Aktionen auf dem Laufenden hält."

„Habt ihr herausgefunden, wer es ist?", fragte Vicky. In ihrer Stimme lag ein Hauch von Gier, der Rebecca neulich schon aufgefallen war.

„Ja, es ist Harrison. Ich habe eindeutige Beweise dafür."

„Harrison? Der alte Knacker? Wie kann man nur so illoyal sein?"

Rebecca zuckte mit den Achseln. „Er hat wohl beschlossen, auf die Skanderberg-Bande zu setzen."

„Dafür wird er büßen. Mein Vater wird ihm den Hals umdrehen, und dieses Mal werde ich bestimmt nicht um Milde bitten."

Rebecca winkte ab. „Das dürfte sinnlos ein."

„Okay, was willst du von mir?"

„Ich möchte, dass du mich zu deinem Vater begleitest. Callahan wird mich nicht angreifen, wenn ich in deiner Nähe bin. Ohne dich würde ich auch niemals zu deinem Vater vorgelassen werden."

„Du glaubst, dass Daddy sich im Griff hat, wenn ich dabei bin? Das hat doch schon bei Parker nicht funktioniert."

„Ich hoffe trotzdem darauf. Leider ist dein Vater in den letzten Tagen und Wochen zunehmend paranoid geworden. Anders kann ich es nicht ausdrücken. Er vermutet Verräter hinter allem und jedem. Deshalb ist es mir wichtig, jemanden dabei zu haben, der sein Vertrauen genießt, und ich schätze mal, dass das bei dir der Fall ist, oder?"

Vicky nickte. „Zwischen meinen Vater und mich passt kein Blatt. Wenn er jemandem vertraut, dann mir."

Rebecca nickte. „Das hatte ich gehofft. Wirst du mir helfen?"

Vicky blickte skeptisch drein.

„Wenn du mir hilfst, folge ich auch endlich Georgios auf Instagram."

Vicky kniff die Augen zusammen, dann fiel der Groschen, und sie brach in schallendes Gelächter aus.

„Das wäre wiederum eine große Erleichterung für mich, denn er liegt mir schon seit Wochen in den Ohren damit, dass du und Marc ihm noch nicht folgt. Aber ich weiß nicht, ob sich das aufrechnen lässt."

„Meinst du, dass ich das aufrechnen muss? Ich finde es schade, wenn du unsere Freundschaft so verstehen würdest, dass wir das in Zahlen ausdrücken müssen."

Das Lächeln verschwand von Vickys Gesicht. Sie schüttelte den Kopf.

„Natürlich nicht. In Ordnung, ich komme mit. Ich sage nur noch schnell Georgios Bescheid."

Sie erhob sich und Rebecca tat es ihr gleich.

„Und ich hole Marc. Es ist mir lieber, wenn der sich auch unter deinem Schutz befinden würde."

Rebecca ging zur Wohnungstür, während ihre Freundin im Nebenraum verschwand. Als sich die Tür öffnete, hörte sie das leise Brummen des Solariums und sah blaues Licht. Sie trat hinaus in den Flur und legte die wenigen Schritte zu ihrer Wohnung zurück. Sie wollte gerade die Schlüsselkarte an das elektronische Schloss heben, als sie sah, dass die Tür offenstand. Sie war aufgebrochen worden. Da musste jemand ein Stemmeisen und viel Kraft besessen haben. Sie öffnete langsam die Tür und trat ein. Die Wohnung war vollkommen verwüstet. Im Flur lagen Mäntel, Schuhe und eine Mütze unter der aus der Wand gerissenen Garderobe. Sie eilte ins Wohnzimmer. Der Fernseher lief. Ein Fußballspiel. Aber niemand saß davor. Dafür war das Sofa verrutscht. An einem der weißen Sessel klebte ein leuchtend roter Fleck. Das war eindeutig Blut. Marcs Blut?

Eine eiserne Faust legte sich um ihre Kehle. Sie war zu spät gekommen!

„Was ist denn hier los?“, hörte sie Vicky sagen. Sie drehte sich um. Ihre Freundin stand hinter ihr und hielt eine Hand vor den Mund. Ihre Augen waren weit aufgerissen.

„Dein Vater hat Marc entführen lassen. Los, schnell, bevor er ihm etwas antut!“

# Kapitel 51

„Nehmen Sie Ihre Dienstwaffe mit", sagte Hecker.

Omar zuckte zusammen. „Glauben Sie, dass wir die benötigen werden?"

„Nachdem, was in letzter Zeit hier alles passiert ist, halte ich nichts mehr für ausgeschlossen. Wir sollten besser auf Nummer sicher gehen."

Sie überprüften ihre Pistolen. Hecker händigte Omar zwei zusätzliche Magazine aus.

„Sicher ist sicher. Wenn wir in eine Schießerei geraten, sollten wir nicht ohne Munition dastehen." Omar schloss kurz die Augen. Eine Schießerei? Er hatte sich vorgestellt, dass sie die Psychologin einfach abholen und verhören würden. An eine bewaffnete Konfrontation hatte er nicht gedacht. Aber Hecker hatte nicht unrecht. Er hätte auch nicht vermutet, sich in einem Kugelhagel wiederzufinden, als er Marston verfolgt hatte, und noch weniger hatte er es sich träumen lassen, dass einmal vor seinen Augen auf der Tower Bridge ein Hinterkopf explodieren würde.

Er steckte seine Pistole in das Holster und sie gingen ins Untergeschoss, wo sich die Tiefgarage von Scotland Yard befand. Der Dienstwagen des Dezernats war ein klappriger, alter Volvo.

„Benutzen wir den eigentlich oft?"

Hecker schüttelte den Kopf. „Nein, nicht wesentlich häufiger als unsere Dienstwaffen."

Es war eine günstige Zeit, um mit dem Auto durch die Stadt zu fahren, denn auf den Straßen war gerade nicht allzu viel los. Das Wetter war schön, viele Londoner waren deshalb zu Fuß oder mit dem Fahrrad unterwegs. Trotzdem dauerte es eine gute Dreiviertelstunde, bis sie die City durchquert hatten.

Hecker parkte den Volvo schräg gegenüber dem Wohnkomplex, in dem die Psychologin lebte. Omar folgte seinem Chef über die Straße hinüber zum Eingang des Gebäudes. Sie traten in ein Foyer, dessen Boden mit Marmorplatten ausgelegt war, die im Schein der Deckenlampe funkelten und glitzerten. Ein Portier hinter einem ebenfalls mit Marmor verkleideten Pult musterte sie.

„Kann ich Ihnen helfen?"

Hecker trat auf ihn zu, zückte seinen Dienstausweis und hielt ihn dem Mann unter die Nase.

„Wir wollen zu Mrs. Rebecca Williams."

„Mrs. Williams hat gerade eben das Gebäude verlassen", sagte der Portier. „Wenn Sie sich beeilen, erwischen Sie sie vielleicht noch. Wenden Sie sich am Ausgang nach links."

Hecker fluchte leise vor sich hin und eilte zur Tür. Omar bedankte sich bei dem Mann und folgte seinem Chef.

„Da!", sagte Hecker und deutete auf die gegenüberliegende Straßenseite, wo zwei Frauen auf dem Bürgersteig standen.

„Die Größere der beiden ist Mrs. Williams. Bei der anderen muss es sich um Victoria Bricks handeln."

„Dann wollen wir die Damen doch einmal zu einer kostenlosen Führung durch die Verhörräume von Scotland Yard einladen", brummte Hecker. Er wollte gerade auf die Straße treten, als ein enormer, blau-metallicfarbener SUV um die Ecke bog. Omar zog seinen Chef hastig am Jackenärmel und verhinderte so, dass Hecker überfahren wurde. Der Wagen bremste mit quietschenden Reifen und hielt neben den beiden Frauen an, die sich daran machten, einzusteigen.

„Verdammt!“, rief Hecker. „Schon wieder verpasst.“

„Wir hängen uns dran“, sagte Omar und eilte in Richtung des Volvos, der nur ein paar Meter entfernt am Straßenrand stand. Hecker folgte ihm. Als Omar den Wagen startete, fuhr der SUV ebenfalls los.

# Kapitel 52

Der Drang, an den Nägeln zu kauen, war so stark wie seit Jahren nicht mehr. Rebecca sah auf ihre früher so ordentlich manikürten Hände. Es war ein Jammer. Zerfetzte Nagelhaut, eingerissene Nägel. Sie verschränkte die Finger ineinander und legte sie in ihren Schoß. Sie saßen in Georgios' SUV, der mit erstaunlichem Geschick durch die Straßen im Londoner Osten navigierte.

Für jemanden, der den ganzen Tag auf der Sonnenbank oder im Fitnessstudio zu verbringen schien, wirkte er cool und abgebrüht. Er hatte nicht mit der Wimper gezuckt, als Vicky zu ihm geeilt war, und ihm berichtet hatte, was geschehen war.

Sie erreichten die Fabrikhalle um kurz vor vier.

„Warte du bitte im Auto", sagte Vicky zu ihrem Freund. „Ich versuche, das so schnell wie möglich über die Bühne zu bringen, und danach sollten wir hier auch gleich wieder weg. Ich hoffe, wir haben Marc dann dabei, wenn wir wieder rauskommen."

Sie traten durch das Tor der Halle und Rebecca sah, dass Tony seine Männer versammelt hatte. Ihr Blick wurde jedoch sofort von Marc angezogen.

Ihr Freund war an einen Stuhl gefesselt. Kabelbinder verbanden seine Füße mit den Stuhlbeinen. Seine Hände waren hinter dem Körper fixiert und um die Stuhllehne gelegt worden. Das musste eine furchtbar schmerzhafte Körperhaltung sein. Marc blutete aus der Nase und sein Kopf hing hinab. Rechts und links neben ihm standen zwei stiernackige Schlägertypen. Insgesamt zählte sie außer Tony, Harrison und Hall vier weitere Männer.

Rebecca biss sich auf die Zunge. Sie hatte laut Marcs Namen rufen wollen, aber sie durfte jetzt keine Schwäche zeigen. Sie hob den Kopf und achtete darauf, sich möglichst aufrecht zu halten. So schritt sie an Vickys Seite auf Tony Bricks zu.

Der Gangsterboss schlich im Halbkreis zwischen seinen Leuten hin und her wie ein Panther im Käfig. Als er die zwei Frauen eintreten sah, hielt er inne und starrte seine Tochter an.

„Was willst du denn hier?", fragte er in einem Tonfall, in dem sich Ungläubigkeit und Ärger mischten.

„Ich begleite meine Freundin."

Rebecca rechnete es Vicky hoch an, dass diese so gelassen blieb. Sie hatte den Satz ausgesprochen, als ob es das Selbstverständlichste von der Welt wäre.

„Du hast mit dieser ganzen Sache nichts zu schaffen", meinte Tony.

„Das würde ich so nicht sagen", erwiderte Vicky. „Du hast Rebecca schließlich den Auftrag gegeben, einen Vertreter für dich zu finden, und da ich möglicherweise irgendwann einmal deine Nachfolgerin werde oder, falls du dich entscheiden solltest, jemand anderem die Organisation zu übertragen, es mit einem Nachfolger zu tun haben werde, habe ich durchaus ein Interesse an den Geschäften. Außerdem frage ich mich, was das hier soll."

Sie deutete auf Marc, der ein leises Stöhnen von sich gab.

„Das sind interne Angelegenheiten zwischen mir und Mrs. Williams. Da mischst du dich besser nicht ein", knurrte Bricks.

„Marc hat nichts mit der ganzen Angelegenheit zu tun. Ich dulde nicht, dass ihm ein Haar gekrümmt wird", sagte Vicky.

Rebecca sah, dass die Ader an Tonys Stirn bedenklich anschwoll. Sein Gesicht rötete sich. Sie spürte ihre Angst vor seinem Wutausbruch, gleichzeitig meldete sich aber auch ein Gefühl der Neugier. Würde er vor seiner Tochter die Kontrolle verlieren? Würde er sie anschreien? Was würde dann geschehen? Tony schnaubte. Er atmete schwer. Ein neuer Gedanke schlich sich in Rebeccas Bewusstsein. Vielleicht würde er einen Herzinfarkt oder einen Schlaganfall erleiden. Aber was wäre, wenn Tony umkippte? Das Chaos würde sich nur noch weiter vergrößern. Doch nichts von all dem geschah. Tony holte tief Luft. Sie zählte zehn Atemzüge. Langsam trat die Ader an seiner Schläfe zurück. Sein Kiefer mahlte aber weiterhin. So laut, dass sie das Geräusch hören konnte, das seine Zähne dabei machten. Es ging ihr durch Mark und Bein.

„Wir reden später darüber, in welchem Ton du mit deinem Vater sprichst oder nicht. Aber jetzt sollten wir uns ums Geschäft kümmern. Callahan, dein Part."

Der Bodyguard trat aus einem finsteren Winkel der Halle. Er starrte Rebecca feindselig an. Sie spürte, wie ihr der kalte Schweiß über den Rücken lief.

„Ich habe heute Blackjack eliminiert!"

Harrison sog scharf die Luft ein, Hall ließ ein Japsen ertönen.

„Jack ist tot?", fragte dieser.

„Ja", erwidere Callahan. „Er hat sich mit einem Cop getroffen ... am helllichten Tag ... und davor hatte er eine Unterredung mit Mrs. Williams. Leider ist es mir nicht gelungen, ihr ebenfalls das Licht auszuknipsen, aber es wird mir ein Vergnügen sein, das jetzt nachzuholen."

Er trat einen Schritt vor und zückte seine Pistole. Rebecca spürte, wie ihr Mund auszutrocknen begann. Vicky stellte sich schützend vor sie.

„Halt!“, rief sie. „Was soll das? Rebecca wird ihre Gründe gehabt haben, mit Blackjack zu sprechen.“

„Er war ein Verräter. Ebenso wie die Psychologin“, knurrte Callahan.

„Meine Tochter hat recht“, sagte Tony. „Mrs. Williams soll die Gelegenheit haben, mir zu erklären, warum sie sich heimlich mit einem Polizeispitzel getroffen hat.“

Rebecca spürte, dass ihre Knie zitterten. Ihr war schlecht. Sie fühlte sich, wie bei ihrem ersten Referat an der Uni. Seltsam, dass ausgerechnet diese Erinnerung jetzt in ihr hochkam. Sie hatte es nie gemocht, vor Menschen zu sprechen. Damals hatte sie in einem Kurs *Einführung in die experimentelle Psychologie* einen Vortrag über die Skinner Box halten müssen. Das war eine Vorrichtung, in die Mäuse oder Ratten gesperrt wurden. Es war möglich, die Tiere für erwünschtes Verhalten zu belohnen oder für unerwünschtes Verhalten zu bestrafen. Die Lernpsychologie hatte durch diesen Apparat eine Masse an Wissen erzeugt. Sie hatte sich damals durch einen Wust an Experimenten gewühlt und versucht, nur die wichtigsten Erkenntnisse im Referat zusammenzufassen. Sie hatte aber noch nicht einschätzen können, was wirklich relevant und was nebensächlich war. Deshalb war sie unglaublich aufgeregt gewesen, als sie vor die dreißig Studenten getreten war. Genauso aufgeregt wie jetzt. So hatte sie es zumindest in Erinnerung. Dabei verspürte sie in diesem Augenblick Todesangst, um sich und um Marc. Doch diese Todesangst unterschied sich nur wenig von dem, was sie damals empfunden hatte.

„Nun machen Sie schon!“, herrschte der Gangsterboss sie an und riss sie aus ihren Gedanken.

Sie trat zwei Schritte in die Mitte des Halbkreises vor. Sie achtete darauf, zwischen den Leuten von Tony Bricks und Marc zu stehen, den Raum zwischen den Gangstern und ihrem Boss aber freizulassen. Links neben Bricks stand Vicky und sah sie aufmerksam an.

Sie räusperte sich noch einmal. Dann sagte sie: „Blackjack war kein Verräter. Sie haben mir den Auftrag gegeben, herauszufinden, wer von Ihren Leuten mit der Skanderberg-Bande zusammenarbeitet, und diesen Auftrag habe ich erfüllt. Jack hat mir dabei den entscheidenden Hinweis gegeben."

Sie machte eine kurze Pause und ließ den Blick über die Anwesenden schweifen. Dann sagte sie: „Die Person, die für die Skanderberg-Bande arbeitet, ist Victoria Bricks!"

# Kapitel 53

„Wir sind fast da", sagte Omar. Er fuhr rechts ran. „In der Parallelstraße ist die Lagerhalle, vor der ich die Fotos von Bricks und der Psychologin geschossen habe."

„Okay", sagte Hecker. „Ich verständige die SCO19. Das wird mir zu heiß."

Er zückte sein Handy und rief in der Zentrale an.

„Und jetzt?", fragte Omar, als das Telefonat beendet wurde. „Warten wir auf die Kollegen?"

Hecker schüttelte den Kopf. „Wir schauen uns ein wenig um. Kommen wir direkt an den Eingang, ohne gesehen zu werden?", fragte Hecker.

Omar überlegte. „Wir müssen einen kleinen Umweg gehen."

Er führte seinen Chef durch zwei Seitengassen. Als sie aus einem Hinterhof traten, standen sie nur etwa zwanzig Meter entfernt vom Eingang zur Lagerhalle. Ein blau-metallicfarbener SUV parkte davor, das Tor stand weit offen. Aus dem Fenster des SUV lehnte ein sonnengebräunter Arm, außerdem konnte Omar eine Nasenspitze erkennen, auf der sich eine Sonnenbrille befand. Auf der Straße daneben stand ein Mann, dessen Jackett sich auffällig ausbeulte. Er trug mit hoher Wahrscheinlichkeit eine Waffe bei sich.

„Das muss eine Wache sein", murmelte Hecker. „Er hat uns den Rücken zugewandt. Das ist unsere Chance."

Er zog seine Pistole aus dem Holster und Omar tat es ihm nach. Dann eilten die beiden geduckt über die

Straße und krochen an der Wand der Fabrikhalle entlang. Omar versuchte, keinen Laut von sich zu geben. Er hob vorsichtig den Fuß bei jedem Schritt, immer darauf bedacht, kein Geräusch von sich zu geben, was bei dem losen Asphalt unter seinen Füßen ein ziemlich schwieriges Unterfangen war. Sie kamen an einem Mauervorsprung vorbei, aus dem grüne Blätter ragten. Zu seinem Schrecken erkannte Omar, dass es sich um Salbei handelte. Gegen den war er nämlich allergisch. Schon der Gedanke daran ließ seine Nase kitzeln. Er spürte, wie ein Niesen in ihm aufstieg. Er musste es irgendwie unterdrücken. Aber wie? Als er es nicht mehr aufhalten konnte, versuchte er, es abzufangen, was ihm nur leidlich gelang. Es hörte sich an, als wenn eine Limonadendose geöffnet wurde. Hecker sah sich kurz um und warf ihm einen vorwurfsvollen Blick zu. Omar spürte, wie ihm Tränen in die Augen traten. Dieser verdammte Salbei. Sie schlichen weiter an der Mauer entlang. Die Wache hatte ihnen noch immer den Rücken zugewandt. Nun konnten sie Gesprächsfetzen identifizieren.

„Es kommt nur auf die richtige Sonnenbank an. Ich würde Ihnen zu einem Sonnenstudio mit zertifizierten Bänken raten. Qualität ist sehr wichtig. Sie wollen doch nicht aussehen wie ein Brathähnchen. Es bringt Ihnen nichts, wenn die Haut knusprig ist, sie muss braun sein und sie muss glänzen. Schauen Sie sich mal meinen Oberarm an."

Der Niesreiz wich einem Drang, zu kichern, den Omar jedoch deutlich besser unterdrücken konnte. Sie hatten nun den Eingang erreicht. Da sie sich im Schatten des SUV befanden und die Wache auf der anderen Seite lehnte, konnten sie relativ ungestört einen Blick in die Halle werfen. Etwa zwanzig Meter von ihnen entfernt standen drei Männer, die ihnen den Rücken zuwandten. Davor ging eine weitere Person auf und ab.

Im hinteren Bereich der Halle war eine Gestalt an einen Stuhl gefesselt, die von zwei Schlägertypen flankiert wurde. Zwei Frauen standen zwischen dem Gefangenen und der ruhelosen Person.

Omar sah sich in dem Gebäude um. Zu seiner Rechten, nur etwa zwei Meter entfernt waren mehrere Kisten aufgestapelt. Er zog seinen Chef am Arm und deutete darauf. Hecker nickte. Omar warf noch einmal einen Blick zurück. Die Unterhaltung der beiden Männer ging weiter.

„Und was ist mit echter Sonne? Ist die nicht besser als Solariumbräune?“, hörte er die Wache fragen.

Die Antwort des Mannes im SUV vernahm er schon nicht mehr, denn er folgte seinem Chef, der sich hinter eine der Kisten gekauert hatte.

Sie konnten nun von außen nicht mehr gesehen werden und waren auch für die Personen im Inneren der Halle unsichtbar. Allerdings konnte Omar nicht verstehen, was gesprochen wurde.

Er beugte sich vor und flüsterte seinem Chef ins Ohr: „Der Gefangene ist der Lebensgefährte von Mrs. Williams. Ich schleiche mich weiter nach vorne, damit ich mitbekomme, was die reden.“

Hecker warf ihm einen skeptischen Blick zu.

„Okay“, erwiderte er schließlich. „Ich bleibe hier, sichere den Ausgang und gebe Ihnen notfalls Feuerschutz.“

Beim Wort *Feuerschutz* zuckte Omar zusammen. Die beiden Männer nickten sich zu und Omar schlich davon. Etwa fünf bis sechs Meter vor ihm waren weitere Kisten aufgestapelt. Das Problem war nur, dass er sich nicht direkt dorthin begeben konnte, da er keine Deckung hatte. Die Männer, die im Halbkreis standen, würden ihn zwar nicht sehen, da sie ihm den Rücken zuwandten, aber der Gangsterboss, die Psychologin, Bricks Tochter und die beiden Schlägertypen neben dem Gefangenen könnten ihn entdecken. Er musste also einen Umweg nehmen.

Die Halle war schlecht beleuchtet. Oben lief eine Galerie um drei Viertel der Wände herum, die zusätzlich Schatten warf. Omar schlich sich zur Wand, drückte sich dagegen und schob sich Meter für Meter im Schatten zur Rückwand der Halle und dann auf die andere Seite. Dann hatte er jedoch ein Problem. Die Galerie war zu Ende und die Seitenwand wurde nicht mehr beschattet.

In diesem Augenblick hörte er einen Schrei.

„Er ist tot?"

Er sah zu der Gruppe von Menschen hinüber und erkannte, dass alle Augen auf den Gangsterboss gerichtet waren. Das war seine Chance! Er duckte sich und sprintete die drei Meter bis zur nächsten Kiste. Er kauerte sich dahinter und atmete schwer. Ein Schweißtropfen fiel vor ihm auf den Boden. Er wischte sich über die Stirn. Hoffentlich hatte ihn niemand gesehen. Er drehte sich um und sah Heckers Kopf hinter dessen Deckung hervorlugen. Dann schob sein Chef hastig seine Hand hervor und zeigte mit dem Daumen nach oben. Gut, offenbar war er noch nicht entdeckt worden.

In seinen Ohren rauschte es und er benötigte ein paar Sekunden, bis er Puls und Atmung so weit unter Kontrolle gebracht hatte, dass er sich auf die Geräusche konzentrieren konnte, die von der Gruppe von Menschen zu ihm drangen.

„Machen Sie schon!"

Das war Tony Bricks gewesen ... er hatte die Psychologin angeherrscht. Omar schob sich nach vorne und sah vorsichtig um die Ecke seiner Deckung.

Rebecca Williams stand an derselben Stelle wie vorhin. Nun setzte sie sich jedoch in Bewegung. Er sah, wie viel Überwindung es sie kostete, einen Fuß vor den anderen zu setzen. Sie blieb zwischen ihrem an den Stuhl gefesselten Lebensgefährten und den fünf Männern stehen, die im Halbkreis um Tony Bricks herumstanden. Wollte sie ihren Freund schützen? Ihm Deckung geben? Ihr eigenes Leben opfern, falls etwas schief ging?

Sie räusperte sich, dann hob sie an, mit leiser Stimme zu sprechen: „Blackjack war kein Verräter. Sie haben mir den Auftrag gegeben, herauszufinden, wer von Ihren Leuten mit der Skanderberg-Bande zusammenarbeitet, und diesen Auftrag habe ich erfüllt. Jack hat mir dabei den entscheidenden Hinweis gegeben."

Sie machte eine kurze Pause und ließ den Blick über die Anwesenden schweifen, dann sagte sie: „Die Person, die für die Skanderberg-Bande arbeitet, ist Victoria Bricks!"

Die Frau neben dem Gangsterboss stieß einen spitzen Schrei aus.

„Nein!", rief sie.

Omars Blick wanderte unwillkürlich zu Tony Bricks. Er starrte Rebecca Williams an.

„Was erlauben Sie sich?", rief er empört.

Rebecca Williams wandte sich ihm zu. „Ihre Tochter ist es, die Sie an die Skanderberg-Bande verrät. Mich wundert es, dass Sie Georgios, ihren Freund nicht genauer überprüft haben."

„Warum hätte ich das tun sollen?", herrschte er sie an. „Der ist so hohl, dass Sie seinen Kopf als Ersatzglocke für den Big Ben verwenden könnten."

Rebecca schüttelte den Kopf. „Da täuschen Sie sich. Er besitzt ein Sonnenstudio im vierten Stock eines Gebäudes in Bow. Das ist die Zentrale der Skanderberg-Bande ... und Georgios ist ihr Anführer. Er und Ihre Tochter planen, Sie abzulösen, Mr. Bricks."

„Das ist eine Lüge!", rief Victoria. Ihr Gesicht war ebenso rot angelaufen wie das ihres Vaters.

Der Gangsterboss sah wieder zwischen den zwei Frauen hin und her, dann zog er langsam eine Waffe aus dem Hosenbund. Noch einmal wanderte sein Blick von seiner Tochter zu der Psychologin. Dann richtete er die Pistole auf Rebecca Williams.

# Kapitel 54

Rebecca sah direkt in die Mündung der Waffe. Sie hatte keinen Blick mehr übrig für Tonys Gesicht, das sich wahrscheinlich noch eine Spur stärker gerötet hatte. Seltsam vernünftige Gedanken schlichen sich bei ihr ein. Hinter dieser Mündung, ein paar Zentimeter weiter im Innern der Pistole, befand sich eine Kugel, an deren Ende eine Treibladung angebracht war. Wenn Tony auf den Auslöser drückte, würde das entzündete Schwarzpulver das Geschoss aus dem Lauf jagen. Sie hatte keine Zweifel daran, dass er sie mitten ins Gesicht treffen würde. Wenigstens war das ein schneller Tod. Sie würde nicht leiden müssen. Was dann jedoch mit Marc geschah, wollte sie sich nicht ausmalen. Ihr Fokus wanderte ein paar Millimeter weiter auf den Finger, der sich um den Abzug krümmte. Gleich würde Tony abdrücken.

Ein Knall ertönte. Rebecca wappnete sich für den Aufprall, wurde sich im gleichen Moment jedoch der Sinnlosigkeit dieses Unterfangens bewusst. Wenn sie den Schuss hörte, hatte die Kugel sie schon lange getroffen. Sie könnte ihn gar nicht hören, denn sie wäre tot. Sie sah, dass der Lauf nicht mehr auf sie gerichtet war. Tony Bricks schwankte. Er hielt sich eine Hand an die rechte Schulter. Die Pistole fiel zu Boden. Zwischen seinen Fingern quoll Blut hervor. Nach einer Schrecksekunde setzte ein allgemeiner Aufruhr ein. Sie sah, dass Tonys Männer ihre Waffen zogen. Ein weiterer Schuss ertönte. Von einer Kiste am hinteren Ende des Raumes splitterte Holz ab. Noch ein Knall. Tony schwankte und fiel zu Boden. Eine Kugel zischte nur Millimeter an Rebeccas Kopf vorbei. Sie musste dringend in Deckung gehen.

Sie drehte sich um und sah Marc, der mit großen Augen das Geschehen verfolgte.

„Ich bring dich in Sicherheit", sagte Rebecca. Sie stellte sich hinter Marc, packte den Stuhl an der Rückenlehne und zog daran. Doch ihr Freund war zu schwer. Sie konnte ihn nicht wegbewegen. Eine Kugel schlug neben ihr in einen Holzpfosten ein. Ein Splitter drang in ihre Wange. Der Schmerz war scharf und schnell, doch sie ignorierte ihn. An der Wand entdeckte sie eine Sackkarre. Als sie sich umdrehte, um das Teil zu holen, sah sie, dass Harrison getroffen worden war. Er ging stöhnend zu Boden. In diesem Moment stürmte ein weiterer Mann in die Halle. Es war Georgios. Er hielt in jeder Hand eine großkalibrige Pistole und schoss wild um sich. Was war hier los? Sie ahnte es zwar, aber sie wusste nicht, wer den ersten Schuss abgegeben hatte, der Tony Bricks getroffen hatte.

Sie schob die Sackkarre zu Marc und fuhr damit unter den Stuhl. Dann kippte sie sie nach hinten und zog ihren Freund mühelos mit sich. In der Ecke waren weitere Kisten aufgestapelt. Sie stellte ihn dahinter ab.

„Mach mich los", bat er.

Sie sah sich verzweifelt nach einem Werkzeug um. Mit den Fingern konnte sie die Kabelbinder niemals öffnen. Etwa vier Meter entfernt von ihr lag Harrison zuckend und schreiend am Boden. Vielleicht trug er ein Taschenmesser bei sich.

In der Halle war nun ein heftiger Schusswechsel im Gange. Georgios feuerte weiterhin aus vollen Rohren. Er lehnte hinter einer Säule und schoss mal in die eine, mal in die andere Richtung. Der Lärm war ohrenbetäubend. Es stank nach Schießpulver, als ob ein Silvester-

Feuerwerk in der Halle abgebrannt wurde. Rebecca robbte auf Harrison zu. Als sie näherkam, sah sie, dass aus einer Wunde an seinem Hals Blut herauspulsierte. Offenbar war eine Arterie verletzt.

„Pressen Sie Ihre Hand darauf", rief sie. Das hatte sie in einem Erste-Hilfe-Kurs gelernt. Sie wusste nicht, ob Harrison noch zu retten war, aber wenn, musste er die Arterie so lange abdichten, bis Hilfe eintraf. Der Schusswechsel war nicht zu überhören. Irgendwer würde bestimmt die Polizei rufen.

Sie hatte ihn erreicht. Eine Kugel pfiff über sie hinweg und sie drückte sich auf den Boden. Ein weiteres Geschoss traf den Körper neben ihr. Harrison zuckte und schrie noch einmal auf. Dann lag er still da. Sie griff in seine Hosentasche. Nichts. Sie schob ihre Hand über seinen Bauch. Eine unangenehm warme Feuchte breitete sich über ihrem Arm aus. Blut! Der Ekel schüttelte sie, doch sie versuchte, mit den Fingern in die andere Hosentasche zu gelangen. Da! Ein Schlüssel. Die Zähne waren so scharfkantig, dass es ihr damit gelingen könnte, die Kabelbinder zu durchtrennen. Sie packte das Werkzeug und schlug den Rückweg zu Marc ein. Ein markerschütternder Schrei drang jetzt durch die Halle. Sie wandte den Kopf. Callahan ging zu Boden. Eine Kugel hatte ihm den größten Teil seiner rechten Wange weggerissen.

Durch das Eingangstor strömten nun weitere Männer herein. Wer waren die denn? Es waren keine Polizisten, sondern junge Kerle in Designerklamotten, und sie alle trugen halb automatische Waffen. Die vereinzelten Schüsse wichen einem Rattern. Verdammt! Sie robbte auf Marc zu. Im Schutz der Kisten erhob sie sich und begann damit, an seiner Handfessel zu sägen.

„Gleich habe ich's", sagte sie.

„Beeil dich bitte", flehte Marc. „Wir müssen hier raus."

Sie drehte kurz den Kopf und sah, dass einer der Neuankömmlinge von einem Schuss getroffen wurde. Er streckte beide Arme zur Seite aus. Das Gewehr fiel auf den Boden, ehe er nach hinten umkippte.

„Was für ein Inferno", murmelte Marc.

„Hast du starke Schmerzen?", fragte Rebecca, während sie weiter an der Handfessel sägte.

„Es geht. Sie haben mich geschlagen. Ich werde wahrscheinlich einen Zahn verlieren. Aber ich denke, dass die Met mir ein Implantat spendieren wird."

Rebecca konnte nicht anders, sie musste kurz grinsen. Endlich gab der Kabelbinder nach. Eine Hand war frei.

„Gib mir den Schlüssel. Versuch, dir die Waffe von dem Typ da am Boden zu schnappen. Ich mach so lange allein weiter", sagte Marc. Rebeccas Puls raste. Sie wollte nicht aus ihrer Deckung, aber sie musste sich irgendwie wehren können. Harrisons Pistole lag etwa drei Meter von ihr entfernt. Sie schlich geduckt darauf zu. In der Halle hing ein schwerer, nach Schwefel stinkender Dunst, der ihr in den Augen brannte. Es war die Hölle. Sie erreichte Harrisons Leiche, legte die Finger um den Griff der Pistole und wollte sie gerade zu sich ziehen, als sich ein Schuh auf ihre Hand stellte. Sie spürte die Mündung einer Waffe an ihrem Hinterkopf.

„Das Spiel ist aus", hörte sie eine Stimme sagen.

# Kapitel 55

Omars Situation wurde immer aussichtsloser. Dabei hatte er sich zu Beginn der Schießerei in einer günstigen Position befunden. Als er gesehen hatte, dass der Gangsterboss seine Pistole auf die Psychologin gerichtet hatte, und schon den Finger um den Abzug krümmte, hatte er kurz entschlossen die Waffe gehoben und einen Schuss auf Tony Bricks abgefeuert. Es war das erste Mal, dass er auf einen Menschen geschossen hatte. Zuvor hatte er immer nur auf dem Schießstand trainiert. Omar war ein guter Schütze, aber er hatte sich oft gefragt, ob er im Ernstfall ebenso zielsicher sein würde. Zu seinem Erstaunen hatte er eine ruhige Hand gehabt. Er hatte auf die rechte Schulter gezielt, und die Kugel hatte Bricks auch genau dort getroffen.

Der Gangsterboss wankte. Die Pistole fiel zu Boden. Er hielt sich die linke Hand in die rechte Schulter. Blut quoll zwischen seinen Fingern hervor. Dann brach die Hölle los. Die Männer, die Omar bislang den Rücken zugewandt hatten, zogen jetzt ihrerseits Waffen und suchten nach dem Schützen. Eine Sekunde später schlug eine Kugel in der Kiste ein, hinter der er sich verbarrikadiert hatte. Dann hörte er einen Knall hinter sich. Es war Hecker, der ihm Feuerschutz gab.

Omar lugte hervor und sah, dass die Gangster ihrerseits Deckung suchten. Wieder krachte eine Kugel in die Kiste. Er hatte den Blitz des Mündungsfeuers gesehen und schoss zwei Mal in die entsprechende Richtung. Dann hörte er einen Schrei.

Er sah um die Ecke. Auf dem Boden lag ein alter Mann und hielt sich eine Hand gegen den Hals. Zwischen den Fingern pulsierte Blut hervor. Dann sah er, dass die Psychologin ihren Freund mithilfe einer Sackkarre in Sicherheit brachte. Sie war bewundernswert geistesgegenwärtig. Die Kugeln pfiffen um sie herum. Er hoffte, dass sie sich Deckung suchen und dort ausharren würde, bis das SCO19 eintraf. Wie lange dauerte das denn noch?

Plötzlich hörte er Schüsse hinter sich. Ein Mann in einem weißen T-Shirt und kurzen Leinenhosen stürmte in die Halle. Der Tanfluencer. Er hielt in beiden Händen Pistolen mit obszön langen Läufen und schoss wild um sich. Omar ging in Deckung. Aus dem Augenwinkel sah er, dass Hecker ebenfalls hinter seiner Kiste Schutz suchte. Doch Georgios feuerte gar nicht auf sie. Er zielte auf die Gangster. Er erreichte eine der Säulen, die die Galerie trugen, und ging dort in Deckung. Omar sah, dass Hecker seinen Kopf hob und einen der Gangster anvisierte. In diesem Moment zielte jedoch der Tanfluencer auf ihn und Hecker zog sich hastig wieder zurück. Mist! Georgios war doch nicht auf ihrer Seite. Omar schoss in seine Richtung, traf aber nur die Wand hinter ihm. Der Mann erwiderte das Feuer und Omar musste sich wieder ducken.

Er sah an der anderen Seite der Kiste herum und entdeckte nun die Psychologin, die auf die regungslose Gestalt am Boden zu robbte. Was machte sie da? Dann sah er, dass sie in dessen Tasche kramte. Offenbar fand sie dort aber nicht, was sie gesucht hatte, denn sie schob ihren Arm auf die andere Seite.

Dann wurde Omars Aufmerksamkeit von einem Geräusch am Halleneingang in Beschlag genommen. Weitere Gestalten strömten herein.

Omar atmete tief durch. Das mussten die Leute vom SCO19 sein. Doch dann sah er, dass die Männer keine Schutzwesten, sondern Designerklamotten und halb automatische Waffen trugen. Das waren keine Beamten. Die Neuankömmlinge eröffneten sofort das Feuer. Die verbliebenen Mitglieder von Tony Bricks Bande suchten Deckung.

Waren das die Skanderberg-Leute? Einer der Kerle hatte ihn entdeckt und richtete sein Maschinengewehr auf ihn. Omar zögerte nicht, sondern schoss ihm mitten in die Brust. Der Mann warf beide Arme nach oben. Das Gewehr krachte auf den Beton, dann folgte der Angreifer. Eine Maschinengewehrsalve schlug in sein Versteck ein. Eine der Kugeln drang sogar durch die Kiste und zischte dicht an seinem Kopf vorbei. Hecker und er hatten keine Chance. Das würden sie nicht lange überleben können.

Der große, massige Kerl, der neben Tony Bricks gestanden hatte, schoss nun einem der Skanderberg-Leute in den Bauch und dieser ging schreiend zu Boden. Der Gangster konnte sich jedoch nicht lange über seine Treffsicherheit freuen, denn der Tanfluencer hatte ihn aufs Korn genommen und kurz darauf schlug eine großkalibrige Kugel in die Wange des Mannes ein.

Inzwischen war es so stickig in der Halle, dass Omar kaum noch etwas sehen konnte. Er glitt an seiner Deckung zu Boden. Der Schweiß rann ihm in die Augen. Er konnte nicht mehr. Er wollte nicht mehr. Es hatte alles keinen Sinn. Die Ohren dröhnten ihm. Er würde sterben. Da war er sich sicher. Es gab keinen Ausweg mehr. Er war mitten in einen Schusswechsel geraten, den er ganz bestimmt nicht überleben würde, den er nicht überleben konnte.

Als er hochsah, stand ein Mann vor ihm. Dieser trug eine Maske. Omar kannte das Gesicht aus einem Film, den er ein paar Jahre zuvor gesehen hatte. Da hatte ein Terrorist, der genau diese Verkleidung getragen hatte, das englische Parlament in die Luft gesprengt. Es war ein dystopischer Film gewesen, in dem, in einer fernen Zukunft eine diktatorische Regierung die Macht in Großbritannien übernommen, und alle, die ihr nicht passten, in Gefängnisse gesteckt hatte. Warum ausgerechnet der Skanderberg-Gangster diese Maske gewählt hatte, konnte Omar nicht nachvollziehen. Seltsam, welche Gedanken einem durch den Kopf gingen, wenn man gleich sterben würde. Er sah, dass der Mann seine halb automatische Waffe auf ihn gerichtet hatte. Wie es sich wohl anfühlte, wenn man von Kugeln durchsiebt wurde? War das ein schneller Tod? Bei einem Feuerstoß hatte ihm der Ausbilder am Schießstand erklärt, wurden in einer Sekunde bis zu zehn Geschosse ausgestoßen. Das würde ausreichen, um seine inneren Organe zu zerfetzen. Innerhalb eines Wimpernschlags würde der Blutdruck abfallen. Er würde ohnmächtig werden. Den Schmerz würde er wahrscheinlich gar nicht mehr mitbekommen. Omar ließ seine Waffe sinken. Er hob beide Hände. Vielleicht würde der Mann sein Leben verschonen, wenn er sich ergab.

Doch die Hoffnung erstarb, als er sah, dass der Kerl seinen Finger um den Abzug krümmte. Omar schloss die Augen. Er dachte an seinen Vater, seine Schwestern, seine Mutter und an Gwyneth. Ihr sollte sein letzter Gedanke gelten. Da hörte er plötzlich ein lautes Rufen. Es drang vom Eingang der Halle zu ihm. Er riss die Augen wieder auf. Der Maskenträger blickte nicht mehr zu ihm, seine Aufmerksamkeit war jetzt auf die Geräusche gerichtet. Omar sah seine Chance gekommen. Er griff nach der Pistole, hob sie in einer fließenden Bewegung, richtete sie auf den Mann und schoss ihm mitten in die Stirn.

# Kapitel 56

Rebecca sah auf. Vicky hatte die Waffe ihres Vaters auf sie gerichtet. Ihr Schuh stand auf ihrem Handgelenk. Sie legte ihr ganzes Gewicht darauf und Rebecca schrie auf.

„Ich hätte nicht gedacht, dass du mir auf die Schliche kommen würdest", sagte Vicky.

Rebecca schüttelte den Kopf.

„Dass ich dir auf die Schliche gekommen bin, habe ich Blackjack zu verdanken. Er hat dich nämlich durchschaut. Er wusste, dass keiner der alten Säcke in der Führungsriege, in der Lage gewesen wäre, mit der Skanderberg-Bande zu kooperieren. Dafür brauchte es frisches Blut. Jack hat mich darauf aufmerksam gemacht, dass sich das Hauptquartier der Skanderberg-Bande in Georgios' Sonnenstudio befindet. Ich habe noch ein bisschen über Georgios nachgeforscht und dabei herausgefunden, dass er gar kein Grieche ist, sondern Albaner. Bei seiner Vorliebe für Zwetschgen-Raki hätte mir das eigentlich früher auffallen sollen. Er ist der Kopf der Skanderberg-Bande, und wenn du deinen Vater aus dem Weg geräumt hättest, hättet ihr zusammen über das East End herrschen können. Doch dazu wird es jetzt wohl nicht mehr kommen."

Vicky funkelte sie böse an. Es war eine surreale Situation. In der Halle tobte weiterhin der Kampf. Rebecca musste schreien, um sich verständlich machen zu können, aber Vicky achtete nicht auf das, was um sie herum geschah. Sie hatte ihre volle Aufmerksamkeit auf Rebecca gerichtet.

„Ich hatte einen Plan", sagte Vicky, „und dieser Plan hat bis heute Nachmittag wunderbar funktioniert."

„Lass mich raten", sagte Rebecca. „Dein Plan war, dass meine Personalauswahl Unruhe im Unternehmen deines Vaters streut. Ich sollte Zwietracht säen. Dein Vater sollte seinen Leuten nicht mehr vertrauen. Du wolltest, dass es eskaliert, und das Chaos wolltest du ausnutzen, um deinen Vater und seine Leute aus dem Weg zu räumen. Es war dir vollkommen gleichgültig, ob ich dabei zu Tode kommen würde oder nicht. Oder ob Marc leiden würde."

Vicky nickte. „Respekt. Du hast es verstanden. Aber das wird dir auch nichts nützen. Ich werde dich töten müssen, das verstehst du doch, oder?"

„Das kann ich nachvollziehen. Du musst mich aus dem Weg räumen, aber das Spektakel hier dürfte relativ viel Aufmerksamkeit erzeugen. Wie willst du erklären, was geschehen ist?"

Vicky zuckte mit den Achseln. „Ich habe nichts mit dem Geschäft meines Vaters zu schaffen. Es gibt keine Spur, die auf mich hindeutet. Ich werde dir das Licht ausblasen und dann werde ich mich so schnell wie möglich vom Acker machen. Georgios' Leute werden die Führungsriege ausschalten, und dann sieht alles nach einem ganz normalen Bandenkrieg aus, der unglücklicherweise eskaliert ist, und Daddy hat ihn leider verloren. Ich werde die Organisation übernehmen, halte ein paar Monate lang die Füße still, fusioniere mit Georgios und dann beherrschen wir den ganzen Londoner Osten. Das ist ein großartiger Plan, findest du nicht? Aber genug geredet. Das sieht mir zu sehr nach einem Agentenfilm aus, in dessen Finale der Schurke von 007 in ein Gespräch verwickelt wird, um Zeit zu schinden. Deine Zeit ist aber abgelaufen."

Sie hob die Waffe und zielte damit auf Rebeccas Stirn. In diesem Moment ertönte ein Rufen von der Tür her. Vickys Kopf zuckte zur Seite. Rebecca hinderte sich daran, es ihr nachzutun. Das war ihre Chance. Mit der freien Hand schlug sie mit aller Gewalt auf Vickys Achillessehne ein. Der Fuß, der auf ihrem Handgelenk gestanden hatte, rutschte weg. Vicky verlor das Gleichgewicht und krachte neben Rebecca auf den Boden. Sie wälzte sich sofort auf ihre Freundin und packte deren Hand. Vicky hatte jedoch erstaunlich rasch wieder die Kontrolle über sich gewonnen und versuchte, ihr Handgelenk so zu drehen, dass sie die Waffe auf Rebeccas Kopf richten konnte. Diese wich in letzter Sekunde zur Seite und fühlte, wie die Kugel an ihr vorbeizischte. Der Knall war so ohrenbetäubend gewesen, dass sie nur noch ein Pfeifen vernahm. Sie spürte einen scharfen Schmerz in ihrem rechten Ohr. Sie rang mit Vicky. Die beiden Frauen wälzten sich über den Boden und versuchten, die Kontrolle über die Waffe zu erlangen. Um sie herum wurde weiter geschossen. Der Lärm nahm immer mehr zu, das Rufen auch. Schließlich stieß Vicky Rebecca den Ellbogen in den Magen. Der Stoß nahm ihr für einen Augenblick die Luft und sie musste das Handgelenk ihrer Kontrahentin loslassen. Das reichte aus, damit Vicky die Pistole wieder zu fassen bekam. Sie saß Rebecca nun gegenüber, die sich vor Schmerzen krümmte und richtete die Waffe auf sie. Ein Feuerstoß ertönte.

„Nein!"

Rebecca sah in die Richtung, aus der das Geräusch gekommen war. Georgios sackte auf die Knie. Auf seinem Gesicht war kein schmerzhafter, sondern eher ein ungläubiger Ausdruck zu sehen. Dann wurden seine Augen glasig und er fiel um. Rebecca holte mit dem Fuß aus und schlug Vicky die Waffe aus der Hand.

„Hände hoch und aufstehen!“ Ihre beiden Köpfe zucken zur Seite. Zwei Männer in schusssicheren Westen mit schwarzen Kappen über dem Gesicht standen vor ihnen, die Gewehre im Anschlag.

„Polizei! Sie sind festgenommen!“

# Kapitel 57

Der Detective Chief Inspector betätigte die Aufnahmetaste des Rekorders auf dem Tisch.

„Mein Name ist DCI Hecker. Heute ist der 30.11.2024. Mit mir anwesend im Raum ist Constable Omar Sharif-Holbrook. Befragt wird Rebecca Williams, geboren am 11.05.1992, verdächtigt der Mitgliedschaft in einer kriminellen Vereinigung, der Verschwörung zu schweren Straftaten und der Behinderung polizeilicher Ermittlungen. Hiermit kläre ich Sie darüber auf, dass Sie sich nicht selbst belasten müssen und dass Sie das Recht auf einen Anwalt haben."

Omar sah Rebecca gespannt an. Würde diese sich auf das Verhör einlassen, oder würde sie schweigen und es ihrem Rechtsbeistand überlassen, eine Erklärung über die gewaltigen Schwierigkeiten zu formulieren, in denen sie sich befand?

Rebecca erwiderte seinen Blick. Ihr nicht zugeschwollenes Auge fixierte ihn, dann wandte sie sich dem DCI zu.

„Wenn ich das richtig verstehe, habe ich das Recht, einen Anruf zu tätigen?"

Ihre Stimme klang stockend, schwer, und ein wenig verwaschen, so als ob sie alkoholisiert wäre. Ob sie sich mit Drogen zugedröhnt hatte, bevor sie mit Tony Bricks in den Ring gestiegen war? Offenbar hatte sie ja an der Quelle gesessen.

„Kennen Sie die Nummer auswendig?", fragte Omar und schob ihr das Telefon hinüber, das auf dem Tisch stand. Ein altmodischer Apparat, dessen Hörer mittels eines Kabels mit einer Station verbunden war. Sie nickte nur und hob ab. Ihr Zeigefinger zitterte leicht, als sie die Tasten drückte. Es dauerte nur wenige Sekunden, bis er sie sagen hörte: „Ich bin's, Rebecca. Es ist so weit. Ja, Scotland Yard. Okay." Sie legte wieder auf.

„Sie scheinen damit gerechnet zu haben, dass wir Ihnen auf die Schliche kommen würden", sagte Hecker.

Rebecca lehnte sich zurück und strich eine rotblonde Haarsträhne aus ihrer Stirn, die dort an verkrustetem Blut festgeklebt war. Ihre Mundwinkel verzogen sich zu einem Lächeln, das jedoch kurz darauf zu einer Grimasse des Schmerzes mutierte.

„Wenn mein Rechtsbeistand erst einmal eingetroffen ist, werden Sie sehr enttäuscht sein."

Aus den Augenwinkeln sah Omar, dass der DCI schmunzelte.

„Alle Achtung", sagte er. „Sie haben Mut, und Sie haben mich neugierig gemacht. Ich wüsste zu gern, wie Sie sich aus dieser Misere herausreden wollen. Wir haben einen Berg an eindeutigen Beweisen. Ganz abgesehen davon, dass wir beide bezeugen können, dass Sie zugegeben haben, für Tony Bricks zu arbeiten."

Rebecca winkte ab. „Glauben Sie mir, auf den ersten Blick erscheint manches anders, als es sich in Wirklichkeit darstellt."

„Gestatten Sie mir eine Frage?", mischte sich Omar ein. Sie wandte sich wieder ihm zu. Er versuchte, nicht auf die zugeschwollene Hälfte ihres Gesichts zu starren.

„Erinnern Sie sich noch daran, wie wir uns zum ersten Mal begegnet sind?"

Sie nickte und nun erschien so etwas wie ein Schmunzeln auf ihren rissigen Lippen.

„Natürlich, Sie haben einen bleibenden Eindruck bei mir hinterlassen."

„Bereuen Sie Ihre damalige Entscheidung?", fragte Omar weiter.

Sie sah ihn lange an, dann schüttelte sie den Kopf.

„Nein. Sehen Sie mich an. Ich lag richtig. Mehr als richtig."

Es klopfte an der Tür. Omar und sein Chef tauschten einen Blick aus. Das musste der Rechtsbeistand sein. Das war aber schnell gegangen. Bevor sie antworten konnten, öffnete sich die Tür und ein kleiner, drahtiger Mann mit einem Bürstenhaarschnitt trat ein.

Hecker erhob sich hastig. Sein Gesicht war eine Schattierung bleicher geworden.

„Smith? Was machen Sie denn hier?"

Omar sah die beiden Männer fragend an.

Der als Smith Angesprochene erwiderte: „Ich habe gerade einen lang erwarteten Anruf erhalten, und nun bin ich hier, um einige Unklarheiten zu beseitigen."

Er nickte Rebecca zu, dann wandte er sich an Omar.

„Wir kennen uns noch nicht. Mein Name ist Robert Smith. Ich bin der Leiter der Abteilung für Infiltration."

Omar riss die Augen weit auf. Schon in seiner Ausbildung hatte er von der Existenz dieser Einheit munkeln hören. Eine mystische Aura umwob die zahlreichen Gerüchte, die über diese Abteilung im Umlauf waren. Ihre Aufgabe war es, Undercover Cops auszubilden, die Terrororganisationen oder auch Verbrechersyndikate infiltrierten.

„Rebecca Williams arbeitet für dich", sagte Hecker. Sein Tonfall war emotionslos wie immer, und doch erkannte Omar, dass sein Chef ebenso überrascht war wie er selbst.

Smith nickte. „Die Details unserer Aktivitäten sind in der Regel geheim. Wenn ihr allerdings bereit seid, das

Aufnahmegerät auszuschalten, würde ich Mrs. Williams erlauben, euch über die Operation, die sie in den letzten drei Jahren durchgeführt hat, in Kenntnis zu setzen. Ihr müsst allerdings Verschwiegenheit garantieren. Soweit ich das beurteilen kann, habt ihr ziemlich gute Arbeit geleistet. Leider habt ihr aber dadurch unsere Operation gefährdet. Ich habe versucht, euch zu stoppen, aber das ist mir nicht gelungen."

„Sie haben die Dateien auf meinem Computer gelöscht und die Akte verschwinden lassen?", rief Omar.

Smith nickte. „Ja, das war ich. Ich habe umfassenden Zugriff auf alle Nutzerkonten und einen Sesam-öffne-dich-Generalschlüssel."

„Sie arbeiten schon drei Jahre an diesem Fall?", fragte Hecker. Er hatte Rebecca angesprochen.

Diese nickte. „Vielleicht fange ich am besten ganz vorne an. Ich habe tatsächlich Psychologie studiert. Allerdings war mein Nebenfach Kriminologie und ich habe weder die Uni in Leeds besucht noch heiße ich Rebecca Williams. Mein echter Name tut allerdings nichts zur Sache. Wie ich der Ermittlungsakte entnehme, haben Sie die echte Rebecca Williams ausfindig gemacht. Das war vielleicht ein Risiko. Ich hätte angeben sollen, dass ich im Ausland studiert habe. Insofern haben wir sicher etwas dazugelernt, was bei meinem nächsten Einsatz von Wert sein wird.

Wir haben viel Zeit darauf verwendet, meine Identität aufzubauen. Die Organisation von Tony Bricks hat vor drei Jahren noch uneingeschränkt im Londoner Osten geherrscht. Wir haben den Auftrag bekommen, sie zu infiltrieren und sie von innen heraus zu zerstören. Dazu haben wir uns eine ungewöhnliche Geschichte für mich überlegt. Deren Kern bestand darin, dass ich eine erfolgreiche Unternehmensberaterin bin, die auch für die Polizei arbeitet, dann aber in finanzielle Schwierigkeiten gerät. Vor zweieinhalb Jahren haben wir die Wohnung neben der von Victoria Bricks angemietet. Es hat ein wenig gedauert, bis es mir gelungen ist, mich mit ihr anzufreunden. Natürlich war sie anfangs misstrauisch. Das wäre ich an ihrer Stelle auch gewesen, als Tochter eines Gangsterbosses. Aber Victoria hatte keine Freunde und meine Figur auch nicht. Jedenfalls haben wir uns häufiger im Flur getroffen und irgendwann hat sie mich und Marc zu sich eingeladen."

„Ich gehe davon aus, dass Marc auch nicht Ihr echter Lebensgefährte ist?", fragte Hecker.

„Ja, da liegen Sie richtig. Marc wurde mir zugeteilt. Er ist ebenfalls im verdeckten Einsatz tätig, allerdings nicht auf meiner Geheimhaltungsstufe. Wir haben zwei Jahre lang das glückliche Paar gespielt. Das war gar nicht einfach, denn Marc hat tatsächlich eine Lebensgefährtin. Es war nur wichtig, das Ganze aufrechtzuerhalten, denn wie wir nach wenigen Wochen festgestellt haben, hat Vicky dafür gesorgt, dass unsere Wohnung verwanzt wurde. Sie konnte also alles mithören, was wir gesprochen haben. Wir haben deshalb eine relativ langweilige Beziehung vorgetäuscht. Einmal im Monat haben wir einen Pornofilm eingelegt, damit es so klang, als ob wir auch unseren sexuellen Pflichten nachkämen. Und so wuchs im Lauf der zwei Jahre eine Freundschaft heran. Wir haben sie und Georgios regelmäßig besucht, und sie uns. Wir haben gekocht, geredet, und irgendwann habe ich ihr anvertraut, dass ich finanzielle Probleme habe. Ein wenig später habe ich einfließen lassen, dass ich einen Auftrag von der Polizei bekommen habe, und ein paar Wochen danach kam sie dann auf mich zu, mit dem Vorschlag, ich könne doch einen Polizeispitzel für sie organisieren. Ich habe mich natürlich zuerst geziert, denn ich hatte inzwischen ein ganz gutes Gefühl für Victoria. Nachdem ich drei Mal Nein gesagt habe, habe ich schließlich zähneknirschend zugestimmt. Daraufhin haben wir das Traineeprogramm organisiert."

Omars Unterkiefer klappte nach unten.

„Sie haben *was*? Das war alles nur vorgetäuscht?"

Rebecca schüttelte den Kopf. „Nein, das Traineeprogramm war echt. Wir haben allerdings einen Bewerber eingeschleust, der auch zu unserer Abteilung gehört hat."

Omar riss die Augen auf.

„Marston war einer Ihrer Leute?"

Rebecca nickte. „Er sollte den abgelehnten und frustrierten Bewerber spielen, der sich von Tony Bricks mit Versprechungen und Geld umdrehen lässt. Er war unser Türöffner. Durch ihn ist es mir gelungen, von Tony Bricks persönlich angefragt zu werden. Allerdings war mir zu diesem Zeitpunkt noch nicht bewusst, dass Victoria ein falsches Spiel spielte. Sie hatte einen Hintergedanken dabei, als sie mich ihrem Vater vermittelt hat. Sie wollte seine Organisation destabilisieren, um selbst die Kontrolle übernehmen zu können. Das ist mir allerdings erst klar geworden, als Jack mir die Verbindung zwischen Georgios und der Skanderberg-Bande aufgezeigt hat. Doch Victoria und ich hatten dieselben Ziele. Mein Auftrag war es, Zwietracht zu säen, die Organisation selbst implodieren zu lassen. Als Tony von mir wissen wollte, wer der Maulwurf ist, der ihn an die Met verrät, habe ich mich für Parker entschieden, denn er war Tonys wichtigster Mitarbeiter und unverzichtbar für seine Geschäfte. Ich hatte gehofft, dass ihn das davon abhalten würde, ihn zu töten. Sicherheitshalber habe ich auch Vicky darum gebeten, ein gutes Wort für Parker einzulegen. Leider ist das nicht gelungen. Blackjack hat aber gefilmt, wie Tony Bricks Parker getötet hat. Ich hoffe, Sie haben sein Handy sichergestellt."

Omar durchfuhr es heiß und kalt, als ihm klar wurde, dass er das wichtigste Beweismittel gegen den Gangsterboss beinahe in seiner Jackentasche vergessen hätte.

„Schließlich habe ich erkannt, dass es mindestens zwei Maulwürfe geben muss. Glücklicherweise hat DCI Smith Einblick in DCI Heckers Notizen nehmen können und ich habe sehr früh erfahren, dass Blackjack für uns arbeitet. Ich habe sein Mitleid geweckt, woraufhin er sich mir anvertraut hat. Von ihm habe ich erfahren, dass Victoria gegen ihren Vater arbeitet. Leider ist Callahan, Tonys Bodyguard, ihm auf die Schliche gekommen und hat ihn aus dem Weg geräumt."

„Wie konnte das alles so eskalieren?", fragte Hecker. „Das verstehe ich immer noch nicht."

Smith nickte. „Zufälle können wir einfach nicht berechnen. Unglücklich war, dass die Skanderberg-Bande sich in die Aktion eingemischt hat. Letztendlich war die Gewalt, die wir heute erlebt haben, aber wohl unausweichlich. Die gesamte Führungsriege von Tony Bricks ist tot. Dazu zwei Skanderberg-Gangster und deren Chef. Insofern haben wir zumindest einen operativen Erfolg. Tony Bricks konnten wir verhaften. Er wird seine Verletzungen wahrscheinlich überleben. Allerdings wird er den Rest seines Lebens im Gefängnis zubringen ebenso wie seine Tochter. Beide Banden sind zerschlagen. Natürlich werden wir uns einem internen Ermittlungsverfahren stellen müssen. Das Ganze hätte nicht so eskalieren dürfen. Aber das wird im Geheimen ablaufen. Wie alles, was wir in die Hände nehmen."

Smith nickte Rebecca zu und diese erhob sich.

„Sie sind mir gehörig auf die Nerven gegangen", sagte sie zu Omar. „Wenn Sie nicht ermittelt hätten, hätte ich ein wesentlich einfacheres Spiel gehabt. Andererseits haben Sie großartige Arbeit geleistet. Es war absolut richtig, Sie auszuwählen. Sie haben sofort die Witterung aufgenommen und sich an Marston festgebissen.

Um Ihre Frage von vorhin noch einmal zu beantworten: Nein, ich bereue meine Entscheidung nicht, Sie ausgewählt zu haben. Sie sind genau richtig in Ihrem Job."

Sie nickte Omar zu, dann Hecker und ging hinaus. Smith folgte ihr. An der Tür drehte er sich um und sah Omar an.

„Wir haben im Herbst ein Auswahlverfahren für die Infiltration. Ich würde es begrüßen, wenn Sie sich bewerben. Wir brauchen Leute wie Sie."

Er ging hinaus.

Omar wechselte einen Blick mit Hecker.

„Tun Sie mir das bitte nicht an", sagte sein Chef. „In meinem Berufsleben sind Sie der erste Lichtblick seit vielen Jahren."

In Omars Kopf rasten die Gedanken.

„Ich ...", stammelte er. „Ich glaube, ich muss das alles erst einmal sacken lassen."

# Kapitel 58

„Oh, die Tüten sind heute wieder schwer“, sagte die kleine, alte Frau, die am Fuß der Treppe stand. Sie sah nach oben.

Rebecca, die gerade das Treppenhaus betreten hatte, lächelte ihr zu.

„Soll ich Ihnen helfen?“.

Die alte Frau lächelte zurück.

„Das ist aber lieb von Ihnen.“

Rebecca nahm die beiden Einkaufstüten und trug sie nach oben. Die alte Frau folgte ihr.

„Sie sind neu hier?“

Rebecca nickte. „Ja, mein Mann und ich wohnen erst seit letzter Woche hier.“

„Kommen Sie aus Manchester?“

Rebecca schüttelte den Kopf. „Nein, das hören Sie wahrscheinlich an meinem Dialekt, oder?“

„Ja, Sie klingen wie jemand, der aus dem Süden kommt.“

„Cornwall“, sagte sie. „Aber ich habe längere Zeit in London gelebt. Ich habe bei einer Bank gearbeitet. Jetzt habe ich mich als Anlageberaterin selbstständig gemacht. Walter, mein Mann, ist hierher versetzt worden. Er ist Finanzbeamter.“

„Dann können Sie ja vielleicht was an meiner Steuererklärung machen. Ich muss nämlich immer nachzahlen.“

Rebecca lachte. „Ich werde bei Walter ein gutes Wort für Sie einlegen.“

Sie hatte den Treppenabsatz erreicht.

„Hier bin ich richtig“, sagte die alte Frau. Rebecca sah auf das Klingelschild.

„Dann sind Sie Mrs. Miller?“

Die alte Frau schüttelte den Kopf. Sie wirkte beinahe empört.

„Nein, Mr. Miller ist verwitwet. Ich mache nur den Haushalt.“

„Es wird wohl noch eine Weile dauern, bis ich die Menschen hier im Haus alle kenne. Wie sieht dieser Mr. Miller denn aus? Nur, falls ich ihm einmal über den Weg laufe.“

Die alte Frau wirkte auf einmal etwas zurückhaltender.

„Wahrscheinlich werden Sie ihm nicht begegnen, denn er verlässt seine Wohnung fast nie. Er arbeitet von zu Hause aus. Ich weiß nicht genau, was er macht. Viel im Internet ist er. Ich kenne mich da nicht so aus.“

Rebecca zuckte mit den Achseln. „Das ist ja auch nicht so wichtig. Wir werden uns aber wahrscheinlich öfter mal über den Weg laufen. Wenn Sie noch einmal Hilfe brauchen, dann sagen Sie einfach Bescheid.“

Sie verabschiedeten sich und Rebecca stieg eine weitere Treppe nach oben, wo sie ihre Wohnungstür aufschloss.

Sie trat in den Flur und ging ins Wohnzimmer. Die Wohnung war ganz anders eingerichtet als die in London. Schwere Samtmöbel bildeten einen Kontrast zu den unverputzten Ziegelwänden. An der Wand hing ein Hochzeitsbild. Es zeigte eine schwarzhaarige Rebecca und ihren neuen Partner Walter. Die beiden strahlten in die Kamera. Rebecca grinste. Es hatte Spaß gemacht, die Fotos zu schießen. Obwohl sie Walter erst am Tag zuvor kennengelernt hatte, hatten sie viel Freude daran gehabt, ein Hochzeitspaar zu spielen.

Sie setzte sich auf ihr Sofa, holte das Handy heraus und wählte die einzige Nummer, die dort eingespeichert war. Es tutete zwei Mal. Dann hörte sie, dass jemand abnahm.

„Ja?“

„Ich habe einen Kontakt hergestellt“, sagte sie.

„Sehr gut“, erwiderte DCI Smith. „Dann hoffen wir mal, dass das Ganze nicht wieder drei Jahre dauert, und dass dieses Mal niemand dabei zu Tode kommt.“

Rebecca seufzte. „Ja, das hoffe ich auch.“

# Ende